ハヤカワ文庫JA
〈JA1434〉

マルドゥック・アノニマス5

冲方　丁

早川書房

8518

マルドゥック・アノニマス5

せ、他人と感覚を共有する。三頭の犬を従えている
バジル……ロープ状の物体を操るエンハンサー
ラスティ……錆を操るエンハンサー。ロックを殺害した犯人
トレヴァー……水分を含むことにより、皮下組織を変化させるエンハンサー
シルヴィア……体内でワイヤー・ワームを生成し、電気を発生させるエンハンサー
ジェミニ……電子的干渉能力を持つ双頭の犬
ナイトメア……再生能力を持つ黒い犬
シルフィード……姿を消す能力を持つ白い犬
オーキッド……音響探査能力を持つエンハンサー
エリクソン……手足の粒子状組織を変化させるエンハンサー
バルーン……強酸性の体液を操るエンハンサー
ハイドラ……体内で毒を生成するエンハンサー
ホスピタル……治癒能力を持つエンハンサー
ストレッチャー……擬似重力の能力を持つエンハンサー
ヘンリー……地面を掘る能力を持つエンハンサー
デイモン……肉体を移植する能力を持つエンハンサー
ショーン・フェニックス……バロットの兄
プッティ・スケアクロウ……通称スイッチ・マン。カトル・カールの生き残り
ダンスロップ・ザ・ビッグダディ……ルート44のボス
ペイトン・クック……クック一家の若頭
ランドール……宮殿《パレス》の新しい支配人
ジェイク・オウル……ファイブ・シャドウズのリーダー
ブロン・ザ・ビッグボート……フィフス・プラトゥーンのリーダー
アンドレ……プラトゥーンのメンバー。〈ハウス〉の運転手
ケイト・ザ・キャッスル……ウォーウィッチのメンバー
ハザウェイ……大ガラス
マクスウェル……ガンズ・オブ・オウスのリーダー

■ネイルズ・ファミリー
アダム・ネイルズ……ファミリーのボス
ラファエル・ネイルズ……アダムの弟
ベンジャミン・ネイルズ……構成員、ウフコックの協力者

■クォーツ一家
ベンヴェリオ・クォーツ……コルチ族の長老

characters

■イースターズ・オフィス
(現場捜査、証人保護、法的交渉、犯人逮捕を行う組織)
ウフコック=ペンティーノ……万能兵器のネズミ
ドクター・イースター……オフィスのリーダー
アレクシス・ブルーゴート(ブルー)……体内で薬物を製造するエンハンサー
ウェイン・ロックシェパード……ウフコックの亡きパートナー
イーサン・スティールベア(スティール)……体内で爆薬を製造するエンハンサー
エイプリル・ウルフローズ……イースターの秘書兼パートナー。検屍担当
ダーウィン・ミラートープ(ミラー)……骨格を変化させるエンハンサー
ウォーレン・レザードレイク(レザー)……皮膚を変化させるエンハンサー
ウィスパー……合成植物

■オフィスの周辺人物
ルーン・バロット・フェニックス……ウフコックの元パートナー
トレイン……電子的干渉能力を持つエンハンサーの少年
サム・ローズウッド……スラム専門の弁護士
ケネス・クリーンウィル・オクトーバー……サムの依頼人。企業の内部告発を試みている
ベル・ウィング……元カジノディーラー。現在はバロットの保護者
アビゲイル・バニーホワイト(アビー)……ナイフを操るエンハンサー
メイフュー・ストーンホーク(ストーン)……高速移動するエンハンサー
トビアス・ソフトライム(ライム)……冷気を操るエンハンサー

■ウフコックの協力者
クレア・エンブリー……刑事
ライリー・サンドバード……刑事、クレアの部下
ベルスター・モーモント……市議会議員
エイブラハム・オックス……市警察委員
ヴィクター・ネヴィル……検事補
ダニエル・シルバー……シルバーホース社ＣＥＯ
レイ・ヒューズ……旧世代の元ギャング
アシュレイ・ハーヴェスト……カジノディーラー

■クインテット
(新たな犯罪集団とみられるエンハンサーのグループ)
ハンター……クインテットのリーダー。針状の武器を中枢神経に寄生さ

ロミオ・クォーツ……ベンヴェリオの息子。コルチ族代表団の一人

■円卓（反市長派連合）
サリー・ミドルサーフ……判事。通称キング
ノーマ・ブレイク・オクトーバー……エンハンサー生産計画の実行者。通称キング
ハリソン・フラワー……弁護士事務所フラワー・カンパニーの所長。通称ナイト
ルシウス・クリーンウィル・オクトーバー……オクトーバー社財務管理部。ケネスの兄。通称クイーン
ドナルド・ロックウェル……銀行家兄弟の弟。通称ルーク
メリル・ジレット……十七番署刑事部長。通称ビショップ。ハンターに従う

■シザース
ヴィクトル・メーソン……市長
ネルソン・フリート……市議会議員
マルコム・アクセルロッド……連邦捜査官
スクリュウ・ワン……シザースの連絡役
ナタリア・ボイルド……シザースのゆらぎを司る少女

■その他の登場人物
マーヴィン・ホープ……ホワイトコーブ病院院長
ドクター・ホィール……ヒロイック・ピルの生みの親ビル・シールズ
ダンバー・アンバーコーン（コーン）……フラワーの雇う０９法案従事者
ウィラード・マチスン……メリルの部下
ピット・ラングレー……メリルの部下
トーチ……クインテットの拷問係
ゴールド兄弟……化学の天才。麻薬製造者

■バロットの周辺人物
アルバート・クローバー……大学教授
ベッキー……バロットの友人
ジニー……バロットの友人
レイチェル……バロットの友人

【イースターズ・オフィス側勢力】
(オフィスメンバー)
ウフコック
イースター
ブルー■
ロック■
スティール
エイプリル
ミラー
レザー
バロット(非正規検診者)
トレイン
アビー
ストーン
ライム

【市警察、市議会、検察】
クレア・エンプリー
ライリー・サンドバート
エイブラハム・オックス■
ヴィクター・ネヴィル

【アンダーグラウンド関係者】
レイ・ヒューズ
アダム・ネイルズ
ラファエル・ネイルズ
ベンジャミン・ネイルズ

【協力者】
サム・ローズウッド■
ベルスター・モーモント
ダニエル・シルバー

【依頼人】
ケネス・クリーンウィル・オクトーバー

■=死亡

対立
ウフコック拉致

【中立】

【楽園】

表向き支援

ヴィクトル・メーソン市長
=実はシザース
表向きは市長派。独自の勢力拡大をはかり、両陣営を陰でコントロールする

権力闘争

【クインテット側勢力】
(クインテットメンバー)
ハンター
ラスティ
バジル
トレヴァー■
シルヴィア
ジェミニ
ナイトメア
シルフィード
オーキッド
エリクソン
バルーン■
ハイドラ■
ホスピタル
ストレッチャー
ヘンリー
デイモン
ショーン・フェニックス
プッティ・スケアクロウ
ダンスロップ・ザ・ビッグダディ■
ペイトン・クック■
ランドール
ジェイク・オウル
ブロン・ザ・ビッグボート
アンドレ
ケイト・ザ・キャッスル
ハザウェイ
マクスウェル

【クォーツ一族】
ベンヴェリオ・クォーツ
ロミオ・クォーツ■

【円卓:反市長派】
サリー・ミドルサーフ

(オクトーバー社)
ノーマ・ブレイク・オクトーバー
ルシウス・クリーンウィル・オクトーバー

ハリソン・フラワー
ドナルド・ロックウェル
メリル・ジレット

マルドゥック市勢力図

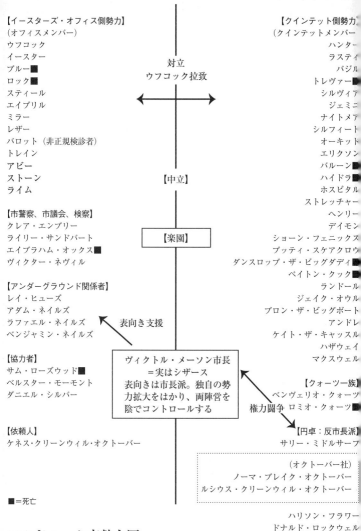

第五章

1

バロットはゆるやかにおのれの呼吸を保ちながら、注目すべき対象を三点に限定し、順繰りに意識を向けていった。

背後にある窓の外で、宙を泳ぐサメの群。向かい合ったバジルの呼吸。そして、バロットの左腕に絡みついたままのバジルの電線だ。

どれか一点にのみ意識を奪われてはならず、全て同時に把握しようとして注意が散漫になってもいけない。数秒ごとに意識する対象を移し、どこかに変化が生じていないか探り続ける。

カジノのディーラーが使うテクニックだが、実のところこの都市で最もそれを活用しているのは、法廷で戦う二種類の法の戦士《ロー・ウオリアー》、すなわち弁護士と検事だ。

判事、弁護士、被告、検事、原告、陪審員、証言者――それらの表情、声のトーン、挙動から、相手の戦略や情報の有無、感情の変化といったものを、的確に察知しなければならない。

大学の実践的ディスカッションは、やはりカジノのバイトより格段にそうしたスキルを学ばせてくれた。カジノのバイトスタッフに、いかさまを防ぐ義務はなく、責任はマネージャーが背負い、損失は店が請け負う。だが法廷においては、経験の浅い人間が一つミスを犯しただけで、誰かの人生が決まってしまうのだ。

そのことを学ぶためのディスカッションであり、特にクローバー教授の情け容赦ない指導にさんざん叩きのめされた経験は、バロットにスキルだけでなく自信を与えてくれていた。

まだ、この場をコントロールできるはずだという自信。

味方のライムはすでに切り札を切った。トゥイードルディとサメの群の投入により、死傷者を出すことも辞さないという態度を示した。

その態度を変えさせ、切り札を引っ込めさせうる何かがあるはずだった。闇雲にそう願っているのではない。これまでのバジルとのやり取りから、手応えを感じるのだ。

事実、バジルは目の前を横切る巨大なサメたちではなく、バロットを睨みつけてくれていた。得体の知れない脅威に取り囲まれながらも、おのれ自身の暴発やパニックを退け、バロットが次にどのような手札を出してくるかに注意を払っている。

この人物は話せる。

まだ取引ができる。

「これ以上、私たちと争わないでください、ミスター・バジル。あなたは〈楽園〉を知っていますか？　あなたたちの能力《ギフト》を生み出した研究施設を」

意図的に質問を交えた。そのほうが一方的な呼びかけから対話へと移行しやすいからだ。質問のあと、答えに等しい言葉を付け加えることも忘れてはならない。そうすれば相手はイエスかノーか、しごく単純な回答をするだけでよく、対話のきっかけが格段に得やすくなる。

「ああ……。聞いたことはあるぜ。そいつらがお出ましになったってわけか？」

バジルが応じてくれた。口調は乱暴だが、態度は思慮深いといっていい。自分の側は情報開示を最小限にし、なるべく相手から情報を得ようとする態度だ。

《彼が乗ってきた》

ウフコックの言葉がバロットに何より手応えを与えた。バジルの心を嗅ぎ取り、それを伝えてくれるという以上に、ウフコックは、バロットが率先して行うことに、どれほど驚きを感じようとも、全面的に信頼し、支えてくれていた。〈楽園〉の介入を悟って仰天し、いったいどういうことかとバロットに質《ただ》したいだろうに、ウフコックはそれについて一言も発さず、ただ彼女のあらゆる要請に備えている。

銃を軽く握り返す自分の手のほうが、よっぽど熱を帯びていそうだった。うっかり自分の手などに意識を奪われないよう、しっかりと今すべきことに傾注した。

「現在、〈楽園〉は、マルドゥック市警と全面的な協力態勢にあります」

「市警？　お前らじゃないのか？」

バジルが聞き返した。

素晴らしく良い徴候。積極的に会話を成り立たせようとする態度。

「もともと〈楽園〉のテクノロジーは、二つの手段でこの都市における合法化《リーガライズ》を獲得しました。一つは企業的利益。もう一つは、警察組織への貢献です。かつて自白剤に代わり、容疑者の虚偽を診断する識閾検査の提供が――」

「結局は、0　9《オー・ナイン》法案なんてものを認めさせる突破口になったってんだろ。んなこた知ってる。市警を梃子《てこ》にして市議会と連邦の両方を動かした、とんでもなくうまい手だってこともな」

バジルがうっとうしそうに遮って言った。

バロットはうなずき、これはただの前置きだと示してやりながら、驚いてもいた。法案の成立過程を知っている。しかも政治的な力学の働き方すら正しく理解しているのだ。

バックグラウンドがその人物の思想を限定するならば、バジルはとっくにその軛《くびき》から逃れている。バロットのように。

やはりこの人物は話せる。期待した以上に。私有地を治外法権と勘違いしているエリクソンのような男とは大違いだ。

「そして今、彼らはそれまでとはまったく異なる研究と開発に着手しました。あなた方の存在が、〈楽園〉に新たな需要をもたらしたのです」

「需要……？　おれらみたいな人間を、もっと造り出すことか？」

「いいえ。逆です」

「逆？」

バロットは情報の重要性を強調するため、いったん口を切り、おもむろに告げた。

「能力殺し《ギフト・キラー》」

バジルが目をみはった。その発想自体がなかったという顔だ。

スーツの内側で、ウフコックも同様の気持ちを抱いているに違いなかった。

「〈楽園〉が生み出してきたものを、自ら抹殺ないし封印することを目的とした研究です。都市の司法機関は、あなた方のようなエンハンサーを扱うには刑務所は不適切であるとし、身柄ごと〈楽園〉に送致する仕組みを準備しています。そうして〈楽園〉内で得られた成果を、都市で活用する仕組みも」

「つまりおれらから能力《ギフト》を奪ったあとで、ムショに放り込むってだけの話だろ」

「いいえ。〈楽園〉は、能力《ギフト》を身につけた貴重な検体を簡単には手放しません。送致されたエンハンサーは能力《ギフト》を封じられたまま、研究のために死ぬまで実験台にされかねません」

「だからなんだ。おれがその話にびびると思って喋ってんのか？」

「これは警告です。今、〈楽園〉から放たれた使者は、ひどく飢えています」

「あのサメみたいに血に飢えてるって？」

「自らの有用性の証明に飢えているんです。誰にも止められないほどに。彼らは、あなた方を一人でも多く捕らえれば、〈楽園〉のためになるということしか考えていません。そしてそのためなら、何でもやるつもりですし、彼らの行為は全て合法化《リーガライズ》される――」

まさしくそのとき、バロットが注意を払う三点のうち、一点に急変が訪れた。

サメの動きだ。一定の速度で建物の周囲を回遊していたサメたちが、一斉にその鼻面を同じほうへ向けたのだった。血の匂いを嗅ぎつけたというように。

バロットはすぐにその理由を察した。

敷地の庭で、電線に絡まってじたばたしていたラスティが、解放されたのだ。バジルからバロットが奪ったロープワークに抵抗して。

電線に付着させたバロット由来の繊維が、ラスティや周囲の情報を、脳裏に映像でも送り込むように伝達してくれていた。それまで完全に自律させていたが、ふいに電線が激しく破損したことで、バロットは意識をそちらに向けざるをえなかった。

バジルが、思わずと言った調子で呟いた。

「ラスティ……」

それで、本来のロープワークの使い手であるバジルにも、情報が伝わっていることがわかった。バロットが奪った電線に、バジル由来のワームがまだ僅《わず》かに生き残っているのだ。

ラスティの脱出方法はきわめてシンプルだった。その能力《ギフト》を発揮し、電線の一点に錆を集中させたのだ。レンズで太陽光を集めるように。そしてその強烈な酸化作用でもって電線を焼き切ることに成功し、雁字《がんじ》搦《がら》めの状態から解放されたのだった。

その作業に集中するあまり、ラスティはまだ頭上のサメの群にも気づいていないらしい。

急いで起き上がると、地面に落とした釘打ち器を探しながら、インカムを指で叩いて何とかバジルに声を届けようとした。だがしかし、その声を、別の人物が拾ってしまった。

しかも最悪なことに、その人物はいつの間にかラスティのほうへ歩み寄っていた。敷地の外で待機しているべきなのに。敷地の周囲には、クレア刑事と警官隊が配置されているはずで、そこにレイ・ヒューズもいることになっている。

包囲の目的は、本来、バロットが脱出する際、〈クインテット〉のメンバーが敷地から出て追ってこないようにすることにある。バロットのゴールラインを、しっかり設定してくれているのだ。

なのに、包囲のために配置された人物が、またしても敷地に入ってしまった。

アビーとストーンに続く、ライムの即興的な指揮にもとづく急襲。だが、今回到来した人物は、本人が使命感と信じるだけで、ただとてつもない好奇心に衝《つ》き動かされるあまり、戦闘が行われている現場へ引き寄せられたに等しかった。

実際、その人物はラスティの釘打ち器を先に見つけて拾い、それを掲げてみせながら、何の考えもなく声をかけるということをしでかした。

《ねえ、これがほしいの？》

自分の口でではなく、ラスティのインカムに干渉して。

そのとき最もしてはいけないことを。

ラスティがさっと振り返り、一方の手を腰の後ろにやってベルトに差した拳銃を握った。

驚きで反応が遅れるといったことはまるでない。〈クインテット〉最年少ながらも初期メンバーにふさわしい臨戦態勢。バロットは、ラスティを拘束した際、欠かさず武装解除もしておくべきだったと心から後悔した。

だが少なくとも、ラスティはすぐさま銃を抜きはしなかった。簡単に銃を出すような男は、そいつが見せつけたがる強いふりとは裏腹に、考えなしの臆病者であることをさらけ出しているだけ、という兄貴分のバジルの教えを忠実に守っているのだろう。

とはいえその教えをひとまず守っているというだけで、ラスティは銃を抜く気満々だ。

たとえ相手が、たまたま敷地に入り込んだだけの、近所に住む若いジョギング好きの金持ち、といった格好をしていても。上下のトレーニングウェアとスニーカー。長い金の巻き毛を、頭の後ろで束ね、首には有名スポーツ用品企業のロゴが入ったタオルを巻いている。

額の骨が、若い鹿の角のように盛り上がっていることを除けば、何の変哲もなく、無害そのものに見える。額の角は前髪で隠していたし、面白そうに見開いた目には邪気というものがない。だが今はもう、そうした偽装は、まったく無駄になってしまった。

ラスティが、慎重に相手の挙動を見極めるため、さらにその青年に声を投げた。

「なんだい、あんた？　ここは私有地だぜ。何しに入って来た？　君たちが何をしているかに興味」

《僕は、トゥイードルディ。何かしたいわけじゃないよ。君たちが何をしているかに興味があるんだ。さっきまで君たちの通信に干渉するだけだったけど、移動の許可が出たから、ちょっと見に来たってわけ》

青年が微笑みながら、やはりラスティの耳のインカムに干渉して浮き浮きと応じた。

ラスティは眉間に皺を刻み、目は殺気をあらわにしている。

戦闘開始となりかねない返答。これでラスティは、このひょろりと背の高い青年が、自分たちから通信を奪い、連携を断《た》った、クラッカー本人であり、理由はなんであれ、のこのこ自分の目の前に現れたのだと判断してしまった。

事実そうなのだから始末に負えない。問題は、トゥイードルディが相手の立場や考え方に無頓着だということだ。トゥイードルディには悪意も敵意もない。闘争心すら皆無で、だからこそ相手のそうした感情を考慮することがなかった。

しかもなお悪いことに、トゥイードルディは相手に悪意や敵意や闘争心があってほしいと期待していた。なぜなら、もしそうであれば、彼も能力《ギフト》を行使していいことになるからだ。

ありとあらゆる意味で、取引を進めるうえでは最悪といっていいその青年に、バロットはたまらず直接呼びかけていた。

《やめて、トゥイー。今すぐその人から離れて》

作戦上のルール違反。本来ならライムを通して要請すべきだが、作戦指揮官であるライムは咎《とが》めようともしなかった。バロットが止めたところで無駄だと思っているのだ。すっかりトゥイードルディの自由にさせるつもりなのだとそれでわかった。バジルたちを追い詰めるため、最大の効果を発揮してくれると期待して。

《はーい。これを返したらそうするよ、バロット》

トゥイードルディが、腹立たしいほどの無邪気さでそう返し、かと思うと、釘打ち器を地面に向け、面白がって引き金を引くということをしでかした。

ばすっ、と音をたてて釘が発射され、地面に突き刺さった。

とんでもない挑発。今すぐ撃てとラスティに告げたに等しい行為。

当然、ラスティは、銃を抜いた。

トゥイードルディは、それすら気にしていなかった。

問いかけるトゥイードルディの胸へ、ラスティは素早く銃の狙いをつけ、もう一方の手もしっかり添えて正しい射撃体勢になるや、二度引き金を引いた。

《これ、何に使うの？》

トゥイードルディが後方に吹っ飛んで倒れた。

ラスティが歩み寄り、大の字になったトゥイードルディの胸にさらに二発撃ち込んだ。

それから、銃に添えていたほうの手で、釘打ち器を拾った。

「こう使うのさ、間抜け」

トゥイードルディの頭に押しつけ、やはり二度、引き金を引いた。

ばすっ、ばすっ、と太い釘がトゥイードルディの頭蓋骨を貫いた。

両目を見開いたトゥイードルディが血まみれになって痙攣《けいれん》し、すぐに動かなくなった。

最悪の展開。バロットは、千切れた電線越しに全てを感覚し、思わず目を閉じた。

バジルが険しい顔つきでバロットを見つめながら一歩退き、身構えた。

バロットが、仲間を殺された怒りで、攻撃を再開するとみたのだ。

見当違いもいいところだった。バロットは、ライム、バジル、ラスティ、トゥイードルディの、全員に怒りをぶつけたくなる気持ちを、ぐっとこらえて目を開けた。

「あなたの仲間が危険です。私では止められません。お願いですから、今すぐ私とウフコックへの攻撃をやめると言ってください」

バジルが訝《いぶか》しげに口元を歪めた。

「危険？　たった今、お前んところのクラッカーが死んだばかりだぜ」

まだこの男は会話に乗ってきてくれている。それ自体はとても良いことだが、状況は悪化の一途を辿りそうだ。

バロットは、厳しい口調で言い返した。

「誰が死んだというのですか？」

バジルが息を呑んだ。バロットはたたみかけて言った。

「〈楽園〉の使者が、あれくらいで死ぬと考えているのですか？　死の危険に瀕しているのは、あなたの仲間のほうです」

敷地の庭では、すっかり満足したラスティが、改めてインカムを叩きつつ、建物を見上げた。そしてそこで、驚きのあまり両腕をだらんと下げていた。

「あー……なんでサメが空飛んでんだ？　幻覚か？　なんかの能力《ギフト》で幻を見てんのか？」

しごくまっとうな反応。

だがそのラスティを、笑う者がいた。

いきなり足元から湧いてきた笑い声に、ラスティがぎょっと飛び退《の》いた。

《幻じゃないよ。あの子たちには疑似重力《フロート》の発生装置を移植されていて、それで空を飛べるんだ。あんなふうに、高くて広い場所を飛べて、とても喜んでるんだよ》

トゥイードルディが告げた。弾丸で貫かれた胸を波打たせ、口から血を溢れさせ、面白そうに笑い声をあげながら。

むっくり上体を起こすトゥイードルディの頭からは釘が、胸の傷からは四つの弾丸が、急激に盛り上がる組織によって押し出され、ぽろぽろと落ちていった。

《僕はずっと前、両腕を焼き切られたことがあってね。そのとき博士たちが、外科手術でつなげるんじゃなくて、キャンサード・エンブリオ細胞を移植しようって考えたんだ。もともと識閾値も問題ないし、そうすればもっとプロフェッサーの理想である完全な個体に近づくし。だから今の僕は、いくら壊されても、自動的に修復されるってわけ》

トゥイードルディがひょいと立ち上がった。頭からおのれの血に染まりながら、何一つおかしなことは起こっていないといいたげな微笑みを浮かべ、そして頭の傷を右手でまさぐった。

《あなたの能力《ギフト》、基礎的な電子的干渉で、対処できるみたいだね》

おのれの血と肉片に、ラスティの能力《ギフト》である錆が混ざったものを垢《あか》でも擦《こす》るようにして、指先で小さな塊に揉み固めた。それを、ためつすがめつしたが、すぐに興味が失せたらしく、ぴっと指で跳ね飛ばした。

「……痛みを感じねえのか」

ラスティが呆然と口にした。

トゥイードルディにとっては、どうでもいい平凡な特質だったので、返事もしなかった。

そしてそれよりはるかに重要な点について、朗らかに告げた。

《あなたは僕を攻撃したから、セキュリティが発動した。この都市の法律上も問題ないみたい。あなたを、あの子たちに食べさせてもいいことになったよ》

ラスティが何かを言う前に、途方もなく巨大な魚影が、その頭上から降ってきた。

接近に気づいたラスティが息を呑んで顔を上げ、あっという間に迫るサメの口腔と、その内部にびっしり生えたノコギリ歯を見て、言葉にならぬ怒号を迸《ほとばし》らせて両手の武器を掲げた。

サメが食いつくまでのほんの数秒の間に、ラスティは両手で引けるだけ引き金を引いたが、無駄だった。サメに移植された疑似重力《フロート》の発生装置はただその肉体を宙に浮かせるだけでなく、自分に迫る物体の軌道を逸《そ》らし、接触させないという効果をもたらしているのだ。

よって、弾丸も釘もサメにはとどかず、そのくせその牙だけは、頭上に伸ばしたラスティの右の二の腕にしっかりと食いつくということになった。

ラスティの身体が、ぐんと持ち上げられた。サメの上昇に従い、またたく間に地上から十数メートルもの高さへと引き離されていた。

食いつかれた腕は、食い込み、引き裂き、引き剝がすということに適したサメの歯の形状により、すぐさま皮膚と筋肉と神経が、いっぺんにずたずたにされてしまっている。銃を握る力など到底維持することはできない。銃はいち早く口腔の奥へ吞まれ、骨が砕け次第、右腕もそうなるはずだった。

その前に、別のサメが優雅に宙を舞い、握りしめた釘打ち器をなんとか目前のサメの丸い目に押しつけようとするラスティの左腕に食いついた。

ラスティの絶叫が響き渡った。電線の断片を通して情報を得る必要もなく、その声は建物の中にいる者たち全員の耳を打っている。

バジルが、窓の外の光景に、愕然となった。

バロットは振り返らなかったが、自分の背後で何が行われているかはよくわかった。

「お願いです、ミスター・バジル。あなたの仲間を助けるために、私とウフコックへの攻撃をやめると誓ってください。私たちがここから出ることを認めると言ってください」

バジルがぎりぎりと歯を軋《きし》らせた。

両腕に食いつかれ、まるで宙で磔《はりつけ》にされたようなラスティの姿を見せつけられながら、なおもバロットの懇請に応じようとはしない。

会話に乗ってきたのに。

たとえそれが時間稼ぎに過ぎなかったとしても、現状では一刻の猶予もないのに。

おかしい。

バジルのような人間であれば、ここでいったんの譲歩を示すはずだ。トゥイードルディがしでかしたことが、バジルの頭を真っ白にさせてしまったのか？　思考することすら許さぬほどの衝撃だった？　弟分の危機に直面しながら、なおも一歩も譲らぬほど、バジルは激昂しているのか？

「どうしたのですか、ミスター・バジル？　私の提案は、それほど受け入れがたいものですか？　あなたの仲間を見殺しにするほどの提案ですか？」

にわかにバジルが吠えた。

「おれたちは引けねえんだ！」

この男がはらむ思いの全てが、突如としてその口から迸るようだった。

しまった。

バロットは瞬間的に悟った。読み違えていた。相手の前提を正しく推測できていなかった。そのせいで相手との交渉の段取り自体を間違えていた。そうしたことが、相手の叫びによって初めて理解されていた。

《ライム。今すぐ〈シャークフィーダー〉に攻撃中止を命じてください》

バロットが通信で告げた。

意図的に、バジルにも聞こえるよう、相手のインカムに干渉したうえで。

バジルが、血走った目をみはった。

《やれやれ。オーケイ》

ライムが言った。すぐにバロットがしたことの意味を察し、結論を下したのだ。

《〈シャークフィーダー〉へ。その男をばらばらにするのをやめて、生きたまま地上に降ろしてやってくれ》

ライムのその声を、バロットがバジルにつなげた。

《はーい》

トゥイードルディの屈託ない返事も、同様にした。

だがその前に、ラスティ自身が、サメの牙から脱するすべを講じていた。

両腕の傷を、おのれの能力《ギフト》である錆で灼き、止血をしながら、おのれを拘束していた電線をそうしたように、切断したのだ。

両腕が千切れてサメの腹に呑み込まれ、残りの体が地上へ落下していった。

ラスティは、ぎらぎらした目で、迫り来る地面を見据え、激突する直前、身をひねり、右膝から落ちようとした。頭や背から落下すれば致命傷になりかねないが、膝から落ちれば、脚一本を失うだけで済む。

意識を喪失してもおかしくないほどの負傷であっても、生き延びて相手に一矢《いっし》報いるなり、逃げ延びて報復するなりしようという、これぞハンターが〈クインテット〉の初期メンバーに知らしめた、生き延びてことをなすという意志の壮絶なまでの発露といえた。

とはいえそのラスティの覚悟もまた、トゥイードルディには関心のないものだ。

サメの一匹がさっと舞い降り、その胴体から発する疑似重力《フロート》によって、ラスティの落下の軌道を逸らすとともに、衝撃をほとんど吸収していた。

結果、ラスティは両腕を失ったものの、脚を失うことはなく、再び庭に転がり倒れた。痛みと出血で朦朧《もうろう》とし、身を起こすこともできなかったが、傷口を自前の錆で灼き塞いだことが功を奏し、どうやらただちに失血死せずに済みそうだ。

ウフコックを悪用し、ロックを射殺した殺人犯であるラスティへの報い。そういう思いがバロットの中になかったとは言い切れない。だが今考えるべきことはそれではなかった。ラスティがそのままショック症状を引き起こして絶命する可能性もあった。そうなればバジルの感情は取り戻しがきかないほど怒りに満ちてしまうかもしれない。バロットはそうなる前に取引を推し進めるべく、確信に満ちた態度で言った。

「今ここで退けば、あなたがたは〈クインテット〉を失いかねない。そうですね？」

ぎりぎりという歯軋りの音が返ってきた。

雄弁な沈黙。

バロットは、今度はバジルにはつなげず、ライムに告げた。

《ミスター・バジルは問題を抱えています。それが何か判明させます。五分ください》

《二分だ》

　ライムのいらえ。

　バロットは、リーダー役を担うライムが、まったくもって最適なほどの冷血で無慈悲な指導力を備えていることをつくづく感じながら、バジルへ言った。

「答える必要はありません。ノーと言いたければ言ってください。あなたが抱えている問題は、ハンターの不在によって引き起こされたことですね」

　バジルが開きかけた口をつぐんだ。顎にぐっと力がこもっていることが見てわかった。イエスの返事代わり。

　時間がないときの尋問手法。相手が黙っていればイエスを意味する質問の仕方をする。矢継ぎ早に推測に基づく質問を投げかけ、相手がノーという場合にだけ注目する。

「あなたはハンターに代わって組織を維持しようとしている。けれども、あなたに反対する人たちもいる。あなたがたの組織は、こうしている今も、分裂の危機に瀕している」

　バジルは答えない。

　ぎらぎらした目でこちらをにらみ据えながら、攻撃すべきか話すべきか迷っている。

　やはりそうだ。

　このナンバーツーが本当に恐れていることをウフコックも理解してくれているはずだっ

た。バジルが恐れるのは、ハンターがいなくなることだけでなく、それによって自分が今の立場を失い、結果的に〈クインテット〉という組織が瓦解し変貌することだ。

「あなたの立場を狙う人物がいて、あなたがここで退くか見ている。退けば、あなたはその人物から弾劾される。そしてあなたの組織が、本来とは別のものに変わってしまう」

　バジルは黙って歯を軋らせている。このうえなく雄弁なイエス。

　もっと早く気づけたはずなのに。バロットは、おのれのバックグラウンドを活用できていなかったことを悔やんだ。今のバックグラウンドではない。かつて自分がいた場所——スラムの記憶。それを遠ざけるだけでなく、ここでもっと有効に使うべきだった。

　モール・タウンと、ローレンツ大学。最悪のスラムと、この都市が誇る法学の殿堂。

　その両方を経験する人間であること。それがバロットの強みであり、その事実を最大限に活かせ。そう、レイ・ヒューズに教えられたのに。ライムですらそう言っていた。あるいは、大学の講師であるクローバー教授さえも。

　なのに、ここまで気づけなかった。

　ギャングの組織がどのようなものか、考えればわかることだ。ナンバーツーが何を最も懸念するか？　自分もナンバーツーになろうとする者たちの存在だ。当然ながら、そいつらの願いは、ゆくゆくはナンバーワンになるということに他ならない。

　頭狩りという単純な力学に支配された世界。ギャングは参加者全員がトップを目指す組織だ。だからこそ暴力的な手段に頼ってでも、配下の者を制御し続けねばならず、競争の熾烈さは、かたぎの一般企業の比ではない。バジルを狙う者たちが〈クインテット〉やその傘下の組織内に山ほどいてもおかしくないし、むしろいるはずと考えるべきだった。

今ここでも。この建物の中でも。バジルが弱腰になるや否や、すぐさま取って代わろうとする人間がいるはずだった。バジルの背に銃口を向け、舌なめずりをしながら引き金に指をかけている人間が。

「その人物、あるいは人物たちは、ここにいるんですね。そしてあなたを監視している。もしそうだとしても、問題ありません。私たちが相手になりますから」

「なんだと……？」

バジルが初めて声をこぼした。

ライムが何か言いかけ、そして黙った。二分経ったとか何とか言いかけたのだろう。

「ここで、あなたがたと私たちが合意するうえで障害になっているものがあるならば、あなたの代わりに私たちがその相手をし、速やかに排除するということです」

最初に反応が起こったのは、バロットの右手が握る銃だった。

銃がぶるっと震える、かすかな感触を感じた。火照《ほて》るような熱も。バロットの態度に共鳴し、ウフコックが武者震いをしたというように。

バジルも、ぐっと噛みしめた顎を震わせた。こちらは共鳴どころか屈辱がまさっていたことだろう。小娘からそんなことを言われて喜ぶギャングなどいない。だがたとえ怒りを表出しようともバジルはおのれの感情に流されて行動することはなかった。バロットが感心するほどに。

「なめんじゃねえ。おれをてめえらの保護証人にしようってのか。自分の頭を撃ち抜いたほうがましだ」

「いいえ。要求は変わりません。何もせず私たちをここから出て行かせること。それだけです。あなたはウフコックに執着していますか？　ハンターがそうであったことは知っています。あなたはどうなのですか？」

「……おれたちをはめようとしたネズミだ」

「それは、今ここで徹底的に私たちと戦う理由になりますか？」

バジルが口を歪めた。

「……いいや」

バロットは、ライムが急《せ》かしにかかる場合に備えて通信した。

《問題を解消すると約束しない限り、彼らは全滅するまで戦います》

ライムも返答なし。

バロットに交渉を任せるという態度。

ライムとて、ハンターが組織した〈クインテット〉を前提に考えていたのだ。それが四分五裂するか、あるいは変貌してしまうとなれば、話は違った。どうやらハンターが不在であることは確からしい。であればバジルのようなナンバーツーが組織を維持してくれなければ、オフィスが取るべき今後の中立戦略にも支障をきたすことになる。

《ストーンとアビーを撤退させてください。敵はほかにいます》

バロットがさらに押した。

《了解。二人を引かせる》

ライムのいらえ。こちらが肩すかしを食った気にさせられるほどの変わり身の早さ。

この人は、バジルのように話せる相手かといえば微妙なところがある。バロットにとっては話にならない相手といっていい。合理的すぎるのだ。他人の感情には敏感でそれこそすぐに口を出すくせに、彼自身の感情となるとつかめないことばかりだった。とはいえ、必要であれば自分の言い分をあっさり放棄し、的確な判断を下せる人物であることだけは確かだ。

そこでまた、バロットの手の中で銃がかすかに震えた。いよいよバロットが事態をコントロールし始めた手応えをともに感じてくれているのだ。その分、バロットが想定していた以上の働きをしいられることも、ウフコックは無言で受け入れてくれていた。

バロットは、その銃を——この世で最も信頼し合える最愛の相手を——慰撫し、感謝する気持ちを込めて握りながら、言った。

「あなたの座を狙っている誰かがいるなら、教えてください、ミスター・バジル」

沈黙。

だがそれほど長くはなかった。低く呻くような声が、それを告げた。

「……〈誓約の銃《ガンズ・オブ・オウス》〉だ」

2

乗った。

いよいよバジルが取引のための窓口をこちらに向けた。慎重にこちらの様子を窺い、情報開示をぎりぎりまで少なくし、いつでも窓口を閉ざせるようにしているが、それは逆に、取引に慣れた人間だということを示している。

「それは〈クインテット〉の一グループですね」

バロットが確認した。

バジルは何も言わない。いちいち細かい確認に付き合って、うっかり別の情報まで口にしてしまわないようにしているのだ。つくづく驚かされることに、この男はディスカッションの基礎を修得している。大学ではなく、ストリートの荒くれ者たちを相手にすることで。

やはりハンターは明白な目的があってバジルをナンバーツーに据えたのだ。組織の方針と秩序の維持を担う、ハンターの使徒。本来なら彼が監視役となって〈誓約の銃《ガンズ・オブ・オウス》〉というグループを効果的に配置していたはずだ。その立場が逆転してしまった経緯には興味を惹かれるが、それは今ここでの取引に限っては重要ではなかった。

重要なのは、そのグループの情報をどれほど開示すれば、バジルが仲間から裏切り者とみなされてしまうかだ。そのように仕向けて、それこそ保護証人とする戦略もあるが、バジル自身が先手を打って拒んでいる。それに〈クインテット〉の秩序維持は、今やバジルとバロットの両方に共通する利益となっているのだから、バジルを離反者に仕立て上げるのは本末転倒だ。

ここで問題を解決してくれたのは、ウフコックだった。

《銃マニアの暗殺集団〈スポーツマン〉のメンバーに、エンハンサー数名を加えたグループだ。モーモント議員の家族の惨殺、シルバー社のモデルの惨殺に関与している。〈クインテット〉配下の死刑執行部隊だ》

囚われながらも収集し続けた情報。

バロットはこれまで以上に感謝を示すため、握った腕を胸元に当てた。

「情報によれば、元〈スポーツマン〉で、こうしたものを――銃を好む方々ですね」

バジルが眉根を開いた。バロットがあらかじめ知っていたことで、バジルが率先して情報を漏らしたことにはならなくなったのだ。

「あなた方では手に負えなくなった場合、彼らをここに呼ぶのですか？」

「とっくに来てるだろうさ。トンネルを通ってな」

「ああ、そうだ」

情報開示。バジルの側からの。

これについては、レイ・ヒューズが懸念していたことでもあった。過去に〈クインテット〉主要メンバーの包囲に失敗したのは、いつの間にか掘られていたトンネルで脱出されたからだ。レイ・ヒューズがその後調べたところによると、トンネルを掘って刑務所から脱走したエンハンサーがおり、〈クインテット〉に参加しているとのことだった。

問題は、〈ストーム団〉すら感知できていないことだ。ほとんど電子機器を使用しない、電力供給もこの建物とは別個の、独立した発電機を備えた地下通路があるのだろう。

「おれがこの建物の外に出たら、尻尾を巻いて逃げたとそいつらは決めつける。この建物の中で踏みとどまるのがおれの誓約《オウス》だとかなんとか言ってな。で、そいつらは、お前を狩って、首だけ生きたままのトロフィーにするだろうよ」

ちょっとした脅し。この程度で青ざめるような相手では取引相手にならないと考えている。

もちろんバロットはそうではなかった。何しろ首だけで快活に生きている人物を一人知っているのだから。淡々とこう返していた。

「〈クック一家〉と〈スポーツマン〉の抗争については警察の調査報告書を読みました」

バジルが、にやっと獰猛な笑みを浮かべた。

初めての表情。まだきわめて攻撃的ではあるが、取引への同意をにおわせる態度。

「おれがここを出てお前がそいつらに始末されりゃ、そいつらのほうがおれよりグループ・マネージャーにふさわしいってな理屈を並べ立てるだろうぜ」

バロットは即興で組み上げたストーリーを——大学でいやというほどやらされたし、今後もその何十倍もやらされることになる、因果関係の構築という、法律家にとっての基礎中の基礎を——一気に述べ立てた。

「あなたは逃げたのではなく、負傷した仲間を救助せねばならなかった。もちろん私たちを逃がすつもりはなく、建物の外で待ち受けることが最善だと考えた。事前にあなたたちがどのような取り決めをしたにせよ、戦闘においては臨機応変が重要ですから、外に出たら負けだなどというお遊びには付き合っていられない。にもかかわらず、思い上がった一部のグループが、あなたの指示も待たず強行突入した。むしろそのせいで、私たちはここを悠々と出ることになってしまった。そのグループが、みっともなく私たちに叩きのめされたせいで。あなたは間違っておらず、そのグループが余計なことをしたのが全ての原因である。私の言うことに、何かおかしな点はありますか？」

　バジルが上下の唇を捲《まく》り上げた。怒りを装ってはいるが、そうではなかった。もしそうならウフコックがバロットに注意を喚起してくれていたはずだ。バジルの目には、むしろ痛快な話を聞いたとでもいうような光が見て取れた。

「おかしいことはないぜ。お前が首だけにされて、おれが赤っ恥をかいて全部失わねえならな」

　バロットは銃を握ったままの拳をまた胸元にぽんと当て、ついで、おのれの首の横にも当てるというジェスチャーをしてみせた。

　これまた即興だったが、効果は大きかった。モール・タウンの若いギャングがやる、「おれのハートも命もばっちり大丈夫だ。びびってないし死ぬこともない」のポーズ。バロットも過去に何度も見たことがあったが、実際にやるのは初めてだった。

　バジルの目の色が大きく変わった。同郷の者と予期せず出くわしたという顔。法律用語を並べ立てる若い娘が、実は自分と同じ出自であると思い出したように。出自を偽ろうとしているのではないことも承知している様子だった。バジルも、バロットのプロフィールに目を通したことがあるのだ。おそらくハンターが会いに来たときに。

「コンバット・ゾーン流を久々に見たぜ。出はモール・タウンの団地だったか」

「はい。西の育ちです」

「おれは南だ。大して変わらんが」

「そうでしょうね」

「そういや、どっかのオフィスで働いていた男、首だけで生かされてるらしいぜ。狩る前から脳死状態だったってんで、〈誓約の銃〉《ガンズ・オブ・オウス》の連中もがっかりしてたがな」

突然の情報開示。

バロットは決して呼吸を乱すなとおのれに命じた。ウフコックもそうしていたことだろう。あるいは通信を通して会話を把握しているライムも。

バロットが言った。

「アレクシス・ブルーゴート。ブルーと呼ばれていた、エンハンサーのことですね」

バジルは何も言わない。沈黙による肯定。もともとブルーのことを口にするタイミングをはかっていたのだ。バロットの動揺を誘う、行動を止める、取引する、といった目的で。それを今、貸し借りなしにするための材料として出した。

何ごともフェアにする精算気質。クレバーで話せる相手。それゆえにこそ敵に回せばとても手強いと思わせることもできる。相手がフェアでなければ徹底的に精算するだろうからだ。そしてフェアであるからこそ、味方につけたいと思わされる。

もちろんのことながら、バロットたちが全力で〈誓約の銃〉《ガンズ・オブ・オウス》と戦うべき理由をもつきつけていた。これで、ただこの施設から出るだけではなく、そのグループを追跡し、仲間を取り戻さねばならなくなった。たとえ亡骸に等しい状態であるとしても。

バロットのストーリーにさらに上乗せした。考えうる限り最高のタイミングで。

なんという模範的な交渉上手。

レイ・ヒューズやライムだけでなく、このバジルからも学ぶべきだ。バロットは心底そう思わされた。

そのバジルが、指で輪を作ってくわえ、ぴぃっと鳴らした。

天井パネルの一部が外れ、バロットの斜め後方で、真っ黒いものが音をたてて降ってきた。

巨大な漆黒の犬――ナイトメアだ。

どんな感情も窺い知れない焦げ茶色の目で、バロットを一瞥《いちべつ》すると、のそりとした歩調でバジルのそばへ移動した。その体に電線が巻きつけられているのは、ナイトメアとバジルが同時に攻撃するためだ。またさらに、ナイトメアがくるりとこちらを向き、猫のように嘔吐《えず》いたかとおもうと、やや細めの電線を何束も吐き出してみせた。二重三重の隠し武器。

バロットはかぶりを振ってみせた。バジルがそんな手を隠していたとはわからなかった、と示すために。実際、巧みに意識を逸らされていた。バロットの足元のパネルを攻撃していたのは、足場を奪うだけでなく、頭上への注意を薄れさせるためだったのだ。

手の内をすっかり明かす、ギャングの平和交渉につきものの儀式。それはまた、備えに怠りはないぞという誇示でもある。まだまだ手は隠しているのだから、裏切るなよ、というのだ。実際にどうかはさておき、一時的とはいえ確実な信頼関係を構築するうえで重要であるのは確かだった。多少わざとらしく仰々しくても、必要なのだ。もし裁判官がかつらもつけず、Tシャツとジーンズで現れたら、法廷の信頼そのものが損なわれるのと同じで。

「まともに話せる相手じゃねえ。電撃弾なんぞ使ってりゃ、すぐ殺《バラ》されるだろうよ」

バジルが言った。

殺す気で戦わねば危険だというのだろう。もちろん、危険だから殺し合いをしろと言われるのはバロットにとって初めてのことではなかった。かつて、たった一挺の強烈無比なる銃を持ち、鉄壁の能力《ギフト》を駆使して襲ってきた男がいたように。

「殺さない。殺されない。殺させない」

バロットは敢然と言い返した。

「それが、私たち〈イースターズ・ファミリー〉のモットーです」

オフィスをあえてファミリーに置き換えた。相手が親近感を抱きやすくするために。そしてまた、こちらも集団で戦うつもりだ、とバジルに誇示するために。

バジルが口角を上げた。

「お前はシルヴィアをぶちのめした。仲間をこけにした。ラスティのざまを見りゃ、改めてお前らを殺したくなるだろうな」

あくまで一時的な譲歩であることの強調。バロットはきちんとそれにも付き合った。

「私とあなたがダンスをする機会は、また改めましょう」

くっとバジルの喉が鳴った。嘲《あざけ》るのではなかった。望むところだという反応。凶猛でありながら無邪気ですらあった。

「コーンは、お前とは戦いたくねえと言ってたな。なかなか楽しませてくれるってのに」

賛辞のふりをした牽制。自分は決して闘争を忌避しないと誇示し続けているのだ。

「腕のそれは自分で外しな。おれが降参したと思われちゃたまらんからな」

「はい」

「あばよ」

音をたててエレベーターのドアが開き、中から電線が飛んだ。

次の瞬間には、バジルとナイトメアがその電線に巻きつかれ、エレベーター・シャフト内へと消えた。ただちにドアが閉まり、バロットの電子的走査からも、ウフコックの嗅覚からも、〈ストーム団〉の監視からも、的確に逃れた。

瞬時の撤退。対峙していたバロットですら、意表を衝かれたほどの見事さ。

エレベーターが罠として使えなくなった時点で、おのれの脱出路とすることに切り替えたのだ。きっとあっという間に建物の外へ出て、ラスティを救助しに行ったことだろう。
とことんクレバー。ライムとポーカーで良い勝負をするかもしれない。そう思ったところへ、ライムから通信が来た。バロットだけに限定した回線だった。
《誰それが首だけになって生きているなんてのは、他のメンバーには伏せといてくれ。今の目的を見失っちゃ駄目だからな》
《わかってます》
ついわけもなく、むっとなっていた。なぜなのかバロット自身よくわからない。そんなに自分が信頼できないのかと言いたくなってしまうのだろう。
《だがこれで、あちらのナンバーツーとは、かなり良い関係が期待できる。予想以上の成果だ》
ライムが言い添えたが、むしろますますバロットはむっとなっている。そういう条件反射でも身についてしまったらしい。なんであれ自分の感情と向き合うときではなかった。
《アビーとストーンと合流させてください。二人二組《ツー・バイ・ツー》で敵を迎え撃ちたいと思います》
《賢明だな。そうしよう》
《〈シャークフィーダー〉は下がりましたか？》
《クレア刑事の待機地点まで戻らせた。包囲は君たちを守る防衛線だが、新手が来るならやり方を変えてもいい。そいつらを建物の外に出し、囲んで捕らえる手もある》

《それでは敷地外に被害が及び、一般人の副次的被害《コラテラル・ダメージ》を出す可能性があります。トゥイードルディは気にもしないでしょう。今から来る方々には、元来た道を引き返してもらいます》

バロットの積極的な闘争心を嗅ぎ取ったはずのウフコックは何も言わなかった。一人と一匹が、感情面でもぴったり歩調を合わせている証拠だ。

《確かに、空飛ぶサメがうっかり無関係の誰かを食っちまったらと考えるだけでぞっとするな。じゃあ建物の中で、もうひと騒ぎだ。ちゃんと指揮に従えよ。イースターたちの交渉は、かなりスムーズに進行中だ。そっちのしくじりで、交渉の流れを乱したくはない》

こちらがいつしくじったのか教えろと言いたかったが、短い返事で済ませることにした。

《了解《コピー》》

通信オフと同時に、ウフコックに変身《ターン》を要請した。右手の銃がぐにゃりと形を失い、電磁式のナイフに変わった。

それをさっと振るって、左腕に絡み続ける電線を断ち切った。新たな行動の開始。断たれた電線が力を失い、するりとほどけて床に落ちた。

バロットはナイフをまた手の平に納めた。ずっと上げっぱなしだった左腕をぐるぐる回し、大きく振って筋肉をほぐした。それから改めて両手に銃をあらわし、ソフトに握った。問題なし。呼吸もしっかり整っている。ゆいいつ気がかりは、他ならぬウフコックだった。

「思ったより長引いてしまってごめんなさい、ウフコック。やれそう?」

「大丈夫だ、バロット。おれはずっと寝ていたようなものだから」

「あなたは傷ついている。そのことを無視して、あなたを使う気はないの。あなたの心も一緒にここから連れ出さないと意味がないから。もしあなたが限界だと私が判断したら、全ての変身《ターン》を解除して、私があなたを、ただ所持する。私はあなたを使わない。あなたはあくまで、私たちが守るべき保護証人。このことに同意してくれる? ウフコック?」

ウフコックは即答しなかった。拒絶する気配は微塵もない。ただ単に言葉に詰まっているのだということが自然とバロットにも伝わってきた。

やがてウフコックが言った。

「おれは、良い相棒《バディ》に巡り会えた」

二人にとってこのうえない同意の言葉。

それから、こう言った。

「おれはおれを、君に託す」

バロットは銃を握る手で、おのれの肩を抱いた。自分を覆うスーツを。良心と温もりに満ちた、傷ついた心優しいネズミを。

静かに両手を下ろし、背筋を伸ばしてバロットは歩んだ。オフィスのメンバーと——新たなファミリーと——合流して、地下の暗がりからやって来る者たちを、ともに迎え撃つために。

かつてレイ・ヒューズがハンターに語ったところによれば、口にするのもいやらしい、残虐趣味のガンマニアたち。その集団にエンハンサーが加わり、いっそう悪質な存在となったことが窺えた。しかも、グループのトップになるという野心を剝き出しにして。

バロットはこつこつと軽快な足音をたてながら、最愛のパートナーとともに階段を降りていった。いささかも恐れ気なく、といって逸《はや》ることもなく。この忌まわしい建物からウフコックを連れ出すための最後の算段を整える、という最も重要なことに、その意識を振り向けていた。

3

「おったまげたぜ」

バジルが、珍しく怒り以外の感情をあらわにして言った。

驚きでぽかんとなった顔に、思わず脱力させられてしまったというような、意外なほど柔らかな笑みが浮かんだ。

移動する超高級オフィスにして電子戦の要塞たる〈ハウス〉の車内に、バジルをはじめ

〈クインテット〉の主要メンバーが勢揃いしていた。

シルヴィア、ラスティ、オーキッド、エリクソン。みな驚きつつ、むしろ大いに安心できたという様子で、車内モニターが映し出すビデオデータを食い入るように見ている。

分厚いガラスの箱の中で、銀色の球体が、金色のネズミに変身《ターン》するさまを。

いつもの席に座るハンターは、足元に三頭の犬をはべらせ、仲間たちの様子を面白そうに眺めながら、車内でシルヴィアが淹《い》れてくれた紅茶をすすっている。

やがてカップをサイドテーブルに戻し、知人を紹介するようにハンターが言った。

「彼は、ウフコック・ペンティーノ。戦時中に莫大な額のカネを費やしてエンハンスメントを施された小動物であり、れっきとした〈イースターズ・オフィス〉のメンバーだ」

みなが感心したように唸ったり溜息をついたりした。

窓の外を流れる景色を眺める者はおらず、運転と周囲の警戒を〈プラトゥーン〉から出向させているアンドレに任せ、モニターが映すものに夢中になっている。

「あんたは正しい、ハンター。いつでも、何に対してもだ」

オーキッドが、カウボーイハットを胸に当て、心からの敬意を表した。

「ちっちゃい口で餌を食ってるぞ。どこからどう見ても、ただの可愛いネズミだ」

エリクソンが、一刻も早く画面の向こうのネズミに触れてみたいというように両手の太い指をわきわきさせた。

「またボールになってしまったわ。ほら、出てきて。もう一度、顔を見せて」

シルヴィアが呟き、身を乗り出して、モニター上の銀色の玉を指でつついた。そうすればまたネズミが現れるというように。

「餌をもっとやんないと出てこないんじゃねえの」

ラスティが持論を述べ、シルヴィアに負けじと画面に近づけていた顔を離した。

「なあ、ハンター。こいつが言うこと聞くようになったら、おれにも触らせてくれよ。なんか芸を仕込んでやるから」

「もうとんでもねえ能力《ギフト》を仕込まれてんだよ」

バジルが厳めしい顔をした。意識してそうしないと、この朗らかな場の空気のせいで、にやついてしまいそうだからだ。

「いろんな道具に化けて、どんな相手の懐《ふところ》にも潜り込んじまうってな能力《ギフト》をな。そうだろう、ハンター？　全部あんたの読み通りだったってんだろう？」

「そうだ。姿についてはいろいろと想像したが、ネズミという最初の直感が当たったな」

それでまたみな称賛しきりとなった。信じがたいものを見せられたうえ、かねてハンターが主張してきた通りであったことに、どれほど感銘を受けたかをあらわしたくて仕方ないのだ。

何しろハンターがリバーサイドの森に重機を運び入れ、片っ端から掘り返させた末に発見した妙ちくりんな銀色の物体については、誰もが懐疑的だったからだ。

しかしハンターはそれを厳戒態勢で運ばせ、〈セメタリー〉に閉じ込めた。足繁くそこに通い、監禁と拷問、そしてまた処刑のための施設のまっただ中で、物言わぬ球体に延々と話しかけるハンターの姿は、やはりどう考えても異様だった。〈セメタリー〉に住まうトーチ爺さんですら、球体と喋るハンターをちょっとばかり怖がっていた。

バジルたちはもちろんハンターの行いに異議を唱えず、仲間同士、あれはおかしいとか、いったいハンターはどうしてしまったのかといった疑問を口にすることも避けていた。メリル・ジレットや他のグループの連中も、さすがに眉をひそめたものの、やはりハンターのその行動については、表立って疑問を口にはせず、知らぬふりをした。

それが今や、ハンターの絶対的な正しさの証拠となったのだ。バジルたちもただ安心させられただけでなく、奇跡を目《ま》の当たりにした気分とともに、自分たちのリーダーへの信頼を新たにする思いだった。

シルヴィアが、箱の中の球体から、その背景へと目を移して言った。

「今このネズミはどこにいるの？　〈セメタリー〉ではないようだけど」

「オクトーバー社の息のかかった病院だ。サウスサイドのシンフォレスト総合病院という。そこで、〈ドクター・ホィール〉ことビル・シールズ博士に、エンハンスメントの研究をひそかに行わせていたらしい」

「なるほど。〈セメタリー〉じゃ血の臭いがしすぎるから姿を現さなかったんだな」

エリクソンが勝手に納得した。

「かもしれんな。だが決定打は、ビル・シールズ博士によるプロテクト解除だ。このネズミが何に化けていようとも元の姿に戻せる、特殊な信号を送ったらしい」

ハンターの注釈に、オーキッドが興味を惹かれた顔になった。

「ということは、もう我々がこいつに化かされる心配はないということか？」

「いや、信号は一時的なものだ。ただし、おれが針を打つには、十分な時間があった」

それでまたみなが言葉にならない感嘆の声をこぼした。

シルヴィアが目を輝かせ、さも心待ちにしている様子でこう言った。

「彼が……彼でいいのよね？　彼が、私たちと均一化《イコライズ》されて仲間になるのが楽しみだわ」

「どうやら独特の信条の持ち主であるようだから、そうたやすいことではないだろう。だが不可能ではないとおれは考えている。彼がおれたちを受け入れてくれることを願うとしよう。何しろ彼には鋭い嗅覚という別の能力《ギフト》があるらしいし、これから戦う相手を攻略するには、どうやら嗅覚がものをいうのだからな。ラスティ、みな順調に集まってきているか？」

ラスティがリモコンを手にとってモニターの内容を切り替えた。

「えーと……、ちゃんと集まってきてるみたいだぜ、ハンター」

都市の南、ベイエリアのボートハウスを中心とした地図だった。

アンフェル・ボート・リゾートのボートハウスだ。過去、ラスティとエリクソンが、〈スイッチ・マン〉ことプッティ・スケアクロウを制圧しに赴いた場所だった。

そこの一ヘクタール余りの土地と豪華な建物、そして専用の桟橋は、全てオクトーバー社の持ち物だった。それをサンダース工務店が十年リースで契約し、〈クインテット〉が合法的に使用できるようにしたのだ。

ハンターはこの新たな施設を〈噴水《ファウンテン》〉と命名していた。華やかな名称の裏に、組織内の不満や確執を残らず噴出させ、その危険な飛沫を一掃する、という意味を込めて。

モニターにはほかに、様々な乗物の位置が示されている。海上では〈白い要塞《ホワイト・キープ》〉および〈黒い要塞《ブラック・キープ》〉と呼ばれるボートが移動中だった。ベイエリアへ向かう道に入ったのは検診用のバスで、新たに医療系担当とされたメンバーの要望により、〈方舟《アーク》〉と仰々しくも改名されていた。

メリル・ジレットご自慢の防弾車輌は、その主な役柄から、〈ブラックメール〉と呼ばれ、これもベイエリアのボートハウスに向かっている。

国道44号線からは〈プラトゥーン〉のリーダーであるブロン・ザ・ビッグボートが、ウェストサイドからは〈シャドウズ〉のリーダーであるジェイク・オウルが、それぞれ同地点に向かっていることがわかった。

さらにもう一つ、サウスサイドから移動する〈戦魔女《ウォーウイッチ》〉の位置情報も。

その中で〈ハウス〉が真っ先にそのボートハウスに到着するであろうことは明らかだった。

バジルがモニターから目を離し、みなへこう告げた。

「見ての通り、組織分けが片付いたエンハンサーの大半が集まる。正直、何が起こるかわからん。今回のこれは、気の合う連中だけってわけじゃないからな」

ハンターもその言葉に付け加えるようにしていった。

「それが〈ファウンテン〉の、そしてまた〈評議会《カウンセル》〉の存在意義だ。陸にいる者、海にいる者、はたまた地中にいる者が、一堂に会する。それぞれの望みを唱えることが確執を招くことは、過去の〈評議会《カウンセル》〉と同様だ」

みながうなずいた。バジルもそうしたが、ナンバーツーとして、全員に懸念事項を伝えることを怠らなかった。

「今回は、これまでと少しばかり空気が違う。市長の味方だっていうシザースを狩るのは、メリル以外あまり乗り気じゃねえ。〈プラトゥーン〉も〈シャドウズ〉も、もとは市長派だ。そういうのにかこつけて、ごたごたを起こそうって馬鹿もいる。〈黒い要塞《ブラック・キープ》〉のやつらだ」

シルヴィアが不快そうに眉間に皺を刻み、傲然と腕組みした。

「船の上で自分たちの悪趣味を自慢し合うだけじゃ物足りないみたいね」

オーキッドもカウボーイハットをもてあそびながら、怒りで目を細めた。かつてその悪趣味にさんざん付き合わされた不快感を思い出しているのだ。

「ビジネスのことで揉めたがるなら、放置してはおけないぞ、バジル」

「ああ。ただ連中にゃ、銃やヤクのビジネスは無理だとマクスウェルもわかってる」

エリクソンが不思議そうに首を傾げた。

「なら何がほしいんだ？」

ラスティが前屈みになり、気楽な口調とは裏腹に目に殺気を帯び、こう言った。

「〈評議会《カウンセル》〉での兄貴の椅子だよ。兄貴が上手に仕切ってるのを見て、自分のほうがうまくできるとかクソみたいな勘違いしてんだよ、あのじじい」

全員がバジルを見た。ハンターも。みなハンターならそうしたことを許さず、巧みに御すか、思い知らせるとわかっていた。ではナンバーツーたるバジルはどうするか？ハンターに代わってそうしたいさかいを御せるかに注目が集まっているのだ。〈クインテット〉の初期メンバーのみならず、傘下の者たち全員の注目が。

こうした場合、何をどう口にすべきか、もちろんバジルにはわかっていた。ハンターから教えられたのだ。素直に気分を表明するのも効果的ではあるが、その気分通りの行動に出るときの条件をはっきりさせろと。何が許されざることであるかを。

バジルが、どす黒い怒りを溢れさせながら言った。

「おれの椅子がほしけりゃくれてやるぜ。せいぜい苦労すりゃいいし、どうせすぐ返す気になるだろうからな。ただしそれにも条件がある。てめえの身を張ってハンターと組織を守る気もなく、単に食い物にして困ったことがありゃとんずらしようって程度の魂胆でおれが座る椅子をほしがるなら、その場でおれが吊るしてやる」

シルヴィアが嬉しそうに微笑み、手を叩いた。むろん揶揄《やゆ》ではない。同朋として、共感と称賛を示していた。

全員がそうした。手を叩き、口笛を吹いた。頼もしい副官を称えて。

ハンターも、右腕たる男の成長に満足していることを示すため、大げさに手を叩いている。三頭の犬までもが身を起こし、敬意を表してバジルを見上げていた。

バジルが嚙みつきそうな顔になった。

「大したこたあ言ってねえだろ」

まんざらではなかろうが、いい気になっていると思われるのがいやなのだ。ハンターの期待通りに振る舞えるかどうかがバジルにとってゆいいつ最大の問題だった。教えられた通りにしているだけだ、などと口にしないよう、他ならぬハンターから釘を刺されてもいた。自分の考えだと確信が持てないことをみなの前で言ってはならないと。

拍手が収まったところで、ハンターがおもむろに口を開いた。

「いいや、バジル。お前は法にも匹敵するほど重要なことを、おれたちに述べてくれた。おれたちの組織は、確かに歴史が浅い。成り立てであり、遺産と呼べるものも僅かで、それを受け継ぐべき世代も擁していない。だがそれは、おれたちがかつてない新しい勢力であることも意味している。それを蔑《ないがし》ろにし、これからの成長を妨げる者には決して容赦しない」

みながその通りだというようにうなずいた。

「競い合うあまり結束を失う者がいれば、教え諭さねばならん。面従腹背ではなく心からの団結のために。組織が成長すればするほど、分裂の危機は起こる。厄介だが、必ず乗り越えねばならない。そのことを肝に銘じて今日の会合に赴くとしよう」

それから間もなく、〈ハウス〉は滑らかにボートハウスの敷地に入った。

広々とした駐車場で停車し、運転席のアンドレの声が、スピーカー越しに届けられた。

《ハイホー。このたびはアンドレ航空をご利用いただき、まことにありがとうございました。当社の安全安心な旅をお楽しみいただけましたでしょうか》

バジルが返事代わりに、運転席の仕切りを、どん、と叩いた。

後部座席のドアが開き、まずエリクソンが出た。いざというときハンターと仲間の盾になるためだ。オーキッド、ラスティが続き、シルヴィアがハンターや三頭の犬とともに降りる。バジルは最後だ。襲撃があった際、すぐさまハンターを車内に引っ張り戻し、敵は仲間に任せ、速やかに走り去るためだった。

アンドレは車内に残るのが常だが、今日はともに会合に行くと決まっており、運転席から出てくると噛みタバコをぺっと吐いて大きく伸びをした。〈プラトゥーン〉のメンバーはどいつもこいつも巨体揃いで、アンドレもご多分に漏れず二メートル近い背丈を持つ、巌《いわお》のような男だ。のんびりと肩を回して凝りをほぐしているが、目は油断なく周囲をチェックしている。異変があれば運転席に飛び込み、数秒で緊急脱出してみせる俊敏さも兼ね備えていた。

とはいえ現実に襲ってくる者はおらず、全員が駐車場を出て、フェンスと植え込みが設けられた通路を進み、ボートハウスの玄関脇から庭へ入った。

綺麗に芝生を刈り上げられた庭だ。晴れ上がった青空の下、海と河口、そして対岸の美しいビル群を眺め渡すことができるそこに、上流階級のパーティを思わせる準備が万端怠りなく整えられている。

一階広間のアコーディオン式のガラス戸が広々と開け放たれ、テラスには〈評議会《カウンセル》〉用の大テーブルと椅子が据えてある。シルヴィアの手による素晴らしい意匠を施された品で、いかにもギャング風味といった髑髏《どくろ》や『V』のシンボルを残しつつも、そのデザインは急速に洗練されていた。市議会で用いられていてもおかしくないようなエレガントで神秘的な模様があしらわれており、〈評議会《カウンセル》〉の面々の間では、そのうち盗品ではなく、シルヴィアが手がけたアートが、都市の好事家を喜ばせることになるだろうと評判だった。

テラスを降りた中庭には、真っ白いテーブルクロスをかけられた六つの小テーブルと、フードカウンター用の長テーブルが、見栄え良く配置済みだった。花やシャンパン・クーラー、各種のドリンク、グラス、カクテルフードや料理の入った保温プレートが載せられている。

これらをコーディネイトしたのは、〈ファウンテン〉の管理を任された男で、〈穴掘り人《ディガーマン》〉として知られるヘンリーだ。三つ揃いのスーツをきっちり着込んだヘンリーが、庭先で恭《うやうや》しく出迎えており、「やあ、ヘンリー」とみなが親しげに挨拶を返すのへ、いちいちつるりとした頭を下げてみせるのだった。

「素晴らしい仕事ぶりだな、ヘンリー。これらを用意させた業者は帰したのか？」

ハンターが訊くと、一見して体毛というものがほとんどないヘンリーが、真っ白い肌に自信たっぷりの笑みを浮かべてみせた。

「はい。全員帰らせたあと、私がチェックしました。盗聴《ワイヤー》なし。盗撮《ウェーブ》なし。〈白い要塞《ホワイト・キープ》〉にも協力してもらい、常時ここの電波状況を監視してもらっています。どうかご安心を」

「ありがとう。地下トンネルのほうも順調かね？」

「工事はほぼ終わりました。人知れずここに逃げ込むことも、逆にここから海へ脱出したり、エア・カー用ハイウェイに乗って消えてしまうこともたやすいでしょう」

「大いに安心だ。君にここを任せたのは正解だった」

「光栄です、ハンター。さあ、どうぞお席に」

ハンターが大テーブルの議長席に座り、三頭の犬が背後にはべった。

右隣に、バジルが座った。

オーキッド、シルヴィア、ラスティ、エリクソンは、〈クインテット〉と記されたプレートのある小テーブルについた。

アンドレが、〈プラトゥーン〉用のそれにつき、巨体を瀟洒《しょうしゃ》な椅子に行儀良く乗せた。

それからすぐ、庭の向こうの駐車場に、窓がほとんどない大型バスが入って来た。検診用のバスである〈方舟《アーク》〉だ。その後部車輛からホスピタルと〈安置室《モルチャリー》〉ことデイモン・パッチが姿を現し、ついで運転席からストレッチャーが降りてきた。

二人の男を引き連れるようにしてホスピタルがやって来て、ヘンリーに迎えられながらテーブルが並ぶ庭へ歩み入った。

「こんにちは、ハンター。本日予定していた検診は全て終えました」

ハンターが、彼女と二人のメンバーを労《ねぎら》うようにうなずき返した。

「ありがとうホスピタル。君たち〈ガーディアンズ〉の働きこそ、我々の生命線だ。今日はゆっくりとくつろぎ、楽しんでくれ」

「はい、ハンター」

会釈して大テーブルの一席に座るホスピタルへ、ラスティが手を振った。

「よう、ホスピタル。今日も元気かい？」

ホスピタルがつれなく返した。

「検診に出る前にも同じことを訊かれましたが、私は元気です」

「そっか。確かに元気そうだな」

「そんなに私に病気になってほしいんですか？」

ラスティはめげずに、腰を浮かせ気味にして言った。

「なあ、ここ座んなよ。椅子持ってこさせるから」

「私の席はこちらだそうです。ヘンリーの仕事を増やしたくありません」

きっぱりとホスピタルが断った。モルチャリーとストレッチャーはラスティのことなど気にもかけず、自分たちの席についてグラスを用意し合っている。

「最近よく喋るようになったよな、あの子」

ラスティが腰を下ろして言った。オーキッドとエリクソンがその点は同意するというように首を上下に揺すり、シルヴィアは関心の薄さを示す鼻息をこぼしている。

そうする間にも、メリル・ジレットがせしめた〈ブラックメール〉こと、本来市警の財産である車輌が駐車場に入ってきていた。

そのすぐあとで〈プラトゥーン〉の化け物じみた四輪駆動車も現れており、メリルの車からかなり離れたところで停まった。

メリルと、二人の部下、ピットとウィラードが車から降りた。三人ともサングラスをかけた顔を、〈プラトゥーン〉の車に向けた。

ブロンと三人のメンバーも車から降り、メリルたちを見た。

ブロンが手振りで道を譲ることを示すと、メリルもそうした。お互い背後に立たれるのがいやなようだった。ブロンが表情を変えず、同じ動作でメリルを促した。

メリルがサングラスを取ってブロンを見つめ、時間の無駄だと悟ったように手を振り返すと、部下をつれて駐車場を出た。遅れて、ブロンと三人の巨漢が続いた。

メリルが、ハンターのそばに来て言った。

「何か祝い事でもあったかな？」

「我々の次なる目標が明確になったという点は、まさに祝うべきことだ」

「言っておくが、今日の会合はおそらく荒れるぞ、ハンター」

「行動に出てからそうなるのを防がねばならん」

メリルがハンターの肩を軽く叩いた。憎しみを滾《たぎ》らせていたときと変わって――メリル本人はいまだにそうだと自分に言い聞かせているのかもしれないが――ハンターへの信頼を示す動作だった。

メリルがヘンリーの指示に従い、ハンターの左隣の席についた。

ピットとウィラードは、〈ガーディアンズ〉の二人と同じ小テーブルについた。

もともとホスピタルとストレッチャーは、〈ファンド・マネージャー〉だった頃のメリルに従っていたこともあったし、検診を通して顔を合わせることが増えたためか、四人とも互いを警戒する様子はなかった。それどころか、互いのグラスに飲み物を注ぎ合い、一足早く勝手に乾杯し、穏やかにこの立派な会合を喜ぶ言葉をかけ合っている。

それを見たエリクソンが、仲間たちを促してドリンクに手をつけた。

その間にも、庭に入ってきたブロンが、ハンターのそばに寄って言った。

「良い天気だ」

ハンターはうなずいた。

「狩りを始めるには良い日だ」

ブロンは小さく顎を引き、同意を示した。どんな天気だろうと相変わらず悲しげな翳《かげ》を顔にたたえたまま、大テーブルの一角についた。

仲間の三人は、小テーブルにいるアンドレと合流し、ごつい拳を叩き合わせ、胸や腕をぶつけ合うなど、ゴリラのコミュニケーションを思わせる挨拶を交わし、遠慮なく酒をグラスに注いでいる。

続いて訪れたのはけたたましいバイクの音だ。それだけでどのグループかわかるほど特徴的な五つの排気音が迫り、そして一つずつ、音楽的なリズムを伴い、ぴたりとやんでいった。

ライダースジャケットの一団たる〈シャドウズ〉が、どかどかと足音をたてて通路を通り、庭に入ってくるや、「豪奢なパーティだぜ」というジェイクの声とともに口笛を吹き鳴らした。

ジェイクがまっすぐ大テーブルに歩み寄り、ハンターと差し向かいの席に手をかけた。集った人々の中では特にリラックスしているという感じだ。そのせいで逆に、若いリーダーとして自分たちのグループが貧乏クジを引かないよう気を張っていることが明らかだった。

「こいつは何のパーティなんだ？　ハンター？　もてなされるのは、あんたかおれたちか？」

「新たな局面に立ったことを、全員で認識する場だ、ジェイク・オウル」

「〈パレス〉の美男美女が欠けてる気がするな」

ジェイクが席に着きながら軽口を叩いた。小テーブルについた仲間たちは誰もリーダーのジェイクから目を離さず、何かあった際には身を挺《てい》して守ろうという構えを崩していない。

「重要な情報について話し合うからだ。お望みとあらば、会合のあとで呼ばせよう」

ハンターのいらえに、ジェイクが手を叩いて軽薄に喜んでみせたが、本気でそうしてほしいと思ってはいない様子だった。これがどの程度、深刻な話し合いになりそうか、あらかじめ推し量ろうとしているのだ。

続いて、桟橋に到来したのは、大きな真っ白い船だった。かつて〈グローリー号〉と呼ばれ、今は〈白い要塞《ホワイト・キープ》〉と名付けられた、電子戦基地。ヘンリーが素早く小道から桟橋へ向かった。ややあって、居心地悪そうにぶらぶらと歩く青年を伴い戻ってきた。

ハンターが青年へ呼びかけた。

「よく来てくれた、ショーン。さあ、座ってくれ」

ショーンが頭をかき、困惑と警戒をにじませて大テーブルを見た。

「そこに、おれが座んの？」

上等なスーツに身を包み、両手をポケットに突っ込んだまま左右に身体を揺らす美しい青年を、ブロン、ジェイク、ホスピタルが、興味深そうに見ていた。

船上で通信網を維持する〈スイッチ・マン〉のチームは、すでにその働きをもって、組織の誰よりも公正で頼れる相手とみなされているのだ。

「そうだ。〈スイッチ・マン〉の分も、この場を楽しんでくれ」

ショーンが肩をすくめ、別に自分からこんな待遇を望んだわけじゃないと断るようにみなへ頭を下げながら、大テーブルについた。

そこへ、にわかに大きな鳥が現れ、みなの視線を集めた。

ガアッ、と特徴的な鳴き声を響かせ、巨大なカラスが舞い降りてきて、悠然とフェンスにとまり、人々を眺め渡した。

ハンターがみなとともにカラスを見上げ、声をかけた。

「ようこそ、ハザウェイ。〈戦魔女《ウォーウイッチ》〉は間もなく到着かね？」

するとカラスが滑らかに答えた。

「耳を澄ませるといい。わだちとひづめの音とともに彼女らがやって来る」

その言葉通り、軽快なエンジン音が轟いたかと思うと、深紅の弾丸じみたものが駐車場に飛び込んできた。

ハイヒールを思わせる流線形のオープンカーだ。メリルの〈ブラックメール〉やブロンたちの化け物四輪駆動車に比して、カネがかかるという点ではむしろ勝るといっていい、年代物の超高級ガソリン車である。

そして、その車のあとを追って現れたのは、驚くほど純白の馬と、凜としてその背にまたがる警官姿の女だった。といっても、騎馬警官《マウンテッド・PO》に見えるというだけで、本物でないことは明白だ。この都市に、黒地に金をあしらった制服の警官などいないし、ショートパンツを穿いて太腿をあらわにする公務員も皆無だからだ。

車の運転席から、毛皮と派手派手しいドレスをまとうブロンドの女が降りるや、するりと真っ黒い何かが後に続いた。

女に付き従うのは、漆黒の毛並みと、氷のように澄んだ青い目を持つ、黒豹だった。その優美な体軀は、女を乗せて走れそうなほど巨大で、そのくせ足音もなく柔らかに歩いている。

後部座席からは、赤いドレスのケイト・ホロウが、また逆サイドから、別の女が降りた。赤ずくめのケイトに対し、一方は喪に服すかのように黒いドレスに身を包んでいる。しかも長く垂れ落ちる黒い髪で耳元をすっかり隠すばかりか、その両目をも黒い布で覆っていた。

にもかかわらず何ら不自由を感じさせることなく歩く女の体を、真っ白いリボンが飾っているように見えるのは、数メートルはあろうかという蛇が巻きついているからだ。その鱗《うろこ》はどこもかしこも純白で、目は燃えるように赤く、ちろちろと舌を出しながら、女の肩のあたりで頭を上下左右にゆっくりと動かしている。女は、まるで蛇を通して周囲を認識しているかのように、その鱗で覆われた胴を一方の手で撫でているのだった。

騎乗していた女が、馬を下りて手綱を引きながら、車から出た三人と合流した。そしてその全員が、獣たちをつれてボートハウスの庭に入ってきた。

先頭はケイト・ホロウで、仲間がヘンリーの指示で小テーブルのそばで立ち止まるのをよそに、まっすぐ大テーブルにいるハンターへ近づいてきた。ケイトの腕を分厚い革の手袋が覆っているのは、カラスをとまらせるためだろう。だがカラスは人々を見下ろすほうがよいらしく、フェンスより下には降りてこなかった。

「約束通り、みなを連れて来ました、ミスター・ハンター。ただし、私たち〈戦魔女《ウォーウイッチ》〉のリーダーはこうした場には出ず、私を代理として遣わしました。失礼をお詫びします」

ケイトが言った。背後では獣を連れた女たちが遠慮なく小テーブルについている。

「ありがとう、ホロウ・ザ・キャッスル。あなた方のリーダーの事情は聞いている」

それから残り三人にもハンターは声をかけた。

「〈パレス〉の魔女たちよ。容易に姿を見せてはくれないあなた方の参列を心から感謝する」

ブロンドの女がにっと笑みを返し、黒豹の首の後ろを撫でた。ハンターの犬たちと黒豹が互いに一瞥し、敵意がないことを示すため、おのおのが目線を外した。

蛇を巻きつけた目隠し布の女が、正確にハンターがいるほうへ会釈してみせた。

堂々と馬を連れてきた女が、同様にハンターに会釈した。

その純白の馬が脚をたたみ、女のそばで座るさまを、〈シャドウズ〉の面々が目を皿のようにして見ていた。

馬のやけに赤々とした目が、男たちをじろりと見返した。右側の、四つの目で。まるで蜘蛛のように、馬の頭部には大きな八つもの目がついているのだ。その視線を一つずつ受けた〈シャドウズ〉の四名がぎょっと身を引き、慌てて目を逸らした。

ケイトが大テーブルの席について間もなく、最後のグループが乗る船が到着した。漆黒に塗られた、〈黒い要塞《ブラック・キープ》〉だ。

普通、船体の喫水線から下は別の色にするものだが——フジツボや海藻が付着しないよう防汚剤入りのペイントをするためだが——わざわざ船全体が同じ無光沢の黒になるよう、塗装されているのだ。

ヘンリーが素早く桟橋の方へ向かい、たちまち明るいパーティ会場といった場に、何かを待ち受けるような雰囲気が漂った。

「〈誓約の銃《ガンズ・オブ・オウス》〉のお出ましだ」

メリルが呟き、もてあそんでいたサングラスをテーブルに置いて、ハンターを振り返った。本当に大丈夫なのかと問いたげな顔で。

ハンターは何も言わず、先ほどショーンが連れてこられた小道へ目を向けた。

「お待ちください！　ミスター・マクスウェル！」

ヘンリーの慌てた声が聞こえた。

ハンターを除く全員が、一斉に立ち上がった。

やって来たのは、四十名以上もの一団であった。ほぼ全員が、同形の黒いケープを羽織り、黒い目出し穴をあけた布を頭からかぶっている。

死刑執行人たちの先頭を進むのは、ゆいいつ顔をさらす、一人の老人だった。どこを見ているのかわからない昏《くら》い眼差しをし、綺麗に手入れされた白い髪と髭が顔を飾っている。そのケープの右側がだらりと垂れて揺れていることから、隻腕《せきわん》であることが一見してわかった。

「ミスター・マクスウェル！」

ヘンリーが止めようとするのも構わずまっすぐ庭を進む老人へ、バジルが怒号を放った。

「入れんのはハンターが招いたメンバーだけだ！　手下を入れやがったら、全員吊るすぞ、マクスウェル！」

マクスウェルはさらに数歩進み、芝生に立って足を止めた。その背後、芝生に入る一歩手前では、黒衣の一団が左右に分かれて行進し、何かの儀式のように横一列にずらりと並んでみせた。敷地に入ったのは、あくまで老人だけだとでも言いたいのだろう。

マクスウェルが言った。

「バジル。お前さんのせいでミスター・ハンターが私の目に映らない。私が挨拶するのを邪魔したくないんなら、座ってはくれんか」

バジルが険悪な形相で応じた。

「てめえが一人でここまで歩きな」

怒りを滾らせてはいるが、場を仕切るという最大の務めを忘れはせず、ただちにその老人を縛りつけて海に投げ込もうという衝動を十分に抑え込んでいる。

マクスウェルが、ためつすがめつするようにそのバジルを見つめ、どうせ最初からそうするつもりだったというような無造作な足取りで、歩みを再開した。

苛立ちと警戒をあらわにする人々にはいささかも関心を払わず、混雑した交差点でも渡るかのように小テーブルの間を移動してゆく。

芝生からテラスへ足を移し、大テーブルに近寄ると、〈評議会《カウンセル》〉のために用意された席のうち、最後の空席である椅子に、その左手をかけた。

そして、その場でただ一人悠然と座っているハンターへ、嗄《か》れきったような、それでいてよく通る声で、ひどく真摯《しんし》ならうわべを装って言った。

「ごきげんよう、ミスター・ハンター。とびきりの狩りの話があるというので、その手の話が大好きな連中と一緒に聞かせてもらいに来たよ。これもあんたに敬意を払ってのことだと、あんたならわかってくれるだろう。そんなあんた だから言うが、女みたいな男どもだけでなく、実際に女どもまで集めていったい何の役に立つんだね？　あんたほどの人物が、まともな男を一人も集められないなんてのは、まったく不思議なことだ。ここは栄《は》えある会合の場と聞いたが、私の感想はといえばだ、とにかくプッシー臭くてかなわんな」

ハンターは無機質な目でマクスウェルを見つめている。

バジルがぎりぎりと歯を軋らせた。うららかな日差しに満ちた瀟洒な庭に、早くもおびただしい殺気が渦を巻いていた。

4

マクスウェルが、厳《おごそ》かに続けた。

「女というのは、かまどの番人だ。そうじゃないか？」

中肉中背の、隻腕の老人が、あたかも誰よりも尊敬されているかのように独演してみせていた。干上がった沼底を思わせる深い皺が満面に刻まれ、瞳は青く澄んでいるが、目つきはおそろしく昏い。しばしば双眸を見開くが、その視線が何をとらえようとしているのかは皆目見当がつかなかった。

黒衣と黒いケープの上からは筋骨の意外な逞《たくま》しさが、身振りからは若者に劣らず柔軟性を保っていることが見て取れた。言動は挑発的かつ威嚇的だが、佇《たたず》まいそのものはきわめて礼儀正しいといってよく、あたかもその場にいる全員が、彼を敬《うやま》って傾聴しているかのように、彼に向けられる警戒も敵意も何一つ存在しないという態度でいる。

「狩人である男の帰りを待つ間、火を守るのが女だ。善《よ》き火、すなわち家族の良心を。良妻賢母であろうとすること以外、自分を誇るすべはないと知るのが本当の女だ。息子たちには自分よりも父親を尊敬することを教え、娘たちには神聖な処女を守ることを教え、どちらにも売女《ばいた》は地獄に堕ちることを教える。そうじゃないかね?」

だがその深みのある声音《こわね》と、一見して理性的な態度で語ることがらに対し、〈ファウンテン〉の庭に並べられた七つの円卓の周囲にいる者たちはいささかも共感を示さなかった。

他方、目穴のあいた黒い覆面と黒い防弾ケープをまとって整列する〈誓約の銃《ガンズ・オブ・オウス》〉の男たちは大いに感銘を受けたらしく、みな、うんうんと首を上下に振ってみせている。

豪奢な会食の用意にもかかわらず、みなが――〈クインテット〉、〈シャドウズ〉、〈プラトゥーン〉、〈戦魔女《ウォーウイッチ》〉、〈ガーディアンズ〉、〈ディスパッチャー〉のメンバーと、エンハンスメントを施された獣たちが――椅子やテーブルに動きを妨げられないよう、大きく椅子を押しやるか、椅子の後ろに立つかして、マクスウェルと整列する〈誓約の銃《ガンズ・オブ・オウス》〉の男たちへ警戒態勢をとっている。

場を管理する〈穴掘り人《ディガーマン》〉ことヘンリーも、一触即発の空気の中、表情を消してマクスウェルのすぐ後方に立ち、いざ騒ぎが起これぱその収拾に努める構えだ。

ただ一人、ハンターだけが席に腰を落ち着け、何の感情もない無機質な目で、マクスウェルと彼が起こす波紋を見つめている。あたかも全ては起こるべくして起こっているとみなすようだ。その後方では、三頭の猟犬が立ち上がり早くも攻撃体勢をとっていた。

ハンターの左側では、メリルが視線をハンターとマクスウェルの間で行ったり来たりさせ、ことがどういう次第になるかを見極めるべく口を閉ざしている。

右側では、バジルが、視線で相手を焼き殺そうとするような憤怒の眼差しをマクスウェルに向けているが、怒りに我を忘れることはなかった。不穏な黒衣の男たちの列を視界の隅にとらえることも忘れず、しっかりとおのれを制し、鋭く命じた。

「黙るんだな、マクスウェル」

怒号ではない。ハンターに次ぐナンバーツーが誰であるかを全員に示さんとする、落ち着いた声音だ。

そうしながらバジルは、その場にいるグループのリーダーたち同様、あるいは誰よりも厳密に、なぜマクスウェルがしきりと人々を挑発するのか、その理由を注意深く探ろうとしていた。

マクスウェルが、わざとらしく上下の唇をぴったりくっつけ、バジルを見た。

「座れ」

バジルが言った。

ハンターがうなずいてみせた。マクスウェルを促す一方、バジルの態度を評価してのことだ。

だがマクスウェルは、なおも座るべき椅子の背もたれに左腕を載せたまま、卓上の食器とグラスを無表情に眺め、何食わぬ顔で、また口を開いた。

「本当の女というのは、食事という神聖な儀式がどうあるべきかを知っているものだ。かまどの番人として、最初に糧《かて》を口にするのは男たちであり、女たちはその後でなければならんことを。どちらがどちらを養っているか、しっかりわかっているのが本当の女というものだ。そうじゃないか？」

「マクスウェル」

バジルが、両手を広げて肩の高さに上げた。

これから取っ組み合おうというような姿勢だ。袖口から手の平へと、電線が黒い蛇のように滑り出てきた。

「てめえのたわごとなんぞ、聞いちゃいられねえ。黙って座れ」

その能力《ギフト》同士のぶつかり合いも辞さぬ構えに、たちまちショーンがびくつき、真っ先にテーブルそのものから何歩も離れた。

遅れてメリルが、それからブロンとジェイクが、おのおのテーブルから離れたが、三人とも怯えてそうしたのではなかった。勃発しそうなバジルとマクスウェルの争いを止めるのではなく、むしろその争いが避けられないものであるならば、邪魔にならないよう場をあけ、とっくり眺めてやる気なのだ。

テーブルから離れなかったのは、ホスピタルとケイトで、うち一人が、突然、バジルに続いて能力《ギフト》を発揮してみせた。

「お前は、女がどういうものか、親父から教わった通りに喋ってるわけだ」

ケイトが、マクスウェルのすぐ左側で言った。

おおかたが意表を衝かれ、驚きの目をケイトに向けた。

とはいえ今そこで喋っているのは彼女自身ではなくなっている。彼女の心の城に住まう、別の人格たちの一つが――もう一人のマクスウェルが――出現しているのだ。

いつの間にか彼女の声音も表情も佇まいも一変し、マクスウェルそっくりに左腕を椅子の背もたれに載せ、右腕をだらりと垂らしている。姿形も出で立ちもまるで異なるくせに、何もかもがマクスウェルそっくりだった。鏡映しというより、デジタル映像の技術のように、むしろマクスウェルがケイトの外見をまとったかのようだ。

マクスウェル本人が、威嚇するように、その昏い眼差しをケイトへ向けた。

ケイト＝マクスウェルが、同じ目つきで見つめ返した。

「だが、本当に女の役割について語っていたのは、母親のほうでもある。お前の母親は、父親に命じられて、お前をさんざん鞭打った。父親は手を出さなかった。母親が、子どもだったお前を素っ裸にしてベルトで打ちまくった。お前の言うかまどの番人は、そうさせられることを悲しんでいるふりをしながら、ずいぶんその行為を楽しんでたんじゃないのか？」

ブロンとジェイクが、ことの変化を見て取るため、再びテーブルに寄った。

メリルは、ハンターとケイトとマクスウェルの三者の間で視線を動かすようになっている。どういう成り行きになるか、急に予想がつかなくなったのだ。

バジルも、ナンバーツーとしての威厳を示す機会を奪われたというような不機嫌な唸りをこぼしながら、上げていた両手を腹のあたりにまで下ろした。

「子どもに愛と教えを授けるのは、もちろん楽しいはずだ。そうでなくちゃならん」

マクスウェル本人が言い返した。

「ああ、そうでなくちゃならんな」

ケイト＝マクスウェルが、大いに同意するというように、笑みを浮かばせた。

「何しろお前の父親が死んだあと、お前の母親は自分も死ぬまで、同じことをお前にし続けたんだから。お前が立派な男になったあとも」

「私も母も、父の教えを忘れなかったということだ」

「今でも、母親の墓の前で、お前自身を鞭打つか？　真夜中の墓地で、素っ裸になって、ひざまずいてそうしているか？」

「毎週欠かさずにな。私だけでなく、我が〈ガンズ〉のメンバーは、おのおのがそうした神聖な儀式を持っている。私と私の家族がいかに神聖なものを大切にしているか、教えてほしいのか？」

「いいや、私がいっそうお前になるために知りたかっただけだ。お前がこの場で伝えたいことは、それとは違うはずだ。女にまつわる話は、お前好みの前口上であって、本題じゃない」

「さて。それはどうかな？」

「お前はこう言いたいんだ。狩りを始めるにあたって招かれるべきは〈誓約の銃《ガンズ・オブ・オウス》〉のメンバーだけだと。他の幹部も招くなら、みながお前たちに敬意を示すべきだ。なぜならお前たちは、気高い狩人の集まりなのだから。銃や麻薬の売人を仕切るのが仕事の、乗り物好きの連中とは違う。ポン引きが建てた館に居座る売女どもとも違う。狩りという神聖な言葉を使うのであれば、尊ばれるべきは、お前たちだけだ。そうじゃないか？」

「なんと。お前は本当に私らしい」

「お前と話せたおかげで、よりお前になることができた。何なら、お前がここに来た理由も話そう。どんな会合も不満があるなら無視するだけだ。どうせ狩りにはお前たちが必要なのだから、ハンターから改めて呼ばれるのを待てばいい。しかし今のお前には気になることがある。このところ例の男がハンターについて嗅ぎ回っているんだ。ハンターがお前抜きでそいつの始末を命じてしまったら、お前は悔やんでも悔やみきれない。せっかく神の御意志で能力《ギフト》を得たのに、他の誰かがその男を狩ってしまうなんてことになれば、お前は大事な生きがいの一つを失う。そう考えると気が気じゃなくなり、ここに足を運ばざるを得なかったわけだ」

　いつしかマクスウェルは自分から口をつぐみ、昏い眼差しにいっそう翳りを帯びさせ、ケイト＝マクスウェルを間近から見つめていた。

ケイト＝マクスウェルはいささかも怯まず、むしろますます完全な鏡像となって、相手同様、至近距離から見つめて言った。

「レイ・ヒューズだ。ストリートの交通整理役《ロードキーパー》。かつて十七番署の刑事であったお前が、ゆいいつ銃で負けた男。やつは、お前の右腕を撃って破壊し尽くした。銃とお前の利き腕という、最も神聖なものを汚した。そいつを狩らせろとハンターに頼みたくて仕方ないのだろう？」

マクスウェルが視線を相手に当てたまま、ふっと息をついて身を起こした。

その腕にかけられていた体重が消えるや、左手がきわめて滑らかに動いた。力任せの迅速さとは無縁の動作。全身の筋肉を総動員して肉体の一部をとにかく速く動かそうとするのではなく、ただあるべくしてある肉体を、あるがままに動かしたときに初めて実現する神速のわざだ。そして次の瞬間には、何かの奇跡のようにマクスウェルの左手が銃身の大きなリボルバーを握っていた。

マクスウェルがケープの隙間から腰の銃を抜いたことに全員が気づいたのは、さらに一瞬後のことだ。マクスウェルは、ケイト＝マクスウェルをひたと見据えながら、抜いた銃を誰にも向けることなく、頭上にかざした。

「マクスウェル！」

バジルが吠えた。右手から放たれた電線がテーブルを越え、マクスウェルの左手首に絡みついた。

即座に、緊張が電撃的に伝播《でんぱ》し、メリル、ジェイク、ブロンが長い習慣のなせるわざとして反射的に銃を抜いたのをはじめ、あらゆる場所で武器が姿を現した。

黒衣の男たちが黒いケープをひるがえして大小様々な銃を一斉に構え、すぐさまエリクソンが仲間の盾となるべく前へ出た。エリクソンの大きな背の後ろでは、オーキッドとラスティが銃口をぴたりとマクスウェルに向けて据え、シルヴィアが自身の手からいつでもテーザー銃となるワイヤーを放てるよう身構えている。

小テーブルにいる〈シャドウズ〉と〈プラトゥーン〉のメンバーが、銃器だけでなくハンマーや馬鹿でかい鉈《なた》といった武器を構えて臨戦態勢となった。〈ディスパッチャー〉の二人は早くも能力《ギフト》を発揮せんとして、ピットは両手を、ウィラードは喉元を青白く輝かせている。〈ガーディアンズ〉のストレッチャーは、モルチャリーを庇《かば》いながら、おのれが座っていた椅子や小テーブル上の食器を浮遊させ、自分たちと大テーブルのホスピタルを守る構えだ。

大ガラスが、ガアッ！　と声をあげ、フェンスの上で翼を開いており、上空では四方八方から飛び集まってきたカラスの群が旋回し、盛大な鳴き声を降り注がせている。

ケイトの背後に、〈戦魔女《ウォーウイッチ》〉と獣たちが素早く移動し、馬上に戻った警官姿の女が乗馬鞭をしならせ、ひゅっ、と音をたてて空を切ってみせた。蛇を体にまとわりつかせた女が細身の短剣を逆手に構え、黒豹を連れた女はバジルのように何も持たない両手を肩の高さに挙げながら、マクスウェルと黒衣の一団を迎え撃つ体勢をとっている。

「ハンター……！」

メリルが切迫した声をあげた。

だがハンター自身は動かず、無機的な眼差しに一切の変化もみせず、三頭の猟犬の唸り声を心地よさそうに聞きながら、泰然と命じた。

「バジル、彼らを止めてやれ」

バジルの左手がさっと宙をひるがえった。

ありとあらゆる場所から電線が飛び出した。テーブルクロスで覆われた卓の下から、庭の土の中から、樹の枝から、フェンスの根元から。数えきれぬほどの電線が蛇の群のように躍り出て、武器を握る者たちをたちまちのうちに制していった。

大テーブルから現れた電線が、メリル、ジェイク、ブロンの銃に絡みついて銃口を真下に向けさせた。遅れてズボンの後ろから銃を抜いていたショーンも、同様である。

黒衣の一団の銃も、〈シャドウズ〉と〈プラトゥーン〉のおのおのの武器も、そのようにされた。〈ディスパッチャー〉のウィラードとピットの二人は、それぞれの武器である喉と両手首に電線が絡みついた。ストレッチャーの両手が電線で縛《いまし》められ、〈戦魔女《ウォーウイッチ》〉の三人も、武器を持つ者は武器に、持たざる者は手首に、電線が絡みついた。

獣たちに電線が絡みつくことはなかったが、その周囲で電線が円を描き、あるいは大ガラスがとまるフェンスを電線が這い上り、いつでもそうできるようにしている。

電線が飛びかからなかったのは、ハンターと〈クインテット〉のメンバー、ヘンリー、ホスピタルとケイト、そして攻撃の意志を示さなかったモルチャリーだけだ。

ラスティたちは、バジルが一度に操る電線の数が飛躍的に増え、それでいて拘束すべき対象を正確に判別する見事さに感嘆し、笑みを交わしている。

「おいおい、バジルよ。こいつは何の真似だ?」

マクスウェルが、拘束された左手を僅かに左右に振ってみせた。心底不思議に思っているような調子だ。そのすぐ背後では、ヘンリーがいつでもマクスウェルに飛びかかれるよう身構えていた。

「てめえこそ何の真似だ、マクスウェル!」

「落ち着くんだな、バジル。私は、こうした場で当然のことをしようとしたんだ。見える場所に銃を置く。お互い安全だってことを示す。テーブルの下で銃口を向け合うべきではないからな。だからお前さんはただ単に、私の銃を取り上げればよかった。そうじゃないか?」

「その銃を取りゃ安全か? 何挺も隠し持ってるんだろうが。お前の見えねえ右腕みてえに」

「お前さんの電線みたいにと言ったほうがよさそうだぞ。お前さんは会合に集まった全員をいつでも縛り首にできるわけだ。それがナンバーツーのやり方としてふさわしいか、みなに尋ねてみてはどうだ？」

「馬鹿を放り出すだけだ。死刑執行は、お前たちか〈墓地《セメタリー》〉のトーチ爺さんの仕事だから安心しろ」

バジルは右手の電線をマクスウェルの左手に絡ませたまま、左手をさっと振った。おびただしい数の電線が、それぞれ独立した意思を持つかのように適切に動き、するすると拘束を解いて元あった場所へ消えていった。飛び出したときも一瞬なら、消えるときも同様だった。

最後に、マクスウェルの左手首から電線が離れ、バジルの袖の中へと消えた。

「〈ガンズ〉の連中に銃をしまわせろ、マクスウェル」

バジルが言った。マクスウェルが昏い眼差しを返したが、今度は逆らわなかった。

「お前たち《ボーイズ》！　お前たちの道具を元の位置に戻せ！」

黒衣の一団が速やかにマクスウェルの命令に従った。

各テーブルの面々もそれに倣《なら》って武器を納めてゆき、彼らの挙動を監視する〈クインテット〉のメンバーが、最後にそのようにした。

た。


「私の銃を取らないのか、バジル？」

「さっさとしまっとけ」

　バジルが一喝した。マクスウェルは、話のわからないやつだというように小さくかぶりを振り、腰のホルスターに銃を押し込んだ。

　それでようやく、マクスウェルの背後にいるヘンリーがほっとしたように肩の力を抜いた。

　バジルが全員に言った。

「ここに入るときに銃を取り上げないのは、どのみちエンハンサーから能力《ギフト》を取り上げることはできないからだ。銃を抜きたいならそうしろ。ただし次にそうするときは〈評議会《カウンセル》〉のバッジを返上することになるぞ。わかったな」

　誰も返事をせず、さりとて異議を唱える者もいなかった。

　バジルがハンターを振り返った。

　ハンターはバジルの腕を強めに叩いた。バジルをみなの前で褒め称えるために。それから初めて立ち上がると、卓上のフォークを取って空《から》のグラスの縁を叩き、軽やかで澄んだ音を響かせた。

「いかに確執の飛沫を浴びようとも結束し続ける。それがこの〈ファウンテン〉で催される〈評議会《カウンセル》〉の意義だ。挨拶はもう十分だろう。久々に一堂に会したことを祝うべく、資格ある者は席に着け。なき者は立ち去り、いつか〈評議会《カウンセル》〉に参加するという栄誉に預かれるよう努めるといい。ではヘンリー、着席と退席を促し、その素晴らしいもてなしの腕前を見せてくれ」

5

その日は、以後、目立ったトラブルはなかった。

マクスウェルは〈誓約の銃《ガンズ・オブ・オウス》〉の全員を〈黒い要塞《ブラック・キープ》〉に戻させたのだが、その際、

「私たちは全ての獲物と糧を平等に分かち合う」

という彼らの流儀に従い、〈ファウンテン〉の庭に用意された料理の一部を、彼らの基地であり宝物庫でもあるボートに運ぶことを主張した。

「息子が父親と同じくらい上等な物を食えるとは限らねえよ」

バジルが一蹴したが、

「評議員に付き添う方々のための軽食を用意しています」

ヘンリーがそつなくもてなしたことで、揉めはしなかった。

黒衣の男たちは、ミッドタウンの高級ケータリング会社が売る豪華なサンドイッチと、新鮮なミックスフルーツ・ジュースを、粛々と頭を下げて受け取り、嬉しげに胸に抱いた。

その彼らへ、ラスティが、純粋な好奇心で尋ねるといったていで声をかけた。

「生きてるっていうトロフィーたちの分はいいのか？」

相手の趣味に対する嫌悪感をあらわにしてそうしたのだが、黒衣の男たちは一斉に立ち止まったものの、かっとなったりはせず、むしろ不理解には慣れているし、自分たちの高尚さには疑いがないというように傲然とかぶりを振ってみせ、きちんと列をなして基地へ戻っていった。

「軍隊蟻みたいなやつらだな」

エリクソンが、見たままの感想を口にするついでに、別の話題を振った。

「やつら、全員が童貞だというのは本当だろうか？」

シルヴィアが肩をすくめた。

「だとしても別に驚かないわ」

ラスティがせせら笑った。

「女王蟻に選ばれなきゃ、やる相手もいないんだろ」

「多分、蟻同士でやっているんだ」

エリクソンが推測でものを言って、みなを呻かせた。

「やめてくれ。想像もしたくない」

オーキッドが頭痛でもするように顔を覆った。〈誓約の銃《ガンズ・オブ・オウス》〉の前身たる〈スポーツマン〉に潜り込み、実際に彼らと生活をともにした経験がある分、不快さが増すのだろう。

「〈誓約の銃《ガンズ・オブ・オウス》〉のグループ幹部であるエンハンサーたちの席は用意されているのでは？」

そう尋ねたのは大テーブルに座るブロンで、マクスウェルに負けず劣らず昏い目を小テーブルに向けていた。庭に並べられた小テーブルは六つあったが、うち〈誓約の銃《ガンズ・オブ・オウス》〉の分だけ、空席が四つできていた。

「うちの連中《ボーイズ》は慎ましくも、なるべく他のグループに顔を見せないよう努めている」

マクスウェルがまたぞろ独自の流儀を口にした。

「能力《ギフト》だけじゃなく姿も隠すのか。同じ仲間に対しても」

ジェイクが問いをかぶせるのへ、マクスウェルが当然だというように鼻息をついた。ジェイクも鼻息をつき返し、マクスウェルの態度に対する不満と、若手であっても対等だという気概を暗に示した。

その間にも、ヘンリーが大テーブルにつく〈評議会《カウンセル》〉の面々のために料理を運び、たった一人でもてなしている。小テーブルについた者たちは、おのおの席を立ち、ビュッフェ・テーブルから料理を取った。親と子の料理に差をつけるという序列のあり方を咎める者はいなかった。

獣たちの分は、ヘンリーが用意した。ハンターの三頭の猟犬たちに豚骨が、ケイトに付き従う大ガラスのためにスライスされた生肉が供された。〈戦魔女《ウォーウイッチ》〉の小テーブルでは、黒豹が肉の塊にかじりつき、白い大蛇がウズラを丸呑みにし、八つの眼球を持つ馬が、騎馬警官の出で立ちをした女の手で、生野菜を振る舞われた。

　そうして、大小七つの円卓に座る二十八名の人間と七匹の獣が、食事にありついた。

評議員は、現時点で九名。ハンターから時計回りに、メリル・ジレット、ホスピタル、ジェイク・オウル、マクスウェル、ケイト・ホロウ、ブロン・ザ・ビッグボート、ショーン・ザ・プリンス、そしてバジルが大テーブルを囲んでいる。

　うちショーンとメリルの二人だけが、能力《ギフト》を持たぬままエンハンサー集団の会合に身を置いていた。二人とも、その点については何の問題も感じていないという顔だ。ショーンのほうは、バジルとブロンといういかつい男たちに挟まれて肩身が狭そうだが、煮るなり焼くなり好きにしろという完全に開き直った態度で皿の上のものにがっつき、ビールを次々に飲み干している。

　メリルのほうは何があってもこの自分が排除されるいわれはない、という態度を決して崩さず、常に幹部然とし、また、ハンターのよき参謀のように振る舞うよう努めていた。

　六つの小テーブルのうち五つに座る総勢十九名のエンハンサーと、めいめいはべる七匹の獣は、いずれも仲間が大テーブルにいることを誇り、いつか自分が取って代わろうという態度を示す者は――少なくとも表面上は――いなかった。

　そうして一見和やかな会食が進むなか、やがてジェイクが、ハンターに水を向けるようにして言った。

「こんなふうな場所でこうしていると、どうしてもあの入江を思い出すな、ハンター。あんたが、ベンヴェリオ・クォーツをかっさらって、弁護士のフラワーや0９《オー・ナイン》法案のコーンを連れ出し、いっぺんにエンハンサーを集めたときのことを」

「同感だな、ジェイク。おれもちょうど、そのことを考えていた」

「あのときあんたの後ろに都市が見えた。入江の向こうに、金持ちたちが暮らす灯りがともっていた。気づけば、おれたちはその入江の反対側の岸辺にこうして陣取り、あんたが言った通り天国の階段《マルドゥック》をのぼってる。あんたのいう高みは、まだこの先のことを言うんだろう？」

「そうだ。おれたちはまだ何も手に入れてはいない。すでにあった組織のビジネスを奪っただけで、我々独自の何かを成し遂げていない」

「まだ到底奪い足りない、というのではなく？」

横からブロンが質した。低く落ち着いた声音に、過剰な欲求を戒めようとする彼本人の性格であろう忠告めいた響きがこもっている。

「奪うべきは奪おう。だがそれ以上に、おれたち自身のあるべきあり方を創造することが必要だ。違法エンハンサーであるおれたちを合法化《リーガライズ》する。おれたちの身に備わった能力《ギフト》の行使を収益化《マネタイズ》する。すなわち都市の原理《ドグマ》とおれたちを均一化《イコライズ》する。大いに創造性を問われる課題だ」

ジェイクがナイフとフォークを手に宙を見つつうなずいたが、納得した顔ではなかった。

「それってのは……、あー、なんていうか、結局は、金持ちどもの汚れ仕事を請け負うってことになるんじゃないか？」

ハンターの代わりに、メリルが身を乗り出した。

「そうとは限らないな」

ブロンがナプキンで口元を拭って言い返した。

「そういう場合もあるはずだ」

「汚れ仕事のマネジメントだ」メリルが言い換えた。「この卓についた者たちが自分の手を汚す必要はない」

「脅迫、誘拐、暗殺、拷問、監禁」ブロンが静かに言葉を並べた。「これらのマネジメントそのものは、汚れ仕事ではないと？」

「忠告、招待、決闘、介抱、保護。こう置き換えたらどうだ」

マクスウェルが冗談めいて言い、ブロンが面白くもなさそうに口角を上げた。

「金持ちどもは喜ぶだろう。オブラートで包んだ言い方を好むからな。だがおれたちは違う」

ジェイクがナイフを置き、能力《ギフト》を発揮するときのように右手を手刀のかたちにした。

「ブロンの言う通りさ。おれたちゃ労働者気質《かたぎ》なんでね。ふんぞり返って下っ端に命令するのもいいが、それだけじゃ収まらないこともある。組織の頭が、しっかりけりをつけなきゃならんことが」

メリルが聞き分けのない相手を黙らせようとするように手を振って言った。

「ノースヒルでも、みなそうしている。自分がノースヒルの住人になるところを想像しろ」

ジェイクが馬鹿馬鹿しそうにかぶりを振ってまたナイフを手に取った。

「あんたみたいに他人名義の別宅を手に入れろって？　それが階段をのぼった先にあるゴールだってのかい？」

「そうじゃねえってことが、まだわかんねえのか」

バジルの唸るような声が、大テーブルを沈黙させた。

「09《オー・ナイン》法案の連中みたいに、堂々とやれるってことだ。アンダーグラウンドのビジネスにとらわれたままじゃ、でかいことができねえ。どんなことだと思う？　おれたちが09《オー・ナイン》法案の連中に取って代わるってことだ。おれたちがギャングと警察の橋渡しになって、この都市の治安を本当に守るってことなんだよ」

その不機嫌そうな口調はメリルのものと比較して実のところ格段に平静で、無理やり黙らせるのではなく、とことん納得するまで話し合おうとするものだった。

ジェイクとブロンが手や肘をテーブルに置き、無言でバジルに続けるよう促した。

「想像しろ。たとえば、カジノ業界全部をおれたちが仕切ることになるとしたら、どうする？　おれたちが、イカサマや八百長を禁止するんだ。カジノに来る家族連れが、安心して遊べる場所にするんだ。ろくでもない詐欺やマネーロンダリングをやめさせて、おれたちがおれたちのいる場所をクリーンにするんだ。わかるか？」

　ジェイクとブロンが感心したように唸った。ホスピタルとケイトがそれぞれバジルに微笑みを向けた。ショーンが興味深そうにバジルを見つめた。メリルが当然だと言わんばかりに全員を見渡した。マクスウェルが昏い目をバジルに向けるのを、ハンターが黙って見ていた。

「そうやって、おれたちがノースヒルの住人になるってことだ。もともといる連中から都市の一等地を買ってな。先住民を皆殺しにして土地を奪うんじゃねえ。ビジネスの話だ。無理だと思うか？　今この〈ファウンテン〉で寛《くつろ》いでいられるのはなんでだ？　ここの権利を、おれたちが買ったからだ。ノースヒルの連中から、対等な立場で買った。払ったのは確かに汚れた金だが、連中の金だってそうだ。ただし、血も流れていなけりゃ、誰も身ぐるみ剝がされちゃいねえ。おれたちはそうやって、これから、ギャングスターをやめる道に入っていく。いつか綺麗さっぱり足を洗わなきゃならんときがくる。今からそのときのことを考えておかなきゃならん。どうしても気が乗らねえってやつは、あとでゆっくり話を聞いてやる。〈白い要塞《ホワイト・キープ》〉で海を眺めて、酒でも飲みながらな。いいか、ジェイク？ブロン？」

「ああ」ジェイクが言った。「ぜひあんたと話がしたい」

「おれもだ」ブロンが言った。「おれたちの話を聞いてもらうだけでなく、あんたの話がもっと聞きたい」

バジルが、ハンターへ言った。

「余計な話をしちまった。ぼちぼち本題に入ろう」

ハンターが称えるようにバジルの腕に手を置き、軽く握った。ナンバーツーが誰であるかを明示するしぐさだった。ハンターの思想を代弁する者であることを、大テーブルだけでなく小テーブルにつく人々に繰り返し知らしめていた。

メリルがサングラスを手に取り、日差しが眩しいというように目を細めて顔にかけた。

マクスウェルが口の両脇に不快げな皺を浮かべた。

どちらもバジルの地位を全面的に認める気はさらさらないが、さりとてその点について今すぐ意見を表明する気はないというように目線を落としていた。

「今日ここに集まってもらったのは、これまでにない特殊な相手と対決する必要があるからだ。大まかなところは、もう伝わっているはずだな。そいつらは集団だが、名乗りを上げることなく、都市のどこにも存在しないようにみせかけている。一人一人はおそらく大した存在ではないが、どこにでも潜り込み、人格の共有という特殊な手段で情報を集積する。〈円卓〉はそいつらを排除するために手を尽くしてきたが、達成にはほど遠いようだ。シザースと呼ばれるこの難儀な相手を狩りだし、おれたちが一人残らず均一化《イコライズ》する」

メリルが発言の機会を逃さぬよう、ハンターが言葉を切るや即座に言った。

「潜り込んだネズミを、ハンターが捕らえたようにな。どこかに隠れ潜んでいる、この特殊なエンハンサーの集団を制圧するには、こちらも組織的な対応が必要だ。私からプランを話させてもらってもいいかね、ハンター？」

「よろしく頼む、メリル」

「いいか、バジル？」

「ああ。ハンターがオーケイなら、おれに訊かなくてもいい」

メリルがうなずき、みなを見回した。

「シザースは常に数を増やしている。脳手術によって多数の人間に同質の能力《ギフト》を与えるのだ。現在わかっているのは、人格を共有する際に生じる脳内分泌物が、特定の臭《にお》いの原因になるということだ。普通の人間にはそれとわからないが、この臭いが、連中の一員であることを示す証拠となる。そのため、まずは嗅覚に優れた存在が、敵発見に努める。ハンターの猟犬たち、〈戦魔女《ウォーウイッチ》〉の獣たち、そしてここにはいない、嗅覚にかかわる能力を持ったエンハンサーたちだ。ハンターが捕らえた〈イースターズ・オフィス〉のエンハンサーのネズミも、もしかすると参加するかもしれない」

「そうなるだろう」ハンターが言った。「おれがそのようにしてみせる」

そのネズミの姿を実際に見たことがあるのは〈クインテット〉の面々に限られていたので、その点について大した反応はなかった。

メリルが引き続きその発言権を誇示するように言った。

「これら捜索役のメンバーが、シザースの発見と特定を担う。捜索範囲だが、まずは我々のビジネスに関わるところから始める。ヤクと銃、〈パレス〉、リバーサイド・カジノだ。私が所属する十七番署の職員、そこで働く密告屋、ブチ込まれた連中も捜索範囲に加える。チェックリストは膨大になるため、〈白い要塞《ホワイト・キープ》〉のバックアップが頼りだ。いいな、ショーン？」

「イエッサー」ショーンが慣れた様子で応えた。「プッティに任せりゃ問題ないよ」

「〈プラトゥーン〉と〈シャドウズ〉にはビジネス相手のリストをもとに捜索を手伝ってもらう。ただし、シザースが発見されたとしても、すぐには手を出すな。やつらは個人ではなく集団であるということを肝に銘じろ。我々のビジネスに入り込んだシザース全員を炙《あぶ》り出すまで、狩りは始まらない――」

そこでマクスウェルが、おもむろに口を挟んだ。

「準備ができたら、ハンターが引き金を引くというわけだな。私ら〈誓約の銃《ガンズ・オブ・オウス》〉の引き金を。そういうことだな、ハンター？」

「そうだ」ハンターが短く答えた。

メリルがすかさずハンターの後を続けた。

「ただ狩るのではないぞ。〈ガーディアンズ〉が、捕らえたシザースを独自に調査する。その肉体的な特徴の全てを調べ、より発見を容易にする手段を探る。ゆくゆくは、ここにいないエンハンサーも招集し、シザース発見と追跡を専門とする対策グループを発足させる」

マクスウェルがあっさり聞き流すようにして言った。

「そうしたあとも、私らの引き金を引くのはハンターだ。そうだな、ハンター？　それとも、その頃には、いちいちあんたにお伺いを立てるまでもなく、どいつがハサミ野郎か見抜く手段ができあがっていて、私らが自分の判断で動くようになっているということか？」

「成果が上がれば、いずれそのようになるだろう」ハンターが請け負った。

「片っ端から殺せばいいというわけではないぞ」メリルが差し込み返した。「可能な限り生かしたまま捕らえることが重要だ。やつらの全貌を把握した者は、誰もいないのだから」

「一つ訊きたい」

ブロンがだしぬけに言い、メリルとマクスウェルが口をつぐむのを見て、こう続けた。

「このシザースとやらは、なぜおれたちの敵になる？」

メリルが呆れたように椅子の背もたれに身を預け、両手を開いてみせた。

「なぜだと？　なぜかわからんのか？」

「わからない」

ブロンが穏やかに言い、質問を重ねた。

「こいつらは、おれたちのビジネスや出世を妨げるのか？　金持ちどもが追い払いたがっている、市長を守るエンハンサーだろう？　おれたちは金持ちどもを助けるため、市長の力を奪うのか？」

メリルが即答できないでいると、ジェイクもブロン側について参加した。

「そもそもシザースってのを殺すために、おれたちみたいなのをエンハンサーにしたんだったっけな。メリル・ジレット刑事部長にとっちゃ元の木阿弥《もくあみ》になって万々歳かもしれんが、おれたちにゃはなから関係のない話だぜ。しかも、おれら〈シャドウズ〉は、どっちかっていうと市長を支持してる」

ブロンが身を――巨漢ゆえにほぼ卓の中央にその顔が位置するほど――乗り出した。

「〈ルート44〉も市長派だった。最初の選挙のとき、グループメンバーの票を、おれが集めた。亡きビッグダディにそうしろと言われたからだが、おれは喜んでそうしたものだ。

なぜなら彼はおれたちのことを……、なんというか、わかってくれる男だったからだ」

ジェイクが負けじと身を乗り出したが、ブロンの背丈には到底かなわなかった。

「それとも金持ちの道具になれってのか？　金持ちどもが嫌う政治家を叩くために働くってのは、さっきの話とだいぶ違わないか、バジル？」

バジルがのんびりとした調子で二人を眺めて言った。

「お前らが、ヴィクトル・メーソン市長の下で働きたいってんなら、おれは止めねえよ。いつかハ、ハ、ハンターが市長になると信じて働けねえんならな」

ジェイクとブロンが眉をひそめ、今のは何かの冗談か？　と互いに目で尋ね合った。

ショーンがビール瓶につけようとしていた口をぽかんと開いた。

ホスピタルが微笑みをケイトへ向けた。ケイトも微笑み返した。二人ともハンターの願いを知っており、その誇らしさを分かち合っていた。

マクスウェルがパンを齧《かじ》りながら、じっと昏い目で、ハンター、バジル、メリルの三人を見つめていた。実に物欲しげな顔つきで、いずれ自分がハンターの隣に必ずや座ってやろう、という内心の思いをいささかも隠していなかった。

そのマクスウェルの視線に、バジルはまったく動じなかったが、メリルのほうは落ち着かない様子でマクスウェルから顔を背けている。

「本気で言ってるんだぜ」

バジルが珍しいことに痛快な気分をあらわにしながら、大テーブルを囲む面々へ言った。

「なんでハンターが、〈円卓〉の頼みを聞いてやってると思ってる？ やつらの親玉がどんなやつか確認したいからってだけじゃねえ。そのうち〈円卓〉の連中に選挙の金を出させて、ハンター本人が、この都市の本当の親玉になるためだ。こいつはたとえ話でもなんでもねえ。本気だとわからねえか？」

ジェイクが混乱を振り払うようにぐるりと首を回した。

「あー、オーケイ。わかったよ。たぶん。だがちょっと考えさせてくれ」

ブロンが身を乗り出したまま、遠い目になって宙を見つめた。

「ハンターが金持ちどもの支持を得て選挙に出るとなれば……確かに、シザースとかいうグループとぶつかることになる」

バジルが、我が意を得たりというように笑みを浮かべた。

「ああ、そうだ」

ブロンが視線をさまよわせ、それからおのれの手元に落とした。

「こんなことを軽々しく自分が喋っているというのは不思議な気分だが……。シザースという連中の正体を暴き、グループを壊滅させ、おれたちが吸収する。それができれば……、おれたちは、そっくりそのままシザースの位置に立てる。市長を守るという位置に。〈円卓〉の金持ち連中が本当にハンターを支持すればの話だが」

するとすぐさまバジルが確信を込めて言った。

「おれたちがシザースの正体を暴いた時点で、〈円卓〉はハンターの望みを無視できなくなる。あとは〈円卓〉に選ばせりゃいい。おれたちがシザースに取って代わるってとき、ハンターの望みを叶えるのと叶えないのと、どっちが得か考えさせるんだ」

ジェイクがにわかに目を輝かせ、身を乗り出すあまり中腰になった。

「マジなんだな？　そいつは……まったく、とんでもなく、すげえことじゃねえか？　合《リー》法化《ガライズ》だのなんだのってのは、そういうことだったのか？」

「合法化《リーガライズ》も収益化《マネタイズ》も、めどは立ってるんだな？　おれには理屈もわからんし、いつか叶えばいいというような、はかない望みにしか思えんが……」

ブロンがそこまで言って、大きな手の平を上げて左右に振った。

「いや、説明がほしいわけじゃない。所詮おれはその程度の人間だと言いたいだけだ。おれはただ、あんたが本気かどうかだけ訊きたい、ハンター」

ハンターは、謙虚さとはほど遠い傲然たる態度で——何よりテーブルに着いた面々に説得力を感じさせる調子で——はっきりと言った。

「本気だ。おれたち全員で階段をのぼれば十分に可能だ。その過程にあるのは、この大都市における巨大で相互に矛盾した多彩なコミュニティの層の全てを、いかにして統《す》べるかという、おそるべき課題だ。だがここにいる人々ならば——過酷な人生を生き延び、かつて属した組織を均一化《イコライズ》し、結束を果たしたおれたちであれば――知恵を出し合い、この都市に、おれたちならではの幸福と平等と真の均一化《イコライズ》をもたらす社会が築けるはずだ」

ジェイクがどさっと背もたれに身を預け、両手で膝を叩いた。

「ちくしょうめ！　おれと〈シャドウズ〉は、とことんあんたについてくぜ。あんたの言うことは、とにかくべらぼうにすげえからな。くそったれめ。あんたはどうすりゃそんなことができるか、そのいっとうすげえおつむで全部考えついてるんだろうさ。なんであんたみたいなのがこの世にいるのか、そこんとこを神様に訊きたいね」

「お前と同じだ、ジェイク・オウル」ハンターは微笑んだ。「成すべき行いがあるからこの世にいる」

ジェイクがグラスを取り、意気揚々とハンターへ掲げた。「ハンター・ザ・次期市長《ネクストメイヤー》に」

ブロンもそうした。「ハンター・ザ・真の大口叩き《トゥルー・ビッグマウス》に」

珍しくホスピタルが合わせた。「ハンター・ザ・真の指導者《トゥルー・リーダー》に」

ケイトも微笑んでそうした。「ハンター・ザ・真実の語り手《トゥルース・テラー》に」

マクスウェルが昏く熱い視線をハンターの両隣の席に交互に向けながら倣った。「ハンター・ザ・真の狩人《トゥルー・ハンター》に」

ショーンがちょっとまごついてそうした。「たっぷり弾んでくれる真の雇用主《トゥルー・エンプロイヤー》に」

バジルとメリルが、結束を促すという彼らのここでの責任を果たしたことに満足を覚えた様子で、ほぼ同時にハンターを振り返った。二人ともハンターからよくやったと言われるに違いないという面持ちでいる。

ハンターはしっかりと二人にうなずき返してやりながら、グラスを取って立った。

大テーブルの面々だけでなく、小テーブルに座る者たち、そして給仕を務めるヘンリーにも、その眼差しを向けてやったうえで、グラスを掲げた。

「我々の真の未来《トゥルー・フューチャー》に！」

小テーブルに座る者たちが一斉に立ち上がり、ハンターへグラスを掲げた。

「真の未来《トゥルー・フューチャー》に！」

その斉唱ののち、場の雰囲気は一気に砕けたものになった。歓声と笑い声がほうぼうで起こり、誰もが騒々しくしゃべり出した。

大テーブルも同様だった。しゃべり散らしたのはもっぱらジェイクだが、他の面々もそれを無視したり聞き流したりせず、敬意を払って応じていた。

かくして〈ファウンテン〉での会合は結果からすると上首尾となった。食事を終え、短いくつろぎの時間を過ごすと、まずマクスウェルが席を立った。

「私はこれで失礼する。狩りの合図を待っているよ、ハンター」

「今回の狩りの季節《スポーツ・シーズン》は長く続くだろう。武器の手入れは入念にしておくといい」

「ああ。そうしておこう」

そう言ってマクスウェルが、ハンターの両隣にいる者たちへ目礼するというより一瞥した。どちらの席に自分が座るべきか考えるように。かと思えばホスピタルとケイトに目をやり、

「しっかりハンターのお世話をするのだな」

自分の娘に命じるような調子で言った。当然ホスピタルとケイトから、お前に言われるまでもないという冷ややかな視線を返されたが、マクスウェルは彼女らをそれ以上見もせず、さっさと背を向けて桟橋に続く小道へ歩き去った。

ついでケイトが退席を告げ、〈戦魔女《ウォーウイッチ》〉の女たちや獣たちとともに庭を出て行った。〈シャドウズ〉や〈プラトゥーン〉の男たちが名残惜しげに見送るのへ、馬上から騎馬警官姿の女が最後にウィンクと投げキスをよこし、男たちをひと盛り上がりさせてやった。

ジェイクと〈シャドウズ〉、ブロンと〈プラトゥーン〉が、どちらも穏やかに機嫌よく去ってのち、メリルが腰を上げた。

「どうにか落ち着いて会合を行うことができたが、次からは席順を考え直すべきかもしれないな。マクスウェルの隣に、わざわざ〈戦魔女《ウォーウイッチ》〉を置くのは考えものだし、そもそも同席させるべきか疑問だ」

「いつ爆発するかわからないと？」

「マクスウェルは、挑発されたと思うだろう。私やバジルを見る目つきに気づいていた

か？　私かバジルが、わざとあの男の隣にケイト・ザ・キャッスルを置いたと思っているんだ。私やバジルの座を狙うという、やつの野心を相当燃え上がらせたに違いない」

ハンターが励ますようにメリルの腕を叩いた。

「犬猿の仲だからこそ和解させねばならんし、おれがメンバーの向上意欲を否定することはできない。あなたならそうした野心を上手く活用できるだろう」

メリルが口元を引き締めた。いずれ難題に直面させられると覚悟する顔でハンターの肩をぎゅっと握った。大テーブルが置かれたデッキを降り、ヘンリーに声をかけた。

「ヘンリー、素晴らしいもてなしだった」

「ありがとうございます、ミスター・ジレット」ヘンリーが笑顔で応じた。

メリルがウィラードとピットを促し、〈ブラックメール〉に乗って去った。

「私もそろそろお暇《いとま》します」ホスピタルが席を立った。

「引き続き、みなの検診を頼む。おれやみなの真の武器を磨いてやってくれ」

「はい、ハンター」

ホスピタルが嬉しげに応じ、〈ガーディアンズ〉の二人とともにバスに乗って去った。場に残るのは〈クインテット〉のメンバーとショーン、そしてヘンリーだけになった。

バジルが改まった様子でハンターへ言った。

「ハンター、おれも実はメリルと似た考えを持ってる。〈誓約の銃《ガンズ・オブ・オウス》〉は刺激しなけりゃいいだけの連中だ。基本的に内輪で楽しむのが好きなやつらだからな。マクスウェルを女の隣で食事をさせたのは、ちょっと刺激が強すぎたかもだ」

「確かに、侮辱されたと考えるかもしれんな」

「そうやってわざと内輪揉めを起こすか、見てるのか？」

「いいや。結束こそが力だ。シザースという姿が見えない存在を相手にする場合、最も懸念すべきは、おれたちの中にもシザースがいるのではないかという疑念だけで同士討ちをしてしまうことだ」

「そう思ってるんなら、なんでマクスウェルを刺激して、やつに魔女たちを挑発させた？それだけじゃねえ。やつはこれがきっかけで、本気でおれやメリルの席を狙いにかかるはずだ」

「乗り越えねばならない試練だ、バジル」

「ああ……。これまでと違うゲームが始まるってことはわかってる。だがあんたがしようとしているゲームが、まだちゃんと理解できてないんだ」

「おれもだ、バジル」

ハンターの答えに、バジルが眉をひそめた。

「今はおれも、こうすべきだという直感的な確信に従っている。シザースという存在がはっきり目に見えるようになれば、今のゲームの全貌も見えてくるだろう」

バジルがうなずいた。漠然とではあるが、どうにか納得した感じだった。

ハンターが目線を移し、もじもじしながら居残るショーンに声をかけた。

「〈白い要塞《ホワイト・キープ》〉から何か報告があるとみた」

「あ、うん……みんなが食ってる間、おれの携帯電話《セル》にプッティがデータを送ってきたんだ。ちょっと妙な感じだから、まずあんたにだけ見せたほうがいいかなと思って」

「おれとバジルで見よう」

ハンターが席を立ち、ショーンとバジルを連れて〈ファウンテン〉の書斎に入った。ハンターとバジルが並んでソファに腰掛け、ショーンがテーブルを挟んで向かい合って座った。

「これなんだけど」

ショーンが携帯電話の画面をアンロックしてテーブルの上を滑らせた。

バジルが指で受け止め、テーブルに置いたままハンターと一緒に覗き込んだ。

「〈イースターズ・オフィス〉で作られた書類か。法務局に提出されてるな」

バジルが呟いた。

「プッティがすぐに気づいて送ってくれたんだ。あいつら、ずっとあんたらのことを調べてるだろ。最近じゃ、特にハンターの昔の身内とか、兵隊だった頃の記録とかを集めてる。あんたは問題ないって言ってたけど……その書類に、気になることが書かれてるんだ」

「法務局を通して、おれが撃たれたときの記録を軍に照会しているな。これの何が気になる？」

「そのときあんたが一緒にいた上官の身元を確認してる。オクトーバー一族の人間を」

「なんだと？」バジルが眉間に皺を寄せた。

だがハンターはさして関心を示さず言った。

「前世の因縁という感じだな。その頃からおれはオクトーバー一族の下で働かされていたわけか。昏睡前のおれを知る人物がいることを〈円卓〉が隠していたのだな」

「本当に知らなかったのかも。もう死んでるんだ、そいつ。ちょっと変な死に方なんだけど、そっちはあんたと関係がないみたい。調べろっていうならそうする」

「いや、必要ないだろう。あのオフィスが、憲兵時代の過去のおれを調査しているとして、何か問題があるのか？」

「あんただけじゃないんだ。あんたの上官だったグッドフェロウ・ノーマン・オクトーバーのことも再調査したいって軍に申し込んでる。なんでかっていうと、このグッドフェロウが、あんたを撃った可能性があるからだって」

バジルが呆気にとられてハンターの横顔を見つめた。

ハンターはただ宙を見ていた。

ショーンがおそるおそる言った。

「これって、オクトーバー一族があんたの敵だったってことだと思うんだけど……。オクトーバー一族があんたをはめようとしてないか、一回ちゃんと調べたほうがいいんじゃないかな」

「おれも同感だ。このグッドフェロウってやつの情報を集めたほうがいい」

だがハンターは何も見ていなかった。

ただ、ショーンの口から響き出す、不思議な声を聞いていた。

「お前に虚無を授けよう、パラフェルナー」

振り返る間もなかった。

銃撃――後頭部へ。

戦場での捜査の末に、自分とともに行動する男こそが首謀者なのだと確信した直後のこと。

倒れた自分に語りかけられた言葉。

「苦痛こそ勇者の糧だ。悪運をおのれの力に変える者たちの神秘を、きっとお前なら理解しただろう。私に手を下させるとは、お前は優秀過ぎた。残念だが任務は終わりだ、ウィリアム・ハント・パラフェルナー。多くの兵士がもがき苦しみながら、いまだ得られぬ安寧に、一足早くひたれることを喜べ」

だが永眠はしなかった。目覚めぬ生者となって都市に運ばれた。

「今、お前は安らかな眠りについているのか？　それとも一切の安らぎを拒み、真の勇者たらんとしているのか？」

背後から自分を撃った男が再び現れ、手を握った。

「悪運を力に。虚無がお前を育て、その神秘によって導かれることを願っている」

その声を注意深く聞こうとするハンターを、にわかに別の声が止めた。

「今さらそんな記憶にとらわれる必要はないぞ、ビル」

ヴィクトル・メーソン市長の声が、バジルの口から放たれ、ハンターの意識をねじ曲げた。

「〈イースターズ・オフィス〉も余計なことをするものだ。彼らの立場からすれば無理もないのだが。いいか、ビル。君は何よりも、君自身の過去に対して無関心であるべきだ。君はもはや、自分が何者かなど気にもしない。いいね？」

そしてだしぬけに、ショーンの携帯電話から、甲高い叫喚がわいた。

「キキキキキャアアアアーアーアーア！」

スクリュウ・ワンの雄叫びとともに、ハンターは今しがた聞いた幻の声を忘れた。代わりに、ショーンがもたらした情報についてよくよく思考してみたところ、何の重要性も見いだせないという結論だけが心に残された。

バジルもショーンも、長いこと微動だにしないハンターを、大人しく見つめ続けている。

やがてハンターの目が焦点を取り戻し、その視線を二人に向け、こう告げた。

「いいや。何も調べなくていい」

6

バロットが、〈イースターズ・オフィス〉の地下で、トレインとともに〈ウィスパー〉とのセッションを終えたところへ、珍しくイースターが現れた。

「やあ、様子を見に来たんだ。何か見つかったかい？」

《いつもと同じ》トレインが安楽椅子の上で身を起こして肩をすくめた。《ウフコックがどこにいるかは、まだわかんない》

《ドクターは何か見つけたの？》

バロットは、床に敷いたゴムマットの上でストレッチをしながら聞き返した。

ストレッチは、体のこわばりをほぐすためというより、電子情報の世界に浸っていた自分を、現実へ戻すための儀式のようなものだ。トレインが脳だけ〈ウィスパー〉とリンクさせるのとは異なり、バロットは全身の皮膚をそうしてしまうので、リンク中はしばしば現実の感覚が希薄になってしまうのだった。

「いいや。何か見落としてないかと思って、メンバーの報告書を見直してるんだけどね」

イースターが疲れたように電子眼鏡《テク・グラス》を外してオフにし、胸ポケットに入れ、指で眉間のあたりを揉んだ。これも珍しいことだった。イースターが人前で自慢の眼鏡を外すなんて。シャワー中でも眼鏡はかけっぱなしだとイースター本人が普通のことのように話すのが常なのに。

確かにここで電子機器を使用すればたちまち〈ウィスパー〉にのっとられるが、イースターの眼鏡はとっくに〈ウィスパー〉と完全に同期していた。〈ウィスパー〉にとっては自分の一部に等しいのだから、それ以上のっとりようもない。

《どうかしたの？》

バロットは脚を伸ばすのをやめて上体を起こし、座ったままイースターを見上げた。

「どうもしないのさ。どうかしてるくらい、どうもしない」

イースターが胸ポケットの上から眼鏡を指で叩いた。動作に苛立ちがはっきり見て取れた。

トレインが首を傾げた。

《それ、どういう意味？》

「ハンターが乗ってこない。まったく反応がないんだ」

イースターが壁に背を預けて深々と溜息をついた。

「君たちなら何か動きをつかんでいるかと思ってね。どう？　僕が用意した軍への調査依頼書が、ハンター側に渡ったことは確かだと思うんだけど」

トレインが肩をすくめた。

《書類の閲覧とコピーの記録があるよ。〈白い要塞《ホワイト・キープ》〉って呼ばれてるボートに乗った誰かがそうしたんだ》

イースターの胸ポケットの中で眼鏡のレンズがまたたいた。トレインがデータを転送したのだが、イースターはそれを見ようともせず、難しげな顔で腕組みした。

「やっぱりね。こっちが仕向けたとおり、書類はあっちの手に渡った。ハンターやその仲間が、ただちにグッドフェロウについて調べ始めるという前提で、プランを立てていたんだが……」

《何も調べようとしていないの？》

バロットは思わず質問口調になって言った。

意外だった。ハンターは情報収集魔だ。ありとあらゆることがらを調査する。それこそ彼がその身に備えた能力《ギフト》の存在意義の一つといっていいのに。

「そうらしい。軍の記録にアクセスもしないし、〈円卓〉に参加しているオクトーバー一族の連中を訪ねもしない。こっちは少ないメンバー全員を調査に投入して、ほぼ確証をつかんだのに、肝心のハンターが興味を示さないんだ」

《ハンターもとっくに知ってて隠したいのかな》
トレインが呟いた。
「可能性はある。もうすでに自分が撃たれたとき誰と一緒だったか思い出していて、内心ではオクトーバー一族への怒りに燃えているのかもしれない」
《だとしたらハンターはとっくにオクトーバーの誰かを攻撃していると思う》
バロットが言った。オフィス側の勢力《パワー》を退けた際、モーモント議員の家族や、シルバー社のモデルを惨殺させたのだ。自分たちが危険で手強《てごわ》い存在であることを示すためだけに。
そもそもケネス・C・Oという、オクトーバー一族から離反した者を手中に握りながら、あっさり一族に身柄を引き渡している。ハンターの動機にオクトーバー一族への報復を付加した場合、一連の行動の辻褄が合わなくなってしまう。
「同感だ。レイ・ヒューズが耳にしたそうなんだが、ハンターはいよいよシザースという市長派グループとの抗争を本格化したらしい。〈クインテット〉が吸収したグループの末端の構成員にまでお触れが出回ってるそうだ。シザースという言葉に反応するやつを片っ端からとっ捕まえろって」
《市長のほうは何か反応が？》
バロットはそう訊きつつ、イースターが自分のことをメンバーの一員とみなすかのように話していることにちょっとした——いや、かなりの——気分のよさを味わっていた。わざわざ手がかりがないか確かめに地下に降りてきたこと自体、イースターが相当行きづまっている証拠だった。
それはつまり、ウフコックの救出や、そのためのハンターとの取引がそれだけ困難なことを意味するのだが、自分がオフィスのメンバーとして認められる喜びを否定することはできなかった。自分がそう感じていることをイースターが悟れば、すぐにこの会話をやめてしまうに違いないので、相変わらずストレッチを続けてそしらぬ態度を示し続けた。
「そっちも何もない。表面上はね。シザースの能力《ギフト》が、そんなふうに拡大利用されて、強大化していたってことそのものが……なんというか、僕には実感がわかないんだ」
《人格の共有は、ものすごい能力《ギフト》だと思う》バロットが言った。《一人増えるたびに確実に力が増していくから。それだけ情報を多く集められるっていう以上に、一人一人の技能とか地位とかが、グループのものになっていくの》
「僕もこのオフィスをそういうふうに構築しようとしているつもりだけどね」
《誰もがそうする。ノースヒルに住む人たちはそうやってコネクションを築いてきた。ハンターがやろうとしていることも同じだと思う。それって、組織を作るっていうより社会を作るってことだから。もしエンハンスメントでそれが可能なら、市長を中心にしてるっていうのは、すごく納得がいく》
「確かにね」イースターが手を合わせて唇を挟むようにした。「個体のエンハンスメントが至上課題だった僕や僕の恩師と違って、シザースの開発主任は、集団のエンハンスメントを至上課題にしていた。ここにきて過去の議論に引き戻されるとは思わなかったよ。人間のポテンシャルは個体によるのか、それとも属する集団によるのか、ってね」
《個人は属する集団の影響を受けるし、集団は構成員である個人の影響を受ける。人間の力は個人が集団になることによって成り立っている。それって、本当は議論じゃなくて、同じことを別の角度から話しているだけだと思う》
「まあね。実際その通りさ。なんというか、君は本当に……原理に忠実だな」
《それって誉めてるの？　それとも気に入らないって言われてるの？》
「ウフコックと話している気分になるよ」
イースターが言った。それで話が振り出しに戻ったが、そのせいで誰も二の句が継げなくなった。
ウフコックの救出。その一点に力を尽くしてなんとか成果を挙げたいという気分だけがその場で共有されながら、どうすればいいかという手段については誰も発言する力を持たなかった。
《ケネス・C・Oはどうしてるの？》
バロットが話題をずらした。ウフコックがその身を挺して救出した人物について話すことで、状況を改善するというより、八方塞がりの気分を払拭したかった。

「保護生活については今のところ不満を訴えられてはいないよ。彼の興味は、とにかく集団訴訟を起こしてオクトーバー社と対決するっていうことでね。ロースクール出身者らしい書類を山ほど作ってる」

《でも実行性に欠ける?》

「教科書通りの書式に、恨みつらみを書き連ねるだけじゃ、どうしようもない。どうにかしてやりたいし……、もしどうにかなれば、この都市の歴史に残る事件になるのは間違いないね」

《アドバイザーがついてあげればいいと思う。スマートな人だから、すぐに学べる》

「ライムでもつけるかな」

イースターがその名を挙げた途端、バロットはほとんど条件反射的に面白くないものを感じた。

《なんで? ドクターがついてあげればいいのに》

チョーカー越しの電子音声でありながらひどく刺々《とげとげ》しい口調だった。トレインがびっくりしたように目を丸くし、バロットとイースターの間で視線を行ったり来たりさせた。

「いや、まあ、ライムの手際は、学ぶに値するからね」

「手際?」

「先日、〈楽園〉に一緒に行ったろう?」

《うん》
「それでライムのほうも、本格的に考えを実行に移すようになってね」
《考えって？》
「能力殺《ギフト・キラー》しさ」
バロットとトレインが揃って表情を失った。身に備えたものを消してくれと望むライムの願いそのものが、二人にとって異次元の発想だからだ。心なしか〈ウィスパー〉すらその言葉に反応して、いっとき葉脈の輝きを止めたように思われた。
《それって〈楽園〉に研究させるってこと？》
バロットがあんぐり口を開けて訊いた。
「ああ。実のところ、ハンター一味が暴れ回ったおかげで、相当な収益になることは間違いない。もし〈楽園〉が……プロフェッサー・フェイスマンが興味を持てば、僕とエイプリルがやるより、はるかに早く実現する。そしてライムは、この都市の警察組織と〈楽園〉を仲介する気まんまんだ」
《あの人、警察に顔が利《き》くの？》
「アシュレイやベル・ウィングなみにね。もしかするとそれ以上かもしれない。僕も知らなかったんだが、カジノ業界では知る人ぞ知る人材らしい。カジノ株売買で経営に潜り込もうとする新興ギャングの人間を、何度も見破って通報しているんだ」

そんなことをすれば、警察やカジノ業界から確かに重宝されるだろうが、その分、危険を背負うことにもなる。ただ単に業界に貢献したいからという理由でやっていたとは思えない。

《警察に親戚でもいるの？》

「身元調査をした限りでは天涯孤独さ。ライム本人は、ゲ、ー、ム、み、た、い、な、も、の、だと言っていたよ。報酬も出るしね」

ライムらしい言い分。もっと別の理由がありそうだが、バロットは言及せずうなずいてみせた。どうせイースターが、いずれライム本人に質すだろう。

「どこまで本気かわからないし、今までそのコネクションを活用する気がなかったようなんだけどね。今回初めて、そうする気になったたってわけだ」

《それで〈楽園〉は動くと思う？》

「もしプロフェッサーから僕に連絡があれば、向こうがゴーサインを出したことになる」

《まだない？》

「ああ。まだない」

《来たら協力する？》

イースターが首も肩もすくめた。自分が生涯をかけた研究を無に帰《き》す別の研究に荷担することになるのだから、ぞっとして当然だろう。

「必要かもしれないと考えているよ。オクトーバー社が違法エンハンサーを大量生産する日が来るなんて思わなかったから」

《その研究が成果を出したら、それをライムに与える？》

「少なくとも彼との取引に有効だ。そう考えている自分が、ちょっと嫌になるね」

イースターが思わずという感じで浮かべた苦い笑みを消し、別の答え方をした。

「ただ、もし〈楽園〉が関わるとしたら、ライムとちゃんと話さないといけないな。単に能力《ギフト》を殺すだけで満足する組織じゃないってことをね。能力殺し《ギフト・キラー》の対象となった人間を、どういうふうに検体として扱いたがるか……普通に刑務所に送られたほうがよっぽどましかもしれない。〈楽園〉にいた頃の僕が、もし〈クインテット〉の連中を研究できたらって考えるとね」

《あなたはそこを出ることを選んだ。そうでしょ？》

バロットが言った。半ば叱咤《しった》するように。

だが本当のところは、イースターにではなく、事態をややこしくしているライムに腹立たしさを感じていた。ここで〈楽園〉が関わって、いいことがあるとは思えなかった。独自の利益を追求する集団が参加するということは、状況の変化を招き、取引の前提がそれだけ変貌するということを意味するからだ。

それにもし、ハンターが能力殺し《ギフト・キラー》の開発について知ったとき、どんな反応を示すか、それこそ未知数だ。

イースターがようやく壁から背を離し、胸ポケットから眼鏡を取り出した。

「僕は人類にそれまでにない力を与えることに人生を献《ささ》げてきた。与えられたものを奪うことに、じゃない。その有用性の証明のために生きている身としては……君らの存在が何よりの支えだよ、バロット、トレイン。君たちが能力《ギフト》を受け入れ、この社会で正しく活用している姿こそ、僕の有用性そのものだ。君たちに否定されれば――能力《ギフト》を殺してくれと頼まれれば――それが僕の全ての終わりだとわかったよ」

こんなに弱気になったイースターを見るのは初めてだった。再び眼鏡をかけることもせず、指でつまんでぶらぶらさせている。とても覇気ある姿とは言いがたかった。

バロットは立ち上がって言った。

《ウフコックは必ず取り戻せる。みんなの力で取り戻す》

本当ならイースターに言ってほしかったことだ。イースターもさすがにこれではいけないと思ったのだろう。精一杯の笑みを浮かべ、眼鏡をかけた。

「もちろんさ。君たちは、もう帰るのかな？」

《僕、もうちょっと〈ウィスパー〉といるよ》トレインが言った。《ハンターがどこまで自分のことを知ってるか、それとも知る気がないか、〈ウィスパー〉と一緒に推測してみる。ウフコックのこともちゃんと探し続けるよ》

「わかった。あまり無理をするなよ。バロットは?」

《ここのロビーで、アビゲイルと待ち合わせ。うちに呼ぶから。たぶんストーンが連れてくると思う》

それはイースターにとって数少ないいいニュースなのだろう。オフィスの戦力増加を意味するのだから。その笑みが力を増すのが見て取れた。

「アビゲイル・バニーホワイトの学校の手続きは済んでるんだが、本人が行きたがらないらしい。不安なんだろう。君が力づけてやってくれ」

《そのつもり。ありがとう、ドクター》

「こちらこそだよ」

イースターがウィンクし、地下室から出て行った。

バロットもゴムマットを片付けてからそうした。隣室で電子機器を取り、一階に上がってメンバーのための更衣室で着替えてからロビーに行った。

ザ・バイカーが、やたらと長い脚を組んでベンチに悠然と座っていた。

メイフュー・ストーンホークだ。防風ゴーグルをカチューシャみたいに額の上につけて、さらさらしたブロンドの長髪が顔にかからないようにしている。引き締まった長身に黒い革のジャケットとパンツ。ジャケットの下はオイル染みのついたシャツだ。腰にチェーンで鉄パイプを吊るしたバウンティ・ハンター。

多くの若い女の子が、考えなしにバイクの後ろに乗せてもらいたがるだろう男。だが当のストーンには、女の子とのライドへの興味がびっくりするほどない。その完璧無比なまでにストイックなザ・バイカーぶりには、さしものバロットも感心せざるを得なかった。

《ハロー、ミスター・ストーンホーク》

「ストーンでいい」

淡々と言って立ち上がり、少年の頃から正義感以外のあらゆるものを排除してきたというような澄んだ灰色の瞳でまっすぐバロットを見つめた。

「アビーを連れてこられなかった。すまない」

《うちで一緒に食事をする約束は？》

「ちょっと体調が悪い、だそうだ」

《不安で緊張しているだけだと思います》

「おれもそう思うが無理強いできない」

《私が迎えに行きます》

ストーンが目を細めた。

《地下の駐車場に車を停めているので、それで行きます。あなたの家まで先導してください。私から彼女に会いに行きます》

「わかった」

ストーンがバロットに背を向け、しなやかな所作で出口へ向かった。

バロットは駐車場に行き、〈ミスター・スノウ〉に乗り込んだ。スロープを上がって地上に出ると、エイプハンドルの巨大なバイクにまたがったストーンが、ヘルメットと防風ゴーグルをつけた顔を振り返らせ、右手でサムアップしてみせた。

バロットが同様にゴーサインを返し、ストーンが前を見てバイクを走らせた。バロットはその後を追って〈ミスター・スノウ〉を走らせながら、ストーンの運転ぶりや、選択する道路、そして到着した地区の様子をとっくり観察した。

ストーンの運転からは、モンスターバイクへの健全な信頼が見て取れた。

マシンのパワーに陶酔しておのれを見失う様子はない。運転中に酒や興奮剤を摂取する人物ではなかった。おのれを誇示して我が物顔に他人の車線を妨げたり、やたらとホーンを鳴らしたりエンジン音を轟かせたりもしない。

森を駆ける野生動物のような走り。怯えた獣ではなく、飢えた獣でもなかった。

危機を察知する力、瞬間的に対応する力、どちらも自信がある証拠。誰かに攻撃されることを恐れて、あるいは恐れている者を狙って、裏道ばかり選ぶということもない。

スムーズな進行、そして到着。

ストーンの住居はイーストサイドのごみごみした地区にあったが、彼の住居の周辺数ブロックは綺麗に整っていた。フェンスは壊れておらず、そこらじゅうで雑草が生い茂っていることもない。そして何より路肩のゴミのストレージから中身が溢れかえって道路に散乱してはいなかった。

市は、危険とみなす地区でのゴミ収集車や清掃車の巡回頻度を減らす。請負業者が値上げや危険手当を要求するからだ。ストリートで銃声が轟いたり側溝に放り込まれた死体が発見されたりすれば、翌週から道にゴミが溢れ出す。

コミュニティが生きており、治安が維持されたブロック。住民同士がすれ違うたび顔を背け合うのではなく、挨拶を交わす場所であることがわかった。

身寄りのない少女が得られた仮の宿としては上等だ。この都市では幸運といっていい。そのことをアビーにしっかり自覚させねばならない。それから、さらに次の幸運に身を寄せるよう促すのだ。

家はストーンが親戚から買ったというもので、地下室と大型ガレージつきのこぢんまりとした清潔な二階建て家屋だった。

ストーンがガレージのシャッターを開き、バイクを中に入れた。バロットも路肩に車を停めてあとに続いた。ほかにも組み立て中のバイクがいくつもあった。

中古品を買ってチューンナップし、転売するのだ。バウンティ・ハンターの副業。

工具箱の上に、オイル染みのついた木綿の手袋が二つ置かれていた。大きなものと小さなもの。ストーンがアビーに組み立て方を教えている。麻薬を売るのではなく、まっとうに稼ぐすべを与えてやろうとしているのだ。ガレージの隅に、アビーのためらしい、カラフルな自転車が組み立て終わった状態で置かれていた。

ストーンの存在がアビーのシェルターになっていることはよくわかった。信頼できる安全なシェルター。だからこそ出て行くのが怖いのだということも。

ガレージの奥のドアが、ぱっと開いた。

ストーンの帰宅を察したアビーが現れたが、バロットを見て、びくっと立ち止まった。

《ハイ》

バロットが手を上げた。

ぱたんとドアを閉められはしなかったので、アビーの頭越しに中を一瞥した。広くはないが立派な部屋だった。大きめのベッド。ナイトスタンド。洋服掛け。窓もあり、カーテンもあり、床にはちゃんとカーペットが敷かれている。室内にもう一つドアがあり、そちらにトイレ付きバスルームがあるらしかった。

工具棚に囲まれ、埃だらけの床にマットレスを敷き、そこで丸まってかぶる毛布だけが自分の持ち物という状態をつい想像していたが、まったくそうではなかった。

信頼できて、安全で、快適。小遣い程度だろうが金も稼げる。その昔、バロットが家を失ってさまよい込んだストリートとは格段の差だ。当時の自分が、もしこんな住み処をストイックなザ・バイカーの保護つきで与えられたら、出て行くことなど考えもしないだろう。
　やれやれ、とバロットは思った。これはなかなか手強いシェルターだ。
「……なんで来たの？」
　アビーがドアノブを握りしめながら、助けを求めるようにストーンを見た。
「彼女は、お前を迎えに来てくれたんだ」
「なんで？……だって、忙しいんじゃないの？」
《暇つぶしに来たように見える？》
　バロットは肩をすくめ、わざと淡々と聞き返した。答えを求めていたわけではないので続けて言った。
《腸チフスに罹《かか》ったんじゃなきゃ、さっさと準備して》
「え、だって……なんで？」
《料理が冷めたらグランマががっかりするからよ》
「なんで行かなきゃ……。あたし、やることあるから……」
《何をしてもいいけど、まずはたっぷり食べて栄養をつけてからにしなさい》
　ぴしりと言った。アビーはそれこそなんでそんなふうに言われねばならないか、さっぱりわからないという苛立ちと、この居心地の良いシェルターを失うのではという恐れで、しきりに体を揺すっている。

どうせアビーが不安でぐずぐずするのがわかっていたので、ストーンを振り返った。
《あなたも空腹でしょう、ミスター・ストーンホーク？》
アビーが目を丸くした。
「え？　ストーンも行くの？」
ストーンがちらりとバロットを見たが、そのつもりはなかったとは言わないでいてくれた。
《ええ、彼も行くの》
バロットが告げると、ストーンもうなずいてくれた。アビーがすぐさま表情を和らげた。
《さ、早く》
「待って。上着取ってくる」
アビーが身を翻《ひるがえ》し、山ほどナイフを仕込んでいると知れるサマー・トレンチコートを抱えて戻ってきた。能力《ギフト》の発揮に必要な道具。そんなものは必要ないと言いたかったが、今の彼女にとっては欠くべからざるものなので黙っていた。
《私の車に乗って》
「え、なんで？」
《話し相手がほしいから》
アビーが途方に暮れたような顔でまたストーンを見た。

ストーンが手振りでそうするよう促した。アビーが渋々と助手席に乗った。バロットが運転席に座り、シートベルトを締めるよう命じた。アビーはそうしながら、心細そうに一人でバイクにまたがるストーンを見ていた。

バロットが窓から手を出してサムアップした。ストーンが応じた。今度はバロットが先導し、同じイーストサイドの北部へ向かった。

《あのカラフルなバイク、あなたが組み立てたの？》

「あ……うん」

《部屋のコーディネイトも自分で？》

「うん……」

こんな調子で、バロットがあれこれ話しかけても、アビーはシートベルトを両手で握りしめながら、うん、ううん、うんうん、と生返事しかしなかった。

北部に入るとなおさら黙るようになった。同じエリアでも地区が変われば街の装いもがらりと変わるせいだ。小洒落《こじゃれ》た通りが、いつもの居場所と違って緊張するのだろう。

バロットはアパートメントの駐車場に車を停めた。アビーと一緒に車を降り、ストーンに来客用の駐車場の場所を指示してやった。それから二人を連れてエレベーターに乗って自宅のある階に行き、部屋の鍵をあけて中に入れた。

「やれやれ、やっと来たね」

ベル・ウィングが廊下に現れ、バロットとアビーへ微笑みかけた。予定外の客であるはずのストーンにも、当然のようにそうしてくれた。

「上着をクロークにかけて、手を洗ってから、食器を出しておくれ。その間に料理を仕上げるよ。ちょいと時間がかかるから飲み物でも飲んでな。あたしは料理をきちんとあっためて出す主義でね。それと、この家には酒ってもんが存在しないんだ。ルーンは飲まないし、あたしは医者から止められてるしね。そんなわけでノンアルコールのものしかないが、兄さんはそれで構わないかい？　それともひとっ走りしてビールでも買ってくるかい？」

「勧められるのが不安でした」ストーンが慇懃《いんぎん》に言った。「酒は無用です。アビーを乗せて帰りますし」

その言葉で、ベル・ウィングがにっこりした。アビーも帰り道は緊張せずに済むと思ったか、ほっとしたようになった。

アビーとストーンの上着を靴棚の隣のクロークにかけさせた。バスルームに案内し、ハンドウォッシュと水道の水で順番に手を洗わせ、ハンドクリームを塗らせた。どれもベル・ウィングの習慣であることを手短に伝えた。手指の手入れを欠かさないディーラーの。この家に入るならそうしなければならない。そうやって最初のルールを教示しつつバロットも手を洗い、それから、二人を連れてダイニングに入った。

《そこがあなたの席ね、アビゲイル》バロットがダイニングテーブルの周囲に並べられた

椅子の一つを指さした。《まだ座らないで》

アビーが怪訝《けげん》そうに指示された椅子の前で立ち止まった。

《これを》バロットが重ねた皿を四つ、棚から出してアビーに差し出した。《並べるのを手伝って》

アビーがおっかなびっくり受け取り、皿を並べた。正しい位置と角度をなんとか探りだそうとするように、テーブルに置いた皿を何度も意味なく回したり動かしたりしていた。

バロットがフォークやスプーンを並べ、ストーンがベル・ウィングの指示でグラスとアイスティーを出した。テーブルにはさりげなく花が飾られている。バロットが家を出るときにはなかったものだ。ベル・ウィングが料理のついでに用意したらしい。

全員で食事の用意をすることも、この家のルールであることを示してから、客の二人に着席を促した。バロットが座り、最後にベル・ウィングが座った。

食事は豪勢すぎず、質素すぎない、ベル・ウィングらしいいい塩梅のメニューだった。パンに豆と肉と野菜の大皿が数点。大皿を回し合って食べる。シンプルで気持ちのいい晩餐。

だがアビーは相変わらず生返事をするか、黙ったままだった。三人があれこれ水を向けたが、自分の話をすることはなかった。目は始終、落ち着きなくあちこちに向けられ、トイレに行くのもストーンが席を立つのをみて慌ててついていく状態だった。

そんなふうにしてアビーとの最初の食事は、ごく短い時間で終わった。

ベル・ウィングが食後のお茶や菓子を勧めても、あるいは家族でやるようなちょっとしたカード・ゲームをやろうと話を振っても、これ以上緊張をしいられると気絶してしまうというようにアビーは身をすくめてかぶりを振るばかりだった。

帰り際、部屋の玄関先でストーンが丁寧に礼を述べ、アビーにも同様にさせた。

「……ありがとう」

アビーはぎこちなく口にし、早く帰りたそうにストーンの袖を引っ張った。

「いつでも好きなときに来るんだよ」

ベル・ウィングが優しくいったが、アビーは小刻みに首を上下に動かすだけで目を合わせなかった。

駐車場までバロットが送っていったが、アビーはもう完全に無言になっていた。ナイフがどっさり仕込まれた上着を両腕で抱きしめ、緊張で疲れ果てているのが見て取れたので、バロットもしいて声をかけ続けたりはしなかった。

ストーンがバイクにまたがってヘルメットと防風ゴーグルをきっちり装着し、後ろに乗ったアビーにもそうさせた。

「夕食に招いていただいて感謝する。ベル・ウィングにも伝えてほしい」

《こちらこそ楽しい夕食でした。気をつけてお帰りください》

ストーンがうなずいてバイクを出した。アビーは上着をまとってストーンの背にしがみついたまま顔を伏せてこちらを見ようともしなかった。

部屋に戻り、食器を片付けると、ベル・ウィングがお茶を淹れてくれた。

「あの子、ずいぶん居心地が悪そうだったね」

《今頃ものすごく疲れてると思う》

ベル・ウィングが、すっかりわかっているというように微笑んだ。

「なに、すぐに居心地がよくなるさ。ああいう子はいくらでも見てきたからね。心配ないよ」

《グランマは大変じゃない？》

「まさか。仕事もなく、日がな一日、ぼんやりしているだけの身だ。なんにも大変なことなんてないさ。それに、ああいう子にファミリーを与えてやるっていうのは大切なことだよ。あのミスター・ストーンも、ちゃんとわかってるみたいだ。それにあたしは、あんたが大学の勉強にかかりっきりで、大切なことを忘れちまうんじゃないかと心配してたんだよ」

《一緒に住んでも大丈夫そう？》

「ああ。とはいえ、あんただけが、あの子の面倒にかかりっきりになる必要はないからね。あたしがいるし、ミスター・ストーンもいる。そして何より、あの子があの子自身の面倒を見られるようにしてやんなくちゃいけないよ」

《ねえ、グランマ》

「うん？」

《大好き》

ベル・ウィングは鼻高々だった。

「まんざらでもないね。次はあの子にパジャマを持って来させな」

さらに二度、アビーとストーンを自宅に招いた。四度目で、ようやくアビーが自分の着替えを持ってきた。

泊まるのを怖がり、いざとなると、なんやかや言い訳をつけて逃げようとするアビーを、バロット、ストーン、ベル・ウィングの三人がかりで宥《なだ》め、従わせたものだった。

ストーンのガレージ・ルームと大して広さの変わらない部屋に入れられたアビーの様子を、バロットは詳細に感覚し続けた。ほぼ無意識に。バロットが眠っている間も。

アビーは真夜中を過ぎても、落ち着かない様子で部屋を出て、バスルームに行ったり、廊下で立ち止まったりしていた。足音をたてず、息を殺して、そうっと移動するのだが、そのうち行動範囲が広がった。ダイニングを覗き込み、リビングに抜き足差し足で入った。

リビングの出入り口脇の棚には小物入れがあり、そこにベル・ウィングやバロットのアクセサリー類が置かれている。そしてその夜は、そこにカネが置かれていた。十ドル札が十枚、丸めて輪ゴムでとめられてあった。

それを見たアビーが動きを止めた。

別に、今すぐカネが必要なわけではない。少なくとも親切にしてくれる家のカネに手を出さねばならないほど追い詰められているわけではなかった。だが目の前に無防備に置かれたカネに、アビーは心を釘付けにされてしまった様子だ。

ゆっくりとカネに近づくと、それを手に取り、輪ゴムを外した。枚数を数え、一枚だけ抜いた。それからちょっと考え、もう一枚抜いた。そして残りを元通り丸めて輪ゴムでとめ、取る前とぴったり同じ感じになるよう、元あった位置に戻した。

それからアビーは部屋に戻り、カネを自分の財布に入れた。その財布を、枕の下に差し込んだ。ベッドに横たわって枕に頭を乗せ、毛布をかぶって丸くなった。

それでようやくアビーに安心が訪れたようだった。親切にされるといつ裏切られるかわからず、かえって不安になるのだ。しかしカネを手に入れることは違った。カネはアビーを裏切らなかった。決して誰のことも裏切りはしない。ほどなくして、アビーは眠りに身を委ねた。

翌朝、バロットがアビーを起こし、ベル・ウィングと三人での初めての朝食を摂《と》った。

バロットが見たところ、アビーは急に口数が増えていた。この朝一番に、元気に振る舞うことを覚えたというようだ。

　バロットが大学に行くついでに、車でアビーをストーンの自宅まで送ることになっていた。

　アビーが着替えたり歯を磨いたり、持って来た服をバッグに詰めたりしている間、バロットはリビングのソファの背もたれに腰掛け、大学へ持っていくバッグを一方の手に抱え、壁の時計を見つめながらコーヒーをすすっていた。

　そのバロットの目の前で、ベル・ウィングが、棚のカネを手に取って数え始めた。

《グランマ？　何そのお金？》

「ここに置いておいたのさ」

　ベル・ウィングが全然答えになっていない言葉を返してきた。

　途端に、バロットの脳裏に昨夜のことがよみがえった。まるでアビーのそばで見ていたかのように。無意識の能力《ギフト》の発揮。家の中で動き回る人間の動きを余さず感覚していたのだ。

　バロットは力を制御するためのピアスに触れた。寝ている間もつけているそれが、機能を失ったとは思えなかった。どうやらイースターやエイプリルに相談しなければいけないらしい、という点をひとまず頭の隅に押しやり、ベル・ウィングに訊いた。

《足りなくなってる？》

「二枚ほどね」

バロットはちらりと廊下に目を向け、アビーがどこで何をしているかを感覚した。与えられた部屋でアビーが準備を終え、これから何食わぬ顔でバロットたちに声をかけるべく、ふーっと深呼吸をしているのがわかった。

《どうする気?》

ベル・ウィングが両手を広げて肩をすくめた。

「どうもこうもあるかい?」

そして輪ゴムでとめたカネを、バロットの胸ポケットに押し込んだ。

「あんたが残りを渡してやりな。もともと小遣いをあげる気で置いておいたんだが、昨日うっかり渡しそびれたって言ってね」

バロットは呆れた。

《グランマ流の更生法? 試されたと思って怒るかも》

「これは、あの子なりに頑張ったご褒美さ。それ以上でもそれ以下でもないよ」

《伝わるといいけど》

「試すならそっちを試さないとね」

バロットはうなずき、カップをキッチンの流しに置いた。ぐずぐずするアビーのところに行ってやり、こっちから声をかけて一緒に外へ出た。

助手席に乗ったアビーは最初に比べてだいぶリラックスしていた。別のことで緊張しているおかげで、親切にされることへの緊張がごまかされているのだろう。悪事がばれないよう振る舞うときの緊張のほうが慣れているのだ。もしばれても自分の心が傷つくことはないし、それで親切な人たちが二度と振り向いてくれなくなってもいい。裏切られる怖さで、びくびくし続けることのほうが耐えられない。

そういうアビーの気分や考えが、バロットには手に取るようにわかった。自分の中の天秤を平行にし、彼女なりに他人とフィフティ・フィフティになるための盗み。

ストーンの自宅の前に車を停めると、アビーがさっとシートベルトを外し、素早く外に出ようとした。

《待って》

アビーがぴたりと動きを止め、猫のように身をすくめて警戒する姿勢になった。

《いつから学校に通うか、ちゃんと話さないと》

「うん」

素直に同意する。この場を切り抜けるために。

《また連絡する。なるべく電話に出るようにして》

「うん」

《それと、グランマが、あなたにって》

バロットは胸ポケットから輪ゴムでとめたカネを取り出した。

アビーがそれをまじまじと見た。昨日それに手を出したと目が言っていた。

《頑張ったご褒美だって。昨日渡すつもりだったみたい。大事に使って》

何かの罠だろうか。アビーがそう考えているのが表情から伝わってくる。盗みを白状させるための手口だろうかと。

バロットは丸めたカネを振った。

《早く取って。遅刻しちゃう》

「う、うん」

アビーがぱっとカネを取った。反射的な動作。そしてそのあとで傷ついた顔になった。

自分が何に傷ついたのかもわからない顔だ。自分が自分を傷つけるなどとは想定していなかったせいだろう。

自分の気持ちに従ったにもかかわらず、どうしてこんな気分になっているのかと胸の中で自問しているに違いないアビーをよそに、バロットは助手席に身を乗り出して手を伸ばした。

《またね》

ばたんと助手席のドアを閉めた。窓ガラスの向こうでアビーが何か言いたげにしていたが、すぐには言葉にならないだろうこともわかっていた。

窓の内側からサムアップしてやった。ストーンがそうするように。馴染みのある挨拶。

アビーが慌ててサムアップを返した。カネを握ったままの手で。そのせいでカネを落としそうになった。

バロットは車を出した。バックミラーを覗くと、アビーがとぼとぼストーンの家のガレージへ歩いて行くのが見えた。自分が何をしたのか考えるために。最悪の気分で。

バロットにも覚えのある気分。かつて濫用されても自分を守り続けてくれたウフコックのことが思い出されて仕方なかった。捜索と救助に専念したいのに、〝アビゲイル問題〟を自分から抱え込んだことを、ウフコックが知ったらどう思うだろう。

——素晴らしいことだ。

実際にウフコックが自分の肩にいて、そう言ってくれる姿が想像された。

バロットはぐっと歯を噛みしめて想像を追い払った。相手の不在を想像で補おうとしていることを自覚した。そんなことをしていたら、心の痛みに襲われて、路肩に車を停めて泣きじゃくりたくなってしまう。

今はほかにやることがあった。

泣くのはあとでいい。ずっとあとで。そうする必要がなくなってからで。そう自分に言い聞かせた。

大学の駐車場に車を停めたときには、やるべきことに意識を振り向けていた。ハードな授業に没頭することで無力感を押し殺すことが上手くなっていた。習慣化されたといっていいほどに。それが良いことか悪いことかわからなかったが、昔の自分のように殻に閉じこもる気はなかった。

やはり講義やレポートの発表よりも、ディスカッションのほうが何倍もきつい。参加する学生たちの大半が、息も絶え絶えになるほど、集中力を要求させられるのだ。

教授たちが提示する事件の開示資料を短時間で把握し、開示されていない証拠を推測し、僅か数分という時間制限の中で、ありったけの弁護をし、同じくらい短い時間で相手の矛盾や論理的破綻を指摘する。知性という名の目に見えない棍棒で容赦なく叩きのめし合うようなもので、中でもクローバー教授のそれは、的確で鋭く、あっという間に相手を絶体絶命の窮地に追い詰めることから、ギロチンの刃のようだと恐れられていた。

そんなわけでランチタイムともなると、中庭やベンチで仮眠を取る者もいるが、バロットはその間もテキストの熟読に努めた。カフェテリアでサンドイッチとジュースを口にしながらテーブル一杯に何冊もテキストを広げていると、ふいに誰かが近づいてきた。

誰であるかはわかっていた。無意識の能力《ギフト》の発揮。相手が声をかけようとするぴったりのタイミングで顔を上げた。

《こんにちは、クローバー教授》

小型のタブレットを持ったアルバート・クローバー教授が、意表を衝かれたように目を丸くした。

「こんにちは、ミズ・フェニックス。私が来ると思っていたのかね？」

《いいえ。たまたま顔を上げたら教授がいただけです》

「ふむ。少しいいかね？」

《はい。もちろん》

クローバー教授が、一方の手を空席の椅子の背もたれに載せた。椅子を引くのではなく、立ったまま体重をかけた。座り込んで話す気はないと態度で告げており、ディスカッションでの不手際を鋭く指摘されるのかとバロットは身構えた。

だがクローバー教授は何も言わず、一方の手に持っていた小型のタブレットを差し出した。

バロットはそれを受け取って表示されているものを見た。インターンシップの書類だった。フラワー法律事務所をクビにされたことについて、バロットのほうに異論がないことを示すもの。下のほうに空欄があり、バロットのサインを求めていた。

「かなり前にフラワーの部下の誰かが送ってきたものだ。さして重要なものではないので、うっかり忘れていたが、あちらにせっつかれてね。これにサインする意思があるか、不当解雇の主張をするか、どうせ提出の義務などないのでうっちゃっておくか、決めてほしい」

暗に最後の選択肢を勧めているのがわかった。あくまでフラワー法律事務所側が、自分たちの都合で作ったものだからだ。バロットも放置を考えたが、ふと別の考えがわいていた。

これは、つながりだ。

フラワー法律事務所との。そしてまたハンターとの。あまりにか細く、何の意味もないかもしれないが、それでも接点の一つであることには違いない。

《書類にサインはしません。ミスター・フラワーに面談を申し込もうと思います》

「不当解雇を訴えるために？」

クローバー教授がぎょっとしたように目をみはった。

《この書類にサインする条件として》

「君が半日ももたなかった事務所のボスと、直接やり合うことが目的だというのか？」

《はい》

「ケネスの件と関わりが？」

いきなりその名が出たことがバロットには意外だったが、しいて顔に出さないよう努め、逆に尋ね返した。

《なぜそう思うのですか？》

「ケネス、君、〈イースターズ・オフィス〉の三者には、強力な接点があると私は知っている。ケネスは、ある訴訟の可能性について私に相談を持ちかけているし、その彼の行動を目下のところ完全に封じ込んでいるのが、フラワー法律事務所だ」

つまりそれだけ、ケネスが起こしたいと願っている事件は、クローバー教授にとって注目に値するものであるらしい。もしくはケネスという存在がそうなのかはよくわからなかった。クローバー教授のクラスでトップの成績を収めたケネスのことを、愛弟子《まなでし》か何かのように思っているのかもしれない。

《関わりがないとは言えません》

はぐらかしながらバロットは思案した。

クローバー教授は、ただの専門家や研究者ではない。この都市有数のエキスパートであり、法廷という無慈悲な闘技場《コロッセウム》で何度となくチャンピオンに輝いた人物だ。そのクローバー教授に、ウフコックの身柄の返還について相談したいという思いが込み上げていた。

だがクローバー教授がどう出るか、誰がわかるといえるだろう？

ケネスを救出した代わりに、拉致され監禁されている人物がいて、なんとか居場所を探り出して助けたい、と言ったとしたら？　フラワー法律事務所が作成した書類の城壁を乗り越えるすべを教えてくれるだろうか？

わからない。こちらの動きをフラワーに伝える可能性もある。なぜならクローバー教授はどんな陣営にも属さないことを望む人物で、だからキャリアを積んでのち政治家になることを選ばず、大学というある種の隠居生活を選んだのだ。

法曹界における世捨て人。その彼の興味が、単に今までにない法的闘争を見てみたいだけだとしたら？　クローバー教授は、バロットに味方しながら、同時にフラワーに対してもそうしかねなかった。

リスクが読めない。

だがそこで、クローバー教授が、手をかけていた椅子を引いた。先ほどまでまったくそんな気を見せなかったくせに、当然のようにそれに座ってバロットのほうへ身を乗り出した。

「口外はしないと誓おう。ここでの私の職業的義務と、法廷でのそれと、私個人の信念において。フラワーと直接話す理由は、何かね？　ケネスが危険な状態にあるということか？」

予想外の入れ込み具合とともにクローバー教授の興味の焦点が急にあらわになった。ケネスと教授の間に何があるのか尋ねたかったが、その気持ちを抑えてバロットは言った。

《ケネスは安全だと思います。今のところは。ただ、もしケネスが彼の望む訴訟を起こせば、彼の身柄拘束を請け負ったグループのリーダーが、再びフラワー法律事務所に依頼されれ、彼を誘拐するかもしれません》

「君がそれを防ぐために動いているというのは筋が通らないな」

すぐさまクローバー教授が指摘した。

《今言ったグループのリーダーは、ケネスの脱出を助けた人物を捕らえて拘束しています》
「ケネスと、身柄の交換を要求しているのかね？」
《いいえ。その人物を味方につけたがっているんです。味方にならなければ合法的に抹殺すると脅しながら》
「そのリーダーは、〈イースターズ・オフィス〉のエンハンサーを引き抜きたいわけだ。その人物を拘禁し、ヘッドハントに応じるか、さもなくばその頭を切り落とすと脅している」
　バロットは一瞬、具体的にウフコックがそうされたところを想像しかけて息を呑んだ。そんな光景は決して頭に浮かべるなとおのれに命じながら言った。
《はい。そしてその人物を合法的に拘禁する手段を、フラワー法律事務所が与えているんです》
「おそらく違法接触《バッテリー》の概念を濫用しているのだろうな」
　バロットが何ヶ月もかけて辿り着いた答えを、クローバー教授があっさり口にした。
　驚きや悔しさ以上に、もしこんな法律闘争の達人がフラワー側につき、ハンターのために働いたらと思うと、それだけでぞっとさせられた。
《はい。具体的に誰が拘禁を請け負ったかは、完璧に秘匿されています。ミスター・フラ

ワーと話すことで、それがわかれば……》
「あの男は決して喋りはしない。信用にかかわる。むしろそのリーダーを調査し、弱みを見つけて交渉することだ。相手のバックグラウンドを知ること。クラスで学んだはずだな」
《はい、教授》
クローバー教授は、ケネスの話題から離れたのに引き続きアドバイスしてくれていた。それ自体はありがたいが、どうして肩入れしてくれるのかバロットにはまるでわからなかった。
《警察や〈イースターズ・オフィス〉が解明を試みましたが、有力な情報はありませんでした。そのリーダーの現在の人物像と、過去のバックグラウンドとの間に、大きな隔たりがあるせいです。その人物の生まれ育ち。家族。過去の職業。何も、現在のその人物の思想にそぐわないんです。本人は、無の中で突然目覚めたと……》
「そういう人物は、しばしば存在する」
またもや、こともなげにクローバー教授が言った。
「いいかね。そうであるならば、その人物が、どのようなバックグラウンドに転属したか調査することだ」
《転属……？》

「本来、属するはずのなかったバックグラウンドへの移行だ。ときには、価値があると信じるバックグラウンドに寄生しているだけの者もいる。たとえば、有名アーティストの付き人が、自分までもがアーティストの一員であるかのように振る舞うケースがある。病的気質の人物が、難解な書物からおかしな理論を引っ張り出してきて、それがあたかも長年培《つちか》ってきた思想であるかのように語るケースがある」
《きわめて超然とした、独自の論理の持ち主です》
「そして強引なスカウトをはかることから、カルトの教祖のように信者を増やそうとするタイプだろう」
《はい。その通りです》
「その人物が獲得した技能のルーツを探ってはどうかね。大学やその他の教育機関だけではない。たとえば無学な若者が、軍というバックグラウンドに転属し、機械の手入れの仕方などを学んで、やがてエンジニアになったとする。さらにその若者は除隊後、エンジニアを募集する会社など、また別のバックグラウンドに転属することになるだろう」
《そうして本来のバックグラウンドから遠く離れていく》
「そうだ。もしその人物が科学技術の力を借りてエンハンスメントされているなら、そのこともバックグラウンドの転属に関係しているかもしれない。その人物が望んで転属し、それまで想像もしなかった力や技能を得た可能性がある。さもなくば強引に引き込まれてそうなったのかもしれない。カルト思想の持ち主であれば、自分自身が何か別のカルトに支配された可能性もある。わかるかね？」

《はい、教授。とても参考になります》

「思わぬ課外授業になったな。こんなふうに話し込むつもりはなかった。自習を続けてくれ」

クローバー教授がタブレットを手にして立ち上がった。ケネスに関わることだったので、ついそうしてしまったというようだった。おそらく本心なのだろう。

「フラワー側には君の意思を伝えておく。インターン事務局から君に連絡が来るだろう」

《はい。ありがとうございます》

バロットも素直に礼を言った。内心では、ハンターがとっくにこの教授を操っており、自分をまんまと誘導しようとしているのではないことを祈っていた。相手の親切心の根拠がわからないせいで疑心暗鬼になっているのだ。まるでアビーみたいに。うかつに信じられないという気持ちが、どうしても前面に出てしまう。

「ケネスに、あまり思い詰めないようにと……いや、別の機会に直接言おう。それでは」

クローバー教授が言って、すたすたと立ち去った。

バロットは、サンドイッチとジュースの残りを片付けながら、今しがたの会話の有意義な点はなんだろうと考えた。

ケネス思いの教授が話に乗ってくれた。このこと自体、かなり有意義だ。この大学で、クローバー教授という大人物に親切にされるということも。

だがそれはそれだけのことだった。フラワー法律事務所と真っ向から戦ってくれるわけではない。

示唆されたもののうち、有意義と思われる点を、テキストの空白に書きつけた。

『バックグラウンドの転属』

それから、こう書いた。

『獲得した技能、あるいは能力《ギフト》』

だが何も頭に浮かんでこなかった。

『望んだ転属。あるいは望まず引き込まれた』

そう書いたところでベルが鳴った。

バロットはテキストを集めてバッグに入れると、いったんクローバー教授との会話を忘れ、次に学ぶべきことに集中しながら教室へ向かった。

その日は授業を終えると、まっすぐ自宅へ戻った。

できれば毎日オフィスに通って〈ウィスパー〉とセッションし、ウフコックの捜索に何時間も費やしたかったが、イースターが許さなかった。

代わりに暇をもてあますベル・ウィングの話し相手をし、それがひと段落すると、自分の部屋に入って机に向かった。
テキストを開き、空白にメモした言葉を、ノートに書き写した。
それから、その三つのセンテンスをとっくり見つめた。
何か思い浮かぶことを期待して。これまで得た情報が脳裏を巡るに任せ、その中の何かが、今しがた書いたセンテンスと結びつくのを待った。
目に見えない泉に釣り糸を垂らす気分。だが食いついてくるものは何もなかった。
そうしていると携帯電話のコールがあった。このところ頻繁にやり取りするようになった人物——ストーンからだ。
《もしもし？　ミスター・ストーンホーク？》
《ああ。ストーンでいい、ミズ・ルーン》
《ルーンでけっこうです。どうしましたか？》
《これから、そちらへ行ってもいいだろうか。直接会って話したいことがある》
《構いませんが……、アビーも一緒ですか？》
《ああ。引きずってでも連れて行く》
厭《いや》な予感がした。ベル・ウィング流の更生法があらぬ展開を招いたのかもしれない。
《なるべくアビーの気持ちを尊重してあげてください。なんでしたら私がそちらへ行きます》

《そういうわけにはいかない》
《もしかして、今朝、アビーに渡したお金のことですか？》
沈黙。
どうやら的中したらしい。バロットは頭上を仰いで息をついた。
《会って話したい。これから向かう》
ストーンが言った。
《わかりました。お待ちしてます》
通話を切り、携帯電話を持ったままリビングに行った。
ベル・ウィングが眼鏡をかけて編み物をしながら、壁面モニターでクイズ番組を流しっぱなしにしていた。なんとも家庭的。新しい子どものために、手作りの何かを与えてやろうというのだ。
《グランマ、ちょっといい？》
「なんだい？」ベル・ウィングがモニターをオフにして眼鏡を外した。「何かあったかい？」
《ミスター・ストーンホークが、アビーを連れて来るって。話したいことがあるみたい》
「へえ。もしや今朝の小遣いのことかい？」
《たぶんそう。アビーが黙っていられなくなって、正直に話したんだと思う》

「ほらね」ベル・ウィングが急に浮き浮きした様子になった。「効果てきめんだろう？　せっかくだ。ディナーの用意をしてやろうじゃないか」

《昨日の残りを出してあったためておく？》

「そうしとくれ。あたしは何か一品作るよ」

ベル・ウィングがキッチンに行き、手早く調理を始めた。

バロットが冷蔵庫から出したものを電子レンジで温めていると、さっそくインターホンが鳴った。モニターをまっすぐ見ているストーンと、うつむいているアビーが映し出された。

《どうぞ》

バロットはパネルのボタンを押し、アパートメントの入り口のオートロックを開いた。

玄関に行きながら、無意識に能力《ギフト》でエレベーターの動きを感覚していた。ドアを開けて待っていると、ストーンがアビーを連れて現れた。アビーの武器を仕込んだコートは、ストーンが預かっていた。

「突然申し訳ない」

ストーンが詫びながら、アビーの肩を押して一緒に部屋に入るよう促した。

アビーは逆らわなかった。黙りこくって唇をぎゅっとすぼめ、自分の足を見ながら歩いた。

《来たよ、グランマ》

バロットが言いながらダイニングに入った。ストーンとアビーもそうした。ストーンがポケットから輪ゴムでとめたカネを出し、テーブルに置いた。

「謝罪をさせに来ました」

ストーンが言った。隣のアビーは石のように沈黙している。

「何のことだい？　あたしの料理が気に入ってまた来たんじゃないのかい？」

ベル・ウィングがしらばっくれ、テーブルに置いたカネをアビーのほうへ押しやった。

「これは、この子が頑張ってるご褒美さ。確かにちょっと多かったかもしれないが、そうしょっちゅう与えるつもりはないから安心しとくれ、ミスター・ストーン」

「これをもらう前に、アビーが何をしたか、聞いていただきたい。これは彼女が自分から、おれに告白したことです。その点をご留意いただきたい」

「ちょいと待ちな、ミスター・ストーン。あたしたちが聞く必要はないね」

「必要ない？」

「この子が自分からあんたに話したんだろう？　ならあたしらにもそのうち話すさ。もし話さなきゃならないことがあるんならね。ただあたしが思うに、そう大した話じゃなさそうだ」

「それではアビーのためにならない」ストーンが頑《かたく》なに言った。「あなたたちが知っていて許したのなら、それは間違いだ――」

《ストーン》バロットが遮った。《こう呼んでも構いませんか？》

　やや驚いたようにストーンがバロットを見た。アビーも同様の反応を示した。

「もちろん構わない」

《では、ストーン。ここは私たちの家です。私とグランマとアビーの。ここでのルールは私たちが決めます。あなたの家でのルールと異なるからといって、私たちにルールの変更を強要しないでください》

　相手に反論を許さぬ態度で言い切った。自分たちはストーンと対等の存在であることを示すために。一方が罰しても、他方は許す可能性があることを。父親と母親が、必ずしも同じ態度を取るとは限らないのと一緒だった。

　ストーンは口を開いたが、言葉が出てこない様子だ。

　アビーも、ぽかんとなっている。なぜストーンが責められるのかわからないのだろう。

「あたしが悪いんだ」アビーが言った。「ストーンは悪くない」

「そもそも、誰かが悪いなんて話をする気は、こっちにはないんだよ」

　ベル・ウィングがカネを取り、アビーの手を握って、それを受け取らせた。

「あんたはいい子だ。あたしとバロットは、そういう話をしてるんだ。わかったかい？」

　アビーが不思議そうにベル・ウィングを見つめ、ストーンへ、そしてバロットへ目を向けた。どうしたらいいか、誰か言ってくれというように。

《ストーン》

バロットが促した。

「わかった」ストーンが言った。「アビー、それはお前のカネだ」

「え？　なんで？　じゃあ、なんで返しに来たの？」

「ミスター・ストーンはね、あたしのために来たのさ」ベル・ウィングが手に力を込めて言った。「こうして直接あんたに渡せるようにって。あたしの新しい孫娘に、あたしがいい顔できるようにね」

ベル・ウィングが手を離した。その言葉をアビーはまったく信じていないようだったが、ベル・ウィングは気にしなかった。バロットも同様だ。

《せっかくだから夕食をどうぞ》

ストーンがバロットを見つめた。以前オフィスで、アビーの学校について話したときのように。信頼できる相手かどうか推し量っているのがわかった。

「いただこう」

とストーンが言った。

「手を洗ってきな。準備は手伝ってもらうよ」

ベル・ウィングが手振りでバスルームに行くよう二人に示し、自分はキッチンに戻った。

《なくさないように、しまっておきなさい》

バロットがアビーに言った。アビーが困惑をあらわにしつつ、カネをポケットに入れた。

それからストーンとともにバスルームで手を洗い、前日同様、食事の用意をした。

食事の内容もあまり変わらなかったが、ベル・ウィングが新たに用意したサラダとイワシ料理を、アビーがせっせと食べた。緊張が薄れ、ようやく美味しさが感じられるようになったらしかった。

それで、どんどん緊張が解けていったのだろう。

「美味そうに食べてくれて嬉しいね。もっとお食べ」

微笑むベル・ウィングに、アビーが微笑みを返した。

ごく自然な笑顔。それがアビーの古いシェルターの出口となり、新しい生活への入り口となった。

アビーの目に涙が溢れた。

他ならぬアビー自身が、そのことに驚いた。食器を置き、照れ笑いを浮かべて涙を拭ったが、それで止まるものではなかった。

アビーが眉をきつくひそめた。何とか涙を止めようとしているのだ。いつしか嗚咽《おえつ》がこぼれ出した。不安に怯え続けた者の声だった。もう安心だと思えた者があげる声。それがどんどん大きくなっていった。

泣きじゃくるアビーの肩に、ストーンの手が置かれた。

バロットが席を立ち、アビーの傍らに立って、両手を差し伸べた。

アビーがぐしゃぐしゃに濡れた顔でバロットを見上げ、おずおずと抱きついた。

その肩からストーンの手が離れた。

バロットが抱きしめ返すと、アビーはすがりついて、わんわん泣いた。

ストーンが宙ぶらりんになった手を引っ込め、自分を見ているベル・ウィングの視線に気づき、そちらに目を向けた。

ベル・ウィングが微笑んで手振りでバロットとアビーを見るよう促した。自分からシェルターを離れ、新たな生活を選ぼうとしているアビーを。

ストーンが目を伏せ、ベル・ウィングに丁寧にうなずき返した。迷子の子どもを両親のもとに送り届けた警官のように。

しばらくしてアビーが落ち着き、食事が再開された。アビーは、しゃくりあげながら食べた。アビーの荷物をこの部屋に移すことと、学校に通うことが、アビー以外の三人で話し合われた。アビーはほとんど黙ってそれを聞いていた。

食事が終わると、ストーンがアビーを連れて帰った。

ストーンがバイクを置いた駐車場までバロットが見送りに行ってやった。

ヘルメットをかぶったアビーが、バイクに乗ろうとして、くるりときびすを返し、バロットに駆け寄ってぎゅっと抱きついた。バロットも抱きしめ返した。その背を撫でながら、自分がこんなふうに誰かを安心させてやっているところを、ウフコックが見たらなんと言ってくれるだろうと思った。

アビーが身を離し、にっこり微笑んでバイクに乗り、大声で言った。

「ありがとう」

バロットがサムアップした。ストーンとアビーが一緒に同じサインを返した。

二人が去り、部屋に戻ると、ベル・ウィングが勝ち誇ったような顔をしていた。

「ほらね。あの子にしっかり伝わったろ。あたしらの気持ちが」

《愛してる、グランマ》

「そのうち、あの子とハーモニーで言っておくれ」

バロットは微笑み返し、部屋に戻った。

ひと騒ぎを経て、改めて自分が書いたセンテンスと向かい合った。

どうせすぐに何かが浮かぶことはないだろうと思っていたが、そうではなかった。

何気なくペンを手に取り、ほとんど考えなしに、こう書き込んでいた。

『共感《シンパシー》』

それがハンターの武器であり、能力《ギフト》の目的だということが遅れて意識された。

ただ単に同じ感情を抱くというのではない。ハンターが〈クインテット〉というカルトの王となれた理由を書き加えた。

『共有《シェア》』

五感すら共有しうるほどの力。ハンターの精神力がそれだけ優れていることを意味しているが、それ以外の全てを物語っているのだということに、はたと気づかされていた。

能力のルーツ。

当然ながらそれは、ハンターが開発したものではない。

一方的に科学技術の成果を付与されたのだ。おそらく識閾検査を行ったうえで。被験者にまったく適合しない能力《ギフト》を与えても使いこなせはしない。コストの無駄になるだけだ。

そこでまったく唐突に、バロットはある感覚に襲われた。

押し続けていた扉が、急に開く感覚。そのせいで心が前のめりになり、思考がどっと流れ始めていた。自分が何をとらえたのかもとっさにわからぬまま、強烈な確信の念がわき起こった。

全ての能力《ギフト》のルーツは明白だ。

三人の博士が主体となって行われた〈楽園〉の研究。

一人は自らを檻に閉ざした。環境に依存しない完全な個体となることを理想として。

一人は社会という荒れ野へ出て、個の力の発揮を志向した。

一人は同じ荒れ野で、集団の力をエンハンスメントすることを目標とした。

ハンターの能力《ギフト》のルーツがいずれであるかは、明白ではないだろうか？　プロフェッサー・フェイスマンと話したときにも思ったことだが、やはり似ている。そのものといっていい。

ハンターのプロフィール。

『貧困層出身。憲兵になる。生来の優秀な素質が開花し、優れた捜査手腕を発揮する。だがその結果、軍内部の主犯格に襲撃されて負傷し、昏睡した。以来、長い眠りの中にいた』

バロットは、『長い眠り』を○で囲み、線を引っ張って、こう書いた。

『三博士の一人が目標とした集団のエンハンスメントは、昏睡中の人間にも適合し、思想的影響を与えられるだろうか？』

改めて最初に書いた三つのセンテンスを見つめた。

『バックグラウンドの転属』

『獲得した技能、あるいは能力《ギフト》』

『望んだ転属。あるいは望まず引き込まれた』

そのうち、最初のセンテンスの下に、こう書き加えた。

『能力《ギフト》のルーツ』

これが、バックグラウンドの転属を意味するとしたら？

人格の共有という、にわかには想像がつかない世界に連れ込まれ、そこでハンター独自の思想と能力《ギフト》が花開いたとしたら？

核心の周りをぐるぐる巡る感覚があった。何かの輪郭が浮かび上がっていく感じが。その中心が、すでに名付けられていることもわかっている。

バロットは『能力《ギフト》のルーツ』という言葉を〇で囲み、その下に、一つの単語を記した。

それが全ての答えであるという直感を抱きながら、力を込めて、大きく、太々と。

『シザース』

7

バロットはメイド・バイ・ウフコックのスーツをまとい、決して臨戦態勢を解かぬまま、バジルと戦闘を繰り広げた七階から、こつこつと足音をたてて階段を降りていった。

エレベーター二基のうち、一方は、まだ二階と三階の間で止まったままだ。他方は、バジルによって七階まで吊り上げられている。

どちらも使用はリスキーだった。たとえ〈ストーム団〉のバックアップがあったとしても。意外な能力《ギフト》の持ち主がそれらを死の箱に変えてしまうかもしれないのだ。実際にバジルがそうしてのけたように。

　バロットは六階に降りたところで、いったん足を止めた。

　エレベーター・ロビーと通路を慎重に感覚した。警備システムがあったフロアだ。システムは、バジルが仕掛けた爆弾の罠で吹っ飛んでいる。感覚できる範囲内に動く者はなかった。電撃弾で気絶させた二人の男の姿も消えていた。

《ルーンよりライムへ。ミスター・バジルは仲間と一緒に撤退していますか？》

《ああ。素晴らしく順調にな。屋内カメラの映像では、動けない者をミスター・バジルの電線が片っ端から引きずっている。いろいろと便利な能力《ギフト》だ。君らＪＩＢが集合するときには撤退済みだろう》

　現場指揮官であるライムの応答――バロットは身にまとったウフコックにもその通信をつなげてやっており、

「ＪＩＢ？」

　ウフコックの呟き声が、スーツの左手のあたりから聞こえた。

「私たちのチーム。〈びっくり箱《ジャック・イン・ザ・ボックス》〉。あの人、ころころ呼び方を変えるから」

　バロットは、通信に乗せない地声で答えつつ、階段を降りた。

「君もチームの一員というわけだ」

「チーム名を変えたほうがいいと思う？」

バロットが真面目な調子で尋ねた。

「気に入っていないのか？」

「別に、なんでもいいんだけど……ちょっと、子供っぽい感じがするかなって」

バロットは足を止めずに四階のフロアを横目で見た。長い長い間、ウフコックが閉じ込められていたフロアを。そこも、今は無人のようだった。

「君の率直な意見を、仲間に聞いてもらったうえで、話し合えばいいと思うよ」

ウフコックらしい態度。バロットは微笑んで、最後の三段をひとっ飛びにして一階の床に降り立った。

「ここを出たらそうする。あなたも意見を出してくれる？」

「おれも？」

ウフコックがびっくりしたように聞き返した。

「うん。お願い」

「あー、わかった。あまり自信はないが」

「ありがとう」

バロットは左手に握った銃にキスした。ほうぼうで学んだ話術の一つ。これでウフコックが、自発的にバロットとその仲間たちと、今後も行動をともにするという言質《げんち》を得たことになる。もちろんそんなことをする必要はないとわかっているが、ついそうしたくなったのだ。

《よし、JIB《ジビ》ーズへ。南側通路に集まれ》

またライムが適当な呼び方で命じた。

《〈ストーム団〉が図面にない地下の出入り口を見つけた。地下の発電室だ。そこから新手が来る。建物の中で鬼ごっこをやるぞ。いいな》

《承知した》ストーンのいらえ。

《はーい》楽しげなアビーの声。

《了解《コピー》》バロットの応答──機敏に、しかし慌てず移動した。

バジルの撤退は実際、見事だった。バロットに撃退され、あるいはストーンとアビーに急襲された者たちを、短時間で一人の落伍者も出さず屋外へ脱出させていた。屋外で打撃を負って動けないキャストマン、エリクソン、ラスティ、そしてまたシルヴィアも救助している。

みなを敷地の駐車場へ集め、体積が倍増して身動きが取れないエリクソンを、バジルの電線が巧みにトラックの荷台に載せる様子を、〈ストーム団〉がしっかり建物の監視カメラ越しにとらえていた。

さすがの迅速さ。これから到来するのは、そのバジルの指示に逆らう者たちだけだ。オフィスのメンバーであるブルーの首を持ち帰った連中だけ。

バロットはエレベーター・ロビーから通路を進み、ライムが指示した場所に行った。合流――コンビネーションからチームワークへと移行するために。

ザ・バイカーという感じの出で立ちをしたストーンと、相変わらずカラフルな靴にストッキング、ショートパンツにTシャツ、そしてぶかぶかのトレンチコートのアビーが待っていた。

「ルーン姉さん」

アビーが駆け寄って、バロットに抱きついた。バロットも銃とナイフを持ったまま、ぎゅっと抱きしめ返した。それからアビーが、こう訊いた。

「なに、この格好?」

「これが彼なの。ウフコック、こちらアビーとストーン」

「ハロー、アビー、ストーン」

ウフコックが声を発した。臆せず堂々と。

一匹のネズミが発揮するたとえようもないタフネス。何百日も閉じ込められたら、極度の人間不信になって喋ることすらやめてしまってもおかしくないというのに。

「ワオ」

アビーが目をぱちくりさせた。驚いて飛び退くということはせず、しげしげとバロットの胸元や腹を撫でたりした。

「ハロー、ウフコック。どこら辺にいるわけ？」

バロットが身をよじった。

「くすぐったいでしょ。この全部が彼なの。銃もナイフも」

「へえー」

アビーが、なおもバロットのスーツのあちこちを撫でながら感心した。

「ちょっと、アビー」

身をすくめて妙なポーズになるバロットを助けるため、ストーンが遠慮深げに歩み寄り、アビーの肩に手を置いてやめさせた。

ストーンが、バロットの体のどこに視線を定めるのが最も礼儀にかなっているか僅かに思案し、最終的にバロットが握る銃に向かって声をかけた。

「無事に救助できてよかった、ウフコック・ペンティーノ。これから戦闘が行われる。問題がありそうなら言ってほしい。本来、君とルーンを脱出させることが我々の務めだ。君を戦闘に参加させることは、考えていなかった」

「気遣いに感謝する、ミスター・ストーン。状況の変化は把握している。おれは大丈夫だ」

「ストーンと呼んでくれ」そう言って、バロットの顔へ視線を移した。「君は大丈夫か？」

「問題ありません」

バロットがうなずき返したところへライムから通信が入った。
《敵は集団だ。ネイルズに応援を頼み、敵の戦力と戦法を見極める。常に脱出の選択肢を持ち、こちらの戦力を決して減らさない。お堅《ザ・ロック》くだ。君らしくいけよ、ルーン》
バロットは肩をすくめた。自分らしくいようとすることを咎めがちな男に言われると、無性に反発心がわくのだ。
《今はロックンロールの気分です》
ストーンとアビーが目を見合わせた。バロットには珍しい態度。ウフコックも大いにストーンとアビーに共感させられた。
《無駄口を叩く暇はないぞ》淡々としたライムのいらえ。《ストーン、ファースト・コンタクトを頼む。上の階へ敵を引っ張り上げろ。アビーは二番手だ。先に二階に行くんだ。ルーンはおれが合図するまで隠れてろ》
《承知だ》《はいはーい》《了解《コピー》》三者三様の応答――そして行動。
バロットが後ずさって通路の奥へ行き、アビーがフィッシュダグを操って階段にし、窓から出て行った。
ストーンが額のゴーグルを下ろして目に当て、他方の手で腰に佩《は》いた鉄パイプを握った。
刹那、その姿が消えた。高速移動で、通路の先のT字路を曲がった向こうに――適切な位置についたのだ。

敵が飛び出してくるはずの、地下の電力室へ続く鉄製のドアのまん前に。

直後、そのドアが猛烈な勢いで開かれた。ドアが壁に当たってバウンドし、それをまた押しやりながら、黒衣のガンマン八名が、肩をぶつけ合い我先にと溢れ出し、

「イーヤー！　ハアアアアー！」

「ヒイイイイハアアアアー！」

などと口々にわめきながら、仁王立ちのストーンの姿をろくろく確認もせず、でたらめな一斉射撃を放った。

黒頭巾に肩掛け布、黒の上下とブーツ。とんがり帽子型の黒頭巾には目の部分だけ穴をあけており、穴の縁は内側の防弾ゴーグルにしっかり接着してある。そうしないと布がずれたとき何も見えなくなるからだ。

伝統的な処刑人スタイルに身を包んだ乱射魔たち。

身につけた品は全て消音性に優れ、防刃性も備えている。黒衣の下には全身、軽量で頑丈な防弾プロテクターを装着しており、ボクシングのトレーニング用品とよく似た防弾のヘッドプロテクターも身につけている。

こうした防御は、敵の反撃を想定したものであるのはむろん、味方同士の誤射に備えてのものでもあった。

とりわけ第一陣として殺到した彼らは、〈野次馬たち《ラバーネッカーズ》〉と呼ばれ、露払いを務めとして

いた。ガンマニアの群たる〈誓約の銃《ガンズ・オブ・オウス》〉に加わってまだ日の浅い新人か、一向に射撃の腕が上がらないせいでいつまで経っても重要な役割を与えられない者たちだ。

その役目はといえば、ひたすらに騒いで撃ちまくり、〝茂みに隠れた獲物〟を脅して追い出すことにある。

当然、ストーンは一瞬でT字路の曲がり角に退いており、銃弾は壁を穿《うが》つだけでなくめちゃくちゃな跳弾と化し、自分や仲間に命中するという有様だった。

しかし、そんなことを彼らはいささかも気にしない。みな一途なガンマニアであり、銃さえあれば一切の不安は消えると信じる短絡さを最大限に活かして騒ぎを起こす。獲物を追い立て、あるいは急行する警察を足止めする。馬鹿げたリスクを最高の試練とみなし、グループ内で認められることを人生最大の目的とする八名が、消えては現れるストーンを追った。

ぎゃあぎゃあわめき、押し合いへし合いし、ひたすら撃っては装塡し、玄関ロビーおよびエレベーター・ロビーを通過し、ストーンに導かれるまま階段をのぼっていった。

そうして二階に飛び出したところで、横殴りに飛来するこのうえなく鋭いナイフの群に襲われ、次々に甲高い悲鳴をあげて膝をついた。

アビーのフライング・ダガーが——本人はフィッシュダグと呼んで魚の群になぞらえることを好むのだが——二手三手に分かれて閃《ひらめ》き、男どもの防刃装備などものともせず、的確に腕と脚を刺し貫き、戦力として使い物にならぬ状態にしてやるのだった。

だが、先遣隊たる彼らがあげる悲鳴もまた、後続者に獲物のありかを告げる貴重なサインとなる。続いてドアをくぐったのは、同様の黒衣に身を包んだ、〈銃殺隊《ファイアリング・パーティ》〉と呼ばれる、二十五名からなる一団だ。彼らの役割は、〈ラバーネッカーズ〉が撃ちまくって生み出した混沌をよそに、粛々と、また続々と、列をなして進むことにある。

練度の高い兵士であることを誇りとし、命令も確信もないまま引き金を引くことを戒め、速やかな包囲と正しいフォーメーションによる十字砲火こそ狩りの心髄と心得る。多くが元〈スポーツマン〉として経験を積み、二人以上での狩りを旨とするが、一対一でのガンファイトに臆することもない。

歴戦の彼らがするすると通路を進んでT字路を右へ折れ、ロビーを通過し、階段をのぼった。上階から、負傷した〈ラバーネッカーズ〉たちがよろめき降りてきて、階段でうずくまるのをよそに、彼らをねぎらうこともなく、冷ややかに無視して進んでいった。

二階に出て二手に分かれ、一方は二階の安全確認にあたり、他方は三階へ向かった。

このときストーンとアビーは三階へ移動しており、さっそくストーンが〈ファイアリング・パーティ〉の半数と、ライムのいう鬼ごっこを始めている。

二階の者たちも迅速にフロアを見て回り、誰もいないことを確認してのち、上階へ向かうはずだった。だが彼らが階段へ戻ろうとしたとき、異様な出で立ちの男女が、魔法のように通路に現れて彼らの行く手を阻んでいた。

ピエロのメイクの一団。

ライムが投入した十一名の男女――アダム・ネイルズと、彼が組織した警備隊員だ。

「はっはー！　〈スポーツマン〉の腐れ外道どもと撃ち合う日が来るとはな！　兄ちゃんたちに姉ちゃんたち、遠慮なく叩きのめして釘《ネイルズ》づけにしてやんな！」

にやりと言い放つアダム・ネイルズを中心に、左右に並ぶ彼らは、みなネイルズの伝統にのっとったメイクを施し、ぱりっとしたスーツを――銃のホルスターと防弾プロテクターを内側に装着するため一回り大きなサイズのものを――隙なく着こなしている。

全員がレイ・ヒューズとアダムのガン・レッスンを受けて合格点を与えられ、自衛とストリートの平和のために銃を握り、電撃弾以外は使わないと誓った人々だ。

クレア刑事と警察隊とともに一帯の出入り口を押さえる役についていたが、ライムの要請を受けて施設に急行し、一階からは入らず、アビーの空飛ぶ短剣が作り出す階段を使って、直接二階の通路に入り込んだのだった。

この想定されざる敵に対し、〈ファイアリング・パーティ〉の面々はいささかも慌てず散開して銃を構えた。だがそれよりも早くアダムがソフトかつ滑らかに二つの拳銃を抜いて構え、残りも彼に倣った見事な射撃体勢を取り、一斉に発砲していた。

早くも電撃弾を受けて黒頭巾の数名が撃ち倒されたが、残りが構わず激しく撃ち返した。

ピエロたちも迅速に遮蔽物の陰に隠れ、黒頭巾たちとの呵責《かしやく》なき銃撃戦に没頭した。
《ルーン、まだ出るなよ。敵はまだカードを出し終えていない》
《了解《コピー》》
ものの見事に〈ファイアリング・パーティ〉が分断される一方、ライムの言葉通り、さらに一階のドアをくぐる者たちがいた。
銃撃戦のさらに背後から迫る、選りすぐりの狩人たち。〈忍び足《スニーカーズ》〉と呼ばれるグループ屈指のシューターたちだ。消音器を装着した銃を使い、気づかれず敵の背後に回り込み、必殺の一撃を放つことに専念する、沈黙の暗殺者たち。
《殺意の匂い。四名が出てきた》ウフコックがバロットにだけ通信した。《ライムという男、確かに現場指揮《コマンダー》に向いてるな》
《指図するのが得意なの》
つい毒づいたとき、ライムが告げた。
《よし。静かに《サイレンス》だぞ、ルーン》
バロットは眉をひそめた。無口な《サイレンス》ルーンという友人ならではの親しい呼び方を、ライムがどこかで聞き知ったのかと勘ぐったのだ。友人ならまだしも、ライムにそう呼ばれたいとはちっとも思えなかった。
《了解《コピー》》

他に応じる言葉もなく、むしろこつこつと靴音を響かせて通路を進み、T字路の手前で足を止めた。ウフコックに信号を送ると、すぐに右手のナイフがぐにゃりと銃に変身《ターン》した。さらに両方の銃口部に消音器が現れ、静かにやる準備が整えられた。

四名のシューターが驚くほど音をたてず現れた。みな興奮した様子はまったくない。これから人を撃つというのに、むしろ心穏やかで、ほぼ無の境地にあるといってよかった。

T字路に出て、仲間と獲物がいる右へ折れようとする寸前、左手に静かに佇む娘の姿をみとめたときも、対応は見事なものだった。

四名が互いにぶつかることもなく前後左右に散って可能な限り間隔をあけ、巧みに射撃体勢をとる。流れるような動作。そして正確にバロットの顔へ、ぴたりと四つの銃口が向けられた。

彼らが引き金を引く前に、バロットは彼らよりも巧みに別の体勢をとった。

宙を舞ったのだ。メイド・バイ・ウフコックのスーツの助けを借りて。直立状態から瞬時に跳躍し、壁を蹴り、身をひねって、一瞬後には、腰を落とした四人の頭上にいた。

四人が撃ち、バロットの顔があった場所に銃弾が到達したとき、彼らの頭部を狙ってバロットが両手の引き金を引いていた。黒頭巾の形状から、その下のヘッドプロテクターをしっかり感覚し、その上から銃撃を浴びせた。彼らがほどよく気絶してくれる位置に、一発ずつ。

バロットの体がくるりと回転し、四人の背後で、軽やかに着地した。
四人がばたばたと倒れた。
バロットは、彼らがきちんと昏倒してくれたことを感覚し、ライムに報告した。
《静かにさせました》
《よし。君も倒れろ》
《い、い、今なんと？》
《ミスター・ペンティーノの得意技を使って、そいつらに紛れ込むってことだ》
バロットはうんざりして倒れた四人を見下ろした。
《一人多いことに気づかれます》
《なら急いで足し引きゼロにしろ。計算はできるな？》
バロットは下唇をくわえこんで、どう拒絶すべきか考えた。だが何も思いつかず、沈黙が返答の代わりになってしまった。
《合図をするまで静かにな。君の感覚で敵のエンハンサーの能力《ギフト》を全て把握しろ》
バロットは喉の奥で呻いて——声帯が再生されるまでできなかったことの一つだ——倒れた四人のそばに近寄った。銃がぐにゃりと変身《ターン》し、スーツの手の平へ消え、バロットは一人の足をひとまとめにして乱暴につかみ、スーツの力を借りて急いで通路の端の曲がり角の向こうへ引きずっていった。

それから駆け足で戻り、深々と溜息をついて、三人の男たちのそばで横たわった。

またたく間にスーツが変身《ターン》した。バロットは男たちと同じ黒頭巾と黒衣に覆われた。

《面白い指示を出す男だ》ウフコックがバロットにだけ言った。《トリッキーなことが好きなんだな》

《指図するのが得意で、人を騙《だま》すのが好きな人なの》

ぶすっとした気分を隠さずそう返した。

《だが的確だ。おれも、これから来るエンハンサーの能力《ギフト》はつかめていない》

そのとき、ぬっとドアをくぐる者がいた。

黒衣をまとっているが、ゴーグルつきの黒頭巾を背に垂らしたままだ。ひょろりとした男で、二メートル近い身長があった。黒目がちの目を見開き、満面に笑みを浮かべている。

男がT字路に歩み出て、倒れた四人を一瞥したが、気を取られた様子はなかった。

彼らをまたぎ越えながら肩掛け布を左右にはねのけ、その能力《ギフト》といおうか特質といおうか、きわめてシンプルかつ異様な肉体をあらわにした。

多数の手だった。本来の両肩から腿《もも》にかけて、左右八対もの腕が現れたのだ。

八つの肩は上から下へ、一直線ではなく、互い違いに生えており、一番上のものが最も長く、下へゆくにつれて短い腕になり、最も下のずんぐりした腕が腿の横から生えている。

その、人間多脚類《ポリポッドマン》とでもいうべき男が、十六本の手で前後左右に拳銃を突き出し、

「アー！　ハイ・ハイ・ハイ！　アー！　ヤイ・ヤイ・ヤイ！」

リズミカルな掛け声を発して撃ちまくった。

おびただしい数の跳弾が荒れ狂い、すぐそばを弾丸がいくつも飛び抜け、バロットを心底呆れ果てさせた。

たった一人で〈ラバーネッカーズ〉の役割を担うエンハンサー――グループ内では仰々しくもベルナップ・ザ・ガンスリング・ポリポッドの名で知られている。

八対の腕という新たな体重を支える屈強な両脚は、自ら鍛え上げたものだ。

かつては〈スポーツマン〉の優れた射手であり、〈スニーカーズ〉を務めたほどの腕前の持ち主でもある。だが沈黙の暗殺者として活躍すればするほど、半狂乱になって撃ちまくっていた頃を懐かしむようになり、その心に秘めた願いが、授かるべき能力《ギフト》として顕現したのだった。

とことん撃ちたい！　めちゃくちゃに騒ぎたい！　そんなとき、人間は二つの手だけで我慢せねばならないのか？

ノー！　ありったけ求めていいはずだ！

そしてベルナップは、文字通り、彼の願いを叶える手段にして目的をどっさり手に入れた。彼は、体の好きな場所に何本でも腕を生やすことができる。一対生やすのに数日、邪魔になれば一日ほどでそれを萎《しぼ》ませ、体内に吸収してしまえる。当初は背中に山ほど腕を生やしたが、動きにくいことこのうえなかったので、早々に考えを改めた。腕の数と位置を繰り返し調整したが、それは銃のカスタマイズ同様、実に楽しいひとときだった。今の八対というちょうどよい本数と位置に辿り着いてのちも、工夫を怠りはしない。たっぷり増強剤を飲み、沢山の腕の重量に耐えられるよう体を鍛え続け、最低でもあと一対か二対は増やしたいと思っていた。

最高の〈ラバーネッカーズ〉として先陣を切る喜びにひたるベルナップの特質を、バロットは——かなり気持ちが悪かったが——余さず把握し、データをオフィスのサーバーへ送った。

ライムが何か感想を口にするかと思ったが、

《ふむ》

という関心のなさそうな呟きをこぼしただけだ。人を床に倒れさせておいて、いい態度だとバロットは思ったが、こちらも何も言わなかった。

「ヒアー！　ハイ・ハイ・ハイ！」

けたたましい掛け声と銃声が、ロビーの方へ遠ざかっていった。やがてベルナップが階段をのぼり始めた頃、今度はまた別の大男が現れた。

ずんぐりとした巨漢だ。こちらも黒衣をまとっているが、黒頭巾は同じく背後に垂らしたままだ。代わりに真っ黒いヘルメットとゴーグルを装着している。

ずんずんと通路を進み、倒れた四人を一顧だにせずまたぎ越え、ベルナップが進んだ方を向くや、べたっとその場で四つん這いになった。膝と肘をつけるのではなく、手の平と足のつま先で体を支えるプッシュアップのポーズだ。

そして、得体の知れない金属音を響かせながら、その首や四肢の形状が変貌した。首の関節が妙な角度になり、這って進むうえで最適な状態になった。

胴体からは、かちっ、かちっ、がしゃっ、かちっという金属音が聞こえ続け、やがてその口が大きく開くや、大口径のヘビーマシンガンの銃口が唾液をまとわせ口腔から飛び出した。

準備が完了し、男が這い進んだ。静かに。一歩ずつ確実な足取りで。

そのさまは人間大の甲虫がのし歩いているとしか思えなかった。ベルナップのように乱射はせず、それは獲物を捕捉し、適切な位置についてからだと決めているのだ。

これまた、〈ファイアリング・パーティ〉の役割を一人で担う男――その名も、ダ、グ、ラ、い、ス・ザ・マ、シ、ン、ガ、ン、ビ、ー、ト、ル、。

彼にとって重火器は信仰の対象であると同時に、常に寄り添い、語らう、恋人そのものだった。熱烈に愛するものであれば、とりこんで一体となりたいと願うことにどうして疑問を抱くだろう。今や彼は一歩進むごとに、このような思いに満たされるのだ――我こそ力なり、力こそ我なり、我と力は永遠に一体なり。

そんな相手の常軌を逸した精神はともかくとして、バロットにわかったのは、その口径からして火力は猛烈の一語に尽きるだろうということだった。アビーのナイフなど粉々にしてしまうに違いなく、バロットは警告を込めて、その人間カブトムシのデータを送った。ついで、物音一つたてずに三人目の男がやってきたとき、バロットは彼らの戦法が基本的には変わらないことを察した。

騒ぎ立てる。粛々と狩る。そして、沈黙のうちに狙い撃つ。

その男も、黒衣をまとう一方で、黒頭巾を背に垂らして顔をさらしていた。

サイレンサー付きの大振りなハンドガンを握っているが、その風貌は、いかにも地下鉄で通勤するたぐいのサラリーマン然としている。黒い髪を後ろへ撫でつけ、黒縁の眼鏡をかけ、髭を剃り、さっぱりとして清潔な印象だ。

その男が、ぱかっと口を開くや、その口腔から小さな何かが、どっと羽ばたき出た。

バロットはそれを感覚し、〝おえっ《ピューク》〟という一言を心の付箋に書きつけ、これまた想像上の男のプロフィール書類に貼りつけた。

それは、ハエの群だった。

バロットが感覚したところ、ただのハエではなく、代謝性の金属繊維を植え込まれた、遠隔操作や信号の送受信ができる、ロボット昆虫の群だ。つまり、最悪なのは、どうやらハエを呑み込んで飼っているのではなく、体内で生産しているらしいという点だった。

事実、男の肺の半分は、そのハエの飼育に使われていた。ヤクのやり過ぎで腐ってしまった肺組織は、生きたままウジに食われてすっかり綺麗になっている。むしろ今ではウジをどっさり養うための脂肪組織を生成するようになっており、そいつらが成虫になる前に金属繊維とワームの合成生物にするための器官も生成されていた。そのため男が呼吸をするたび、体内ですくすくと育つやつらのうごめきが感じられるのだった。

ハエは、男にとってレーダーでありポインターだ。ひそかに獲物の体にとまる。そしてその位置を正確に知らせる。獲物の移動速度も、負傷しているかどうかもわかる。男は、電子的な絆で結ばれたハエを撃つだけでいい。ハエが粉々になるとき、獲物の命も同様となる。

一人で〈スニーカーズ〉の役を担うには、うってつけの能力《ギフト》を授かった男——その名は、イ、ラ、イ、ジャ、・ザ・フ、ラ、イ、シ、ュ、ー、タ、ー。

自分の照準を確かなものにしたいという熱狂的な思いと、死んだように静かでいたいという願いは、彼を襲った麻薬が原因の肺病によって美しくブレンドされた。彼は静穏そのもの。周囲の空気すらほとんど動かさずに進む身のこなしは、彼自身のたゆまぬ訓練のたまもの。

その身からハエが飛び出すたび、イライジャは透き通るような心の平穏に満たされる。

自分はうろつく死者、生ける屍《しかばね》だ。もう何も心配することはないという世の憂いから解き放たれた安楽の念が、何よりも彼の射撃の安定に寄与してくれるのだ。

　バロットは、そのおぞましい男のデータを送りながら、ストーンとの相性について考えさせられた。男がどれほど素早く撃てるかわからないが、神出鬼没のストーンの位置を捕捉するうえでは、きわめて適した能力《ギフト》かもしれないのだ。つい、ストーンがハエにたかられるところを想像し、黒衣の内側で顔をしかめていた。

　こうして三段構えの戦法通りのエンハンサーが次々にバロットのそばを通り過ぎていってのち、いよいよ銃狂いどもの筆頭格がやってきた。

　隻腕の老人と、その従者然としてショットガンを握る大柄な男だった。いずれも黒衣に身を包み、黒頭巾は背で垂らしている。どうやらエンハンサーは顔をさらしても良いという決まりごとでもあるらしく、二人とも頭部を守るものを何も装着していなかった。

　それまで通過させたエンハンサーたちと最も異なる点は、二人ひと組だということだ。全てを取り仕切る老人と、それを守ることが役目の大男といったところだろう。

　どのような戦法を取るのか、ただ無造作に歩いているところを感覚するだけではわからなかった。すでに能力《ギフト》を使っているのかどうかも。

《ルーン、起きてるな？》

　だしぬけにライムが尋ねた。確認口調であるところが妙に腹立たしい。

《すやすや眠っているとでも？》

《死んだみたいだ。気絶したふりが上手いんだな》
ちっとも嬉しくない褒め言葉。むしろ昔の自分を思い出して心がざらつきそうだった。
《何かご用ですか？》
《その二人を撃ってびっくりさせてみてくれ。二人の能力《ギフト》が知りたい》
《撃ち倒せと？》
《どうかな。反撃されたら南側へ後退して姿を隠せ。ロビーには向かうな》
ヒット・アンド・ランの指示。バロットが二人を倒せるとは、まったく考えていないことがよくわかった。
《了解《コピー》》
　かえってやる気になりそうなバロットへ、ウフコックが呟いた。
《君を好戦的にするのが得意な男だな》
《わざとやってると思う？》
《声だけではわからないが……そんな気もするな》
《絶対わざとだと思う》
　目を閉じてお喋りしつつも、しっかり相手との距離を感覚していた。五メートルほど離れたところで、ウフコックに変身《ターン》を要請した。一瞬で不快な黒衣と黒頭巾が消えた。銃が両手に現れ、スーツがバロットの頭部と全身を包んで保護してくれた。

サイレンサーなし。代わりに防御を万全にしていた。

相手の能力《ギフト》を誘発しろというのは、仲間のためにいっぺんサンドバッグになれということだ。いちいち癪《しゃく》に障るほど合理的なライムの指示に従い、バロットはするりと身を起こした。

撃ち倒した〈スニーカーズ〉よりも静かに、かつ滑らかに片膝を立て、銃を構えた。右手の銃を上に、左手の銃を下にし、どちらも自分の体の中央に来るようにした。縦に並んだ二つの銃口が、ぴたりと二人をとらえた。

隻腕の老人とその護衛役が、ロビーへ出た瞬間の、完璧な奇襲。彼らの意識はすっかり前方の空間に向けられ、背後の通路になど注意を払ってはいない。そのはずだった。

だがバロットが引き金を引く前に、老人の呟くような声が確かに聞こえていた。

「ジョニー、後ろだ」

くるりと大柄な男が黒衣を翻《ひるがえ》し、両手を大きく広げて老人の盾になった。

バロットはすぐさま両方の引き金を引き、右の銃で大男の額に一発、左の銃で両膝に一発ずつ撃ち込んだ。

大男が倒れるか倒れないかによらず、バロットは老人も撃とうとした。大男が翻した黒衣で姿が見えないことなど、バロットにとっては何の問題もなかった。

だがそれは、驚くべきことに、老人にとっても同様だった。

バロットの両手に、突如として衝撃がわいた。両手とも正面から突き飛ばされ、両腕が交差するかたちで胸元に押しつけられた。

指の付け根の間――人差し指と中指の間を、正確に撃たれた。右手も、左手も。

ウフコックの素晴らしい防御がなければ、引き金を引くどころか、二度とまともにペン一つ持てない手にされていた。

大男の背後で、老人が瞬時の反撃に出たのだ。大男の黒衣に穴をあけたのではなく、肩掛け布の切れ目がある腋下から弾丸が飛んできていた。

精密このうえない射撃。片方の手だけなら偶然当たったとも考えられるが、両手となれば話は違う。単に尋常ならざる射撃能力の持ち主だという考えもない。普通の人間が、これほど機械じみた正確さで銃撃を行えるものではないのだ。

何らかの能力《ギフト》を行使している。射撃に特化した能力《ギフト》を。

バロットは衝撃で手がじんじんするのも構わず、滑らかに銃を構え直した。左へと複雑なステップを踏み、壁を蹴って舞い踊った。

得意のダンス。シルフィードの牙、バジルの電線、キャストマンのネット、オーキッドの跳弾、エリクソンの猛攻――全てをかわしてきた身体操作能力を発揮し、まずは盾となる男を撃ち倒したうえで、老人の能力《ギフト》を見極める気だった。

バロットの左右の銃が、立て続けに十二発の弾丸を放ち、一発残らず大男に命中した。

衝撃と電撃が大男に襲いかかった。青白い火花が、その全身を包み込むほどだった。

だが、なおも大男は倒れなかった。

白目を剝き、口から泡を噴きながら、電気椅子に縛りつけられた死刑囚よろしく電撃で全身をぶるぶる震わせているにもかかわらず、片手で握ったショットガンをバロットがいるほうへ向け、引き金を引いてみせた。

その強烈な銃撃を易々とかわしたものの、バロットには、なぜその大男が倒れないのか皆目わからなかった。

バロットは、いったんその大男を攻撃することをやめた。倒れないからではない。相手が倒れまいとして、結果的に、命を失うことになるのを恐れたからだ。そちらは無視し、老人を狙いにかかった。オーキッドに見せつけたように、跳弾を利用して狙い撃つつもりだった。

だがそこで、宙を舞うバロットが、いきなり撃ち落とされた。

またしても両手とも同じ場所を――指の付け根の間を撃たれたばかりか、今度は左右に手が弾かれ、がら空きとなったみぞおちへ弾丸が叩き込まれた。

さすがに衝撃で息がつまった。肩から床に落ち、激しく転がり倒れた。あえて勢いよく転がることで、可能な限り衝撃を分散したのだ。そうしながら、老人の動きと肉体的な特徴の全てを仔細に感覚していた。

《少し下がって様子を見ろ、ルーン》

ライムの通信。さながらボクシングのセコンドのような指示。

そのつもりだったと返したかったが、そんな間すらなく、素早く後方の曲がり角へ跳び込んだあとで応じた。

《了解《コピー》》

足元には、自分が引きずり込んだ黒衣の男が一人、昏倒したままでいる。

すぐに大男と老人の二人組が追ってくるだろう。それまでに相手の能力《ギフト》を見抜くのがバロットとウフコックの役目だ。

バロットは両手の銃を構え、曲がり角から後退しつつ通信した。

《大柄な男性のほうは撃っても倒れません。年配のほうは、こちらの動きを読んでいます》

ただ倒れないだけの大男はさておき、老人のほうはバロットが初めて経験する脅威といえた。こちらが動く一瞬前に、老人が撃っていたことはわかっている。相手が事前に放った弾丸の軌道上に、バロットのほうから入り込むようにして命中するのだ。

瞬間的な銃撃などというものではなかった。一秒後か二秒後か、もっと先までかわからないが、あの老人は相手の動きを完全に先読みして撃つ。未来から過去を撃つかのように。

さらに異様なことに、バロットが感覚する限り、老人の左手は銃を握らないままだった。

ただ左手の甲を肩の高さに上げ、指を垂らしている。蛇が鎌首をもたげるようなポーズ。そのまま、ほとんど左手を動かさない。代わりに、右手のあたりで黒衣がふわっと捲れるや、老人の腰のホルスターから銃が抜かれており、神速かつ精密無比の射撃が行われるのだ。

存在しないはずの手による射撃。老人の右腕の付け根から下が失われていることは、黒衣の上から感覚しただけでも容易にわかる。にもかかわらず、この老人は、右手で撃っている。

いや——目に見えない、ごく僅かな力しか持たない何かが、右手の代わりをしているらしいことを、バロットはかろうじて感覚していた。

また、それ以外の肉体的な変化も余さずとらえ、データを送っている。

老人の喉に奇妙なこぶが生じる一方、その眼球が二つとも、人間のものとは思えぬしろものに変貌しているのだ。銀がかった球体に、ごく小さな黒い瞳が浮かんだような眼球に。それは偽孔と呼ばれる、特定の昆虫が武器とする眼だ。

しかしバロットが感じる脅威をよそに、ライムは盾として振る舞う男のほうから言及した。

《でかいほうは、なんでまだ倒れないと思う？》

《さあ——》

と返すバロットの通信に、ウフコックがかぶせて応じた。

《三人の異なる匂いがした。盾になっているほうは、一人に見えるが二人だ》

バロットは目を丸くし、相手が姿を現した瞬間に引き金を引く気だった銃を下ろした。

《ミスター・ペンティーノ。あんたの嗅覚についちゃイースターから聞いてる》

《ウフコックだ、ライム》

《オーケイ、ウフコック。後学のため、もう少し説明してくれ》

《一人が、別の一人にとりついている感じだった。生きた人間に寄生するエンハンサーだと思う。寄生されたほうは無理やり動かされているんだ》

これにはバロットも、改めてぞっとさせられ、またいいようのない不快な気分に襲われた。

事実、大男のほうは、ただの生ける防弾服であり、グループの一員ですらなかった。

この時点ではバロットたちが知るよしもないが、あるエンハンサーが見つけた、身代わりに過ぎないのだ。なるべく大きくて頑丈な体を探していたところ、たまたまウェイトリフティングと筋肉トレーニングが趣味の一般人を、街で見つけたのである。

グループの一員にして、ボスの盾となる栄誉に預かるのは、大男の背中にべったりくっついて寄生するエンハンサー——その名も、パラサイト・ジョニー。

ジョニーはときどき自分でもびっくりするほどの小男で、常に誰かの陰に隠れていたいという願望の持ち主だった。銃を愛することはグループの他の面々とまったく一緒だが、先頭に立って戦いたいなどとは一度も思わなかった。

頼もしい誰かや、賑やかな集団や、なんでもいいからみんなの陰にいて、安全なところから撃ちまくりたい。それがジョニーの本心からの願いであり、エンハンスメントが彼に最高の手段を与えてくれた。おのれの肉体を極限まで縮小させ、その背を誰かの背にぴったりはりつけ、多くの身体組織を同化させる。そして、あっという間に相手の神経系をのっとってしまう。

今や誰でも自分の盾にしてしまえるジョニーの臆病ぶりは、グループ内でむしろ大いに称賛されていた。ガンファイトにおいては、臆病さもまた才能なのだ。

《ルーン、君もそう思うか？》

《服装のせいでわかりませんでしたが、ウフコックがいうなら間違いありません》

ライムの問いに、バロットは眉間に皺を刻みながら答えている。無関係な一般人を撃たされるなど、これほど腹立たしいことはない。

《本当なら保健所で処分してほしい相手だ。もう一人、ルーンを打ち負かしたほうだが》

《負けたわけでは――》

《だいぶ撃たれたルーンが、きっと仕返ししたがっている爺さんだが、監視カメラの映像じゃ、どう見ても右手で撃ってる》

唇を尖らせるバロットの脳裏に、〈ウィスパー〉経由で情報が来ていた。様々な角度か
らとらえた老人の姿だ。
　変貌した喉や眼球以外にも特徴があった。左手を妙な具合にし、ほとんど動かず、喉を
のけぞらせて胸を突き出している。やはり、バロットはこれとそっくりな虫を連想した。
じっと隠れて、祈るように構えた両腕で、素早く獲物を捕らえる虫を。
《眼も格好も、まるでカマキリだな。全身センサーって感じだ。相手の動きを読むっての
も本当だろう。でなきゃルーンを撃つなんて無理だからな。右手のトリックは？》
《とても細い何かを感じました》
　バロットが返すと、ここでもまたウフコックが彼の考えを告げた。
《ワイヤー・ワームだ。昔、両目を失ったスナイパーが同様のエンハンスメントを受けて、
あらゆる場所を覗き見ることができるようになった。そのワイヤーを武器としても使って
いた。おそらくそれを全身に張り巡らせているんだろう》
　これまた、相手の能力《ギフト》の正体を鋭く嗅ぎ当てた言葉といえた。
　マクスウェルの失われた右腕の付け根から生えるのは、事実、ほんの数本のワイヤー・
ワームなのだ。髪の毛よりも細く、全部で二グラムの重さもないそれが、たとえようもな
いソフトさで銃に絡みつき、ホルスターから引き抜いて、ミクロン単位の精密な角度調整
を行い、そっと引き金を引く。

まさにソフトな銃撃の神髄であり、いわば銃を撃つために必要な神経のみを残して、それ以外は全て捨て去られた、神のみわざたる右腕だ。

むろん銃を持つ腕は、神聖で尊いものだが、それ以外にも大切なものはある。

標的をとらえる目。死角にひそむ敵を察知する耳。風向きや湿度や温度を正確に感じ取る肌。それらを一つとしておろそかにしてはならないというマクスウェルの信条に従い、その全身にはいまや何百万本というワイヤー・ワームが張り巡らされ、独特の感覚器官をいたるところに形成しているのだった。

とりわけ両目は重要で、ワイヤー・ワームが束となった大きな眼球に変貌するようになっている。究極の立体視と動体視力を持つ複眼――カマキリの眼に。

銀がかったそれが眼窩一杯に膨らんで瞼《まぶた》を押し開き、偽孔と呼ばれる、瞳に似た黒い点を中心に浮かばせ、対象の距離・速度・角度を電子探査と同レベルで把握する。

耳にもワイヤー・ワームが潜り込んでいるのはむろんのこと、喉から胸元にかけて、これまたカマキリと同様の聴覚器官を形成していた。あらゆる周波数の音を感覚し、超音波による探査すら、逆に聞き取ってしまうほどの。

祈るように手の甲を肩に上げた左腕は、指先から肩まで全てワイヤー・ワームが皮膚下にびっしりはびこる感覚器官だった。風向きも湿度も温度も、味覚や嗅覚と同様の繊細さで感じ取り、十メートル離れた場所の空気の動きすら把握することができる。

これらの情報をもとに、マクスウェルがついに成し遂げたのは、相手をとらえるという真の行いだ。それは、ただ現時点での位置をつかむということを意味しない。数秒先、あるいは数十秒先、相手がどの位置におり、どのような姿勢を取っているか。その未来予測的な洞察力があってこその、真の射撃なのだ。

全身全霊を、正しく銃を撃つというたった一つの行いに捧げ尽くした男――その名も、マクスウェル・ザ・ワンハンデッド・プレイング・マンティス。

片腕で祈る虫――銃撃を人類が授かった奇跡とみなす火の信徒。

究極の無の境地に立ち、相手を撃ち倒す。その目的以外の一切の思念を忘却してしまえるよう、常におのれの盾となるジョニーを従わせる、ガンファイトの王。

《ガンマンが欲しがる最高のエンハンスメントか。これでだいたいのところはつかめたな》

ライムが言ったとき、曲がり角のすぐ向こうに彼らが来た。

バロットがすぐさま退いたことで、かえって警戒した老人が、あえて歩調を緩めながら通路のこちら側を感覚しつつ接近していた。バロットとは根本的に異なりながら、精密さという点では別次元の性能を備えた能力《ギフト》を発揮する老練の狩人が。

《来ました》

改めて対峙せんとするバロットへ、ライムがまたもや腹立たしい指示を告げた。

《よし。頑張ったが全然歯が立たないという感じで、情けなく撃たれ負けながら逃げろ》

《――はい？》

《逃走経路は〈ウィスパー〉が教えてくれる》

なんだそれは、と言い返すこともできぬまま、まず大男を操るジョニーが、哀れな犠牲者の肉体を活用して、曲がり角から飛び出し、ショットガンを構えてみせた。

バロットは頭にきつつ――目の前の寄生男に対してなのかライムになのか判然とせぬまま――素早くその銃身に電撃弾を叩き込んで銃口をそらした。

衝撃で引き金が引かれ、ショットガンが盛大な音をたてて天井パネルを吹っ飛ばした。

直後、ジョニーの背後で、またしてもマクスウェルが見えざる右手で銃を抜き、撃った。

すぐさま下がろうとしたはずのバロットに、弾丸が吸い込まれるようにして命中した。

両手の指の付け根に。そして額に。三発ほぼ同時に。

苦痛に歯を食いしばり、衝撃に逆らわず背から倒れて転がりながら、バロットはあえてめちゃくちゃに銃を撃ちまくった。

起き上がって素早く二人に背を向けて走ったが、背後から何が来るかあらかじめ予期できており、心の底からうんざりしながらも甘んじてそれを受けた。

果たして、ジョニーがショットガンを構え直して撃つとともに、マクスウェルが人間離れした迅速さで立て続けに引き金を引き、弾倉に残っていた四発の弾丸を全て、バロットの背に命中させた。

その勢いで前方へ吹っ飛ばされたバロットは、ここでもまた衝撃に逆らうことなく転がっていった。そうしながら脳裏で逃走経路のデータを確認し、遅れて放たれたショットガンの一撃を半ばその身に受けながら、床を蹴って通路に並ぶドアの一つに体当たりした。

ドアのロックはあらかじめ開いており、バロットは室内に転倒しながら入りざま、背で体を回転させ、足で蹴ってドアを閉めた。

ドアの電子ロックが自動的に施錠された。〈ストーム団〉による操作だ。中はやや広い倉庫だった。大型ラックに、場違いな電子ゲーム機の写真がプリントされた箱が積み上げられているが、どうせ中身は麻薬だろう。

反対側にもドアがあった。バロットはすぐさま跳ね起きて走り、そちらから搬出入スペースに出た。軽トラックが一台停められており、シャッターが出入り口を塞いでいる。

《よし。ルーン、そのまままっすぐ外に出て一時待機だ》

ライムの淡々とした通信とともに、〈ウィスパー〉の操作でシャッターが巻き上げられていった。バロットは指示通り直進し、建物の外に出た。

背後でシャッターが閉まった。バロットは銃の変身《ターン》を要請し、両方ともグローブの内側へ消してもらった。撃たれて痺れた手を揉み合わせながら、〈ストーム団〉が制圧した屋内の監視カメラに干渉し、老人と大男の行動を確認した。

大男が通路で仁王立ちになり、ショットガンを構えている。白目を剝いたままで、全身が電撃のショックで小刻みに震えているのがわかった。それでも寄生した側は、問題なくその肉体を操作することができるのだ。

その背後で、老人が屈んで、倒れた男の黒頭巾を剝ぎ取って覗き込み、仲間であることを確認している。顔を上げた老人が、カマキリじみた銀色の眼球をぎょろぎょろさせて言った。

《行くぞ、ジョニー。仲間に化けた阿呆は放っておけ。どうせまたこそこそ近づいてくる。そのときお前が握るそのでかい逸物をぶち込んでやるとして、ひとまずこいつを運んでやれ》

大男が、顎をしゃくる老人に従い、倒れた黒衣の男を担いだ。他の三人がいる場所まで運んでから、二人並んでロビーへ向かった。

そのあとでライムからの通信が来た。

《敵の布陣と力がだいたい判明した。相手の手を読んで、少しずつ力を奪う。ルーン、西側で待機だ。打ち負かされたことは忘れろよ》

《何のことですか？》

負けろと言われたからそうしたのだ。言外に、動揺や激昂とは無縁だとも告げていた。

常日頃カレッジでそういう訓練をしているという自信もあった。相手の一撃を食らって動揺するような法律家など何の役にも立たない。あえて受けた打撃ならなおさらだ。すぐさま何ごともなかったかのように気を取り直せるタフな人間しか、法廷でもこうした場でも、活躍することはできない。

だがライムはとっくに通信をオフにしており、バロットは腹立たしい気持ちをこらえ、大股で西側へ向かった。

「ライムという男のゲームは巧みだ。その分、君が予想外の行動に出ることが不安なんだろうな」

ウフコックが地声で言った。バロットはいったん足を止めて鼻息をこぼした。

「ゲームが得意な人だってことはわかってる。イースターもチェスで勝てないから、最近は〈ウィスパー〉としてるんだって」

「すごいな。今度、彼の相手になろう。おれと君で」

いつの間にかウフコックにフォローされていた。バロットは微笑み、何も持たぬ手で両肩を抱いた。スーツ姿のウフコックを。

「ごめんなさい。本当は今すぐここからあなたと一緒に出たい。でももう少しだけやることがあるの。あなたが限界のときは、あなただけでもオフィスに戻す。約束する」

「おれは大丈夫だ。ブルーのことは、おれだって放置したいとは思わない。君が必要だと思う限り、いくらでもおれを使ってくれ」

バロットは手に力を込めつつ、かぶりを振った。

「あなたが大丈夫かどうかは、私が考えるべきことでもあるの。私が大丈夫かどうか、あなたが判断してくれるように」

「おれは――」

ウフコックが何か返しかけて口ごもり、それから、こう言った。

「おれは、君を信じる」

バロットは両手を下ろし、歩みを再開した。変身《ターン》を要請し、両手に銃を握った。そうしながら、改めて誓いの言葉を告げていた。

「あなたを正しく使う。あなたという保護証人を正しく扱う。そして正しい方法でここから連れ出す。それが今ここでの、私の有用性」

8

なぜハンターは動かないのか？　なぜおのれのバックグラウンドをかえりみずにいられるのか？
理由を探す日々――どれだけ考えても同じ結論に辿り着く。

シザース——その言葉がいつしかバロットをとらえて離さなくなっていた。まるでそれがウフコックを救う鍵であるかのように。

オクトーバー一族の一人に背後から撃たれ、長い年月を奪われた。さらにのち、同じ一族の企みでエンハンサーとなって殺し合いのゲームをさせられた。こうしたことに対して完璧に無関心でいられるものだろうか。

奪われたと少しでも感じるなら、許せないはずだ。ハンターの過去の言動からして報復をまったく願わない聖人なみの性格とは、とても思えない。

だが何も奪われておらず、それどころか有意義な時間を過ごしたと感じているなら。本人にその自覚はなくとも、大いなるコミュニティが彼の心の支えとなり、そしてまた強力な命令を下しているとしたら。

オクトーバー一族への報復の念を隠し秘めた、スリーピング・ビル。

そう考えると辻褄が合う。

推測を裏づけるためには、シザースが何であるかをよりよく理解する必要がある。それでオフィスに入手できる限りのシザースの記録を見せてもらったのだが、正直なところさらに推測を重ねるしかないような相手だった。

二人と一頭——〈楽園〉で誕生したと、最初期の記録にあるシザースたち。ブレイディとエッジスという二人の男と、スクリュウと呼ばれる実験用に飼われていた猿だ。

記録によれば、スクリュウがゆらぎを司《つかさど》っていたらしい。だが、ゆらぎとは何か？　よくわからなかった。人格を統合するときに生じる何か。急激な状態変化を許容するためのバッファ。複数の個体が受け取る情報の差を解消する生体システム。あるいは個体の苦痛が全体に悪影響を及ぼさないようにするブレーカーのような役割。

ハンターがそのような役割にあるのだろうかとも考えたが、違う気がした。その能力《ギフト》がもたらす共感《シンパシー》は、ゆらぎとかそういった表現とどうもそぐわない。ブレーカーというより、増幅用のブースターや電圧調整用のトランスフォーマーみたいなものだからだ。

他方で、シザースの記録を通して、意外なつながりを知ることにもなった。

初期のシザースのうちスクリュウは衰弱死したが、残り二人は殺害されている。

当時の警察の記録に――クレア刑事たちの捜査に――よれば、ブレイディは、アンダーグラウンドの傭兵として活躍していた〈カトル・カール〉に殺されたらしい。

だが一方のエッジスは、大口径の銃を持つ誰かに射殺されていた。とんでもない威力の銃を持つ男に。

ディムズデイル・ボイルドに。

証拠はないが、クレア刑事は確信していたらしい。バロットも殺害現場を見たらそう考えたかもしれない。メイド・バイ・ウフコックの銃――抜け殻であるとはいえ、その破壊力を、バロットも身にしみて知っている。

またしてもつながり。眠らない男と、眠り続けた男。ボイルドとハンター。二人が顔を合わせたことがあるとは思えないが、どうやら二人の事件は、目に見えない何かでつながっているらしい。あるいは一人の男の名で。グッドフェロウ・ノーマン・オクトーバー。ほどきようもなく絡まり合うものを感じるつど、別の思いに襲われてもいた。

もし今、ボイルドがウフコックを捜していたら？

とっくに見つけ出し、救助できているのではないか。そう思わされるのだ。ありとあらゆる破壊と殺戮をまき散らして。

ルールを無視したいという激しい欲求が、そうあってはいけないという思いとせめぎ合った。もちろん、ウフコックが喜ばないやり方で助けてはならないという考えが支えになってくれた。

だが助けられないなら、ルールの遵守に何の意味があるのだろうかとも考えてしまう。ウフコックの意に沿わなくてもやるべきことをやるほうがいいのではと。

違う。

少なくともまだ今は。

ボイルドに言われたことが繰り返しよみがえった。ウフコックのそばにいてやってくれ。これでようやく眠れる。

死者の声。とらわれてはならない。基本に立ち返るなら、求めるべきは生き証人だ。

シザースについて知る人間に話を聞くべきだった。
単純明快で、合法的な手段。それを、オフィスでの電子捜査の際、イースターに直接提案した。
「ビル・シールズ博士に、シザースについて尋ねるのか？」
《そう。調べたら、サラノイ・ウェンディ教授が植物状態になってからの主治医でもある。何か知ってなきゃおかしいし、もしかするとウェンディ教授もシザースにしたのかも》
「まさか。僕が知る限り、彼女は眠ったままで、今もオクトーバー社ゆかりの病院で手厚い保護下にある」
《眠ったままのシザースもいるかも》
「ならオクトーバー社が保護する理由がわからない。僕らが入手した情報によれば、今やシザースは、市長派が有利に活用するテクノロジーとみなされているんだから」
《そうかもしれない。そうでないかもしれない。でもビル・シールズ博士は、とにかく全部につながってる人。オクトーバー社。サラノイ・ウェンディ教授。シザース。多幸剤《ヒロイック・ピル》。A10手術《エー・テン》。〈カトル・カール〉に弟を殺されてもいる。あなたやディムズデイル・ボイルドやウフコックとも面識がある。今の市長だって、ずっと前に脳の手術を受けたときビル・シールズと関わってる。こんな人、他にいる？》
「医療の神に見出された人物さ。まあ、だからこそ、もう誰とも関わりたくないんだよ。

何度も聴取に協力してもらってるけど、芳《かんば》しい成果は何一つない。それを承知でというなら、ライムの同行という条件つきで準備する」

《あの人？　ドクターや他のメンバーじゃなくて？》

「嫌なのか？」

《別に……なんであの人なの？》

「手が足らないんだ。ミラーもスティールも他に仕事がある。僕もだ。オフィスを存続させるための仕事だよ。もちろんウフコックの捜索もしてる。休みなしでね」

《私一人で行ってもいい？》

「一介の法学生に、会ってくれると思うか？」

ずけりとイースターが言った。釘《くぎ》を刺すように。

バロットはむっとなったが反論できなかった。

数日後、オフィスに行くと、イースターが部屋でライムとチェスをしていた。どちらが勝っているか訊くまでもなかった。顔をしかめて盤上を睨むイースターをよそに、ライムは携帯電話でネットサーフィンをしていた。

「来たな」ライムが顔を上げ、目を丸くした。「あの陰気な博士に会いに行くのに、わざわざスーツを着てきたのか？」

《はあ》バロットは、ライムのTシャツにダメージジド・ジーンズ、そしてサンダルという

いつもの軽装を、じろじろと見てやった。《アポイントメントはサウスサイドのニューフロンティア・ホテルですよね？》

「そうらしいな。じゃ、行ってくる、イースター」

「ああ」イースターが盤上から目を離さず返した。「次の一手を考えておくよ」

「来年まで待っても無理だろうな」

唸るイースターを尻目に、部屋を出るライムを、バロットが追った。

「車は地下か？　運転を頼む」

《ご自分の車は？》

「ない。運転免許証も失効した。どこかのマッド・サイエンティストにエンハンスメントされてる間に、更新期限が過ぎてたんだ」

《再発行しては？》

「電動自転車に飽きたらな」

オフィスのメンバーとして働くというのに、運転もできないのかとバロットは呆れたが、黙っていた。地下駐車場に降り、〈ミスター・スノウ〉の運転席に座った。ライムが後部座席に乗って言った。

「アビーが、君の車に乗るのが楽しいと言ってたよ」

《学校に慣れたら、免許を取らせようと思ってます。シートベルトを締めてください》

「後部座席だぞ？」
《シートベルトを》
「車に乗りては運転手に従え、だな。アビーに運転を教えてやるのか？」
《そのつもりです》
「本当の家族みたいだな」ライムがシートベルトを締め、バックミラー越しにこちらを見た。「ありがとう。アビーに代わって礼を言う」
バロットは鷹揚《おうよう》にうなずいて車を出した。
サウスサイドのホテルに向かいながら、バロットは少しばかり質問をぶつけてみた。
《警察の方と親しいと聞きましたが、今でもそうなんですか？》
携帯電話を見たままライムが片方の肩だけすくめてみせた。
「昔、ちょっと縁があっただけだ。仲良くなりたいとは思ってなかった」
《でも〈楽園〉に働きかけるルートとしては有用ですよね？》
「だといいがな。言っておくが、おれは平均的《アベレージ》な人間だし、そうでいたいだけだ」
《どういうことですか？》
「無理せず、のんびり生きていたいってことだ」
心からの願いだというような調子だった。そのくせ携帯電話の画面から目を離しもしない。本気なのか茶化しているのか、いまいち見当がつかない。本人にすら判別がついていないのではと思わせるような感じだった。

それから目的のホテルに到着するまでの二十分弱の間、会話はなかった。バロットは軽やかに〈ミスター・スノウ〉を走らせ、ライムは携帯電話を通して大して中身のないニュースサイトをだらだらと眺めていた。

ビル・シールズはホテルの宴会場にいた。

案内板には『神経科・ニューロン再生医療フォーラム・懇親会』という長ったらしい文字列が表示されている。つまるところ野心的な医師たちの集いということだ。

バロットとライムが宴会場の受付に到着した頃には、場はお開きで、そこここで傲然と振る舞う年配の医師が若手に教訓を垂れていた。

その中でも、ビル・シールズは特別扱いだった。誰もが彼に挨拶をしたがっていた。かつていくつもの群を新天地へ導き、老いてのちも敬《うやま》われる巨象といった風格だ。とはいえ本人は、もうどんな群も率いたくないという顔でいる。

延々と差し伸べられる手を片っ端から握り返し終えてのち、やっとビル・シールズがきびすを返してバロットとライムのところへ来た。秘書も付き添いも弟子もなし。伴侶すらいない。幾多の栄光を経て孤独を選んだ男が、深沈とした眼差しで二人を見た。

ライムが気安く声をかけた。

「こんにちは博士。また少しお話を聞かせてもらえますか？」

「ロビーのカフェでいいかね？」

「ええ、行きましょう」

ライムが率先して移動した。ビル・シールズもバロットもスーツ姿なのに、今しがた目覚めた時差ぼけ中の宿泊客といった格好でいることも気にしていない様子だ。

カフェに入って三人がそれぞれ飲み物を頼むと、間を置かずにライムが言葉を投げかけた。

「博士のスピーチを聞きたがる人は大勢いそうだ」

「いや……そうしたことは断っているよ」

「話し下手だからですか」

ずけずけと決めつける言い方に、バロットは眉をひそめた。だがビル・シールズがうなずき、ライムも微笑んだ。軽い冗談が通じたというように。聴取のマニュアルを無視したライム流の踏み込み方。なれなれしすぎてとても真似できそうにないというのがバロットの感想だ。

「彼女からいくつか質問があります。ルーン？」

《はい。シールズ博士……》

身を乗り出すバロットを、いきなりライムが遮った。

「答えられるものだけ答えていただければけっこうですよ。ルーン、手短にな」

わざと邪険にする態度。これもライム流だとすぐにわかった。ビル・シールズが、思わずバロットに親切にしたくなるよう仕向けているのだ。

「知る限りのことは答えさせてもらうよ」

《ありがとうございます。ぜひおうかがいしたいことが――》

「彼女の声は問題ありませんか？」

またしてもライムが遮って尋ねた。しかも今度はバロットの障害にわざわざ言及していた。バロットですら意表を衝かれて表情を失い、それを見たビル・シールズが素早くかぶりを振った。

「もちろんだ。何の問題もない」

「それはよかった」

ビル・シールズは、肩をすくめるライムを無視し、バロットのほうを向いた。

「何でも訊いてほしい。なるべく答えさせてもらう。わざわざ私の都合でここに来てもらったのだし」

果たしてビル・シールズが、バロットをいたわるような態度を見せた。ライムの手練手管。決して気分はよくなかったが――それどころか不快なことこのうえないが――バロットは遠慮なく、相手の心の窓に開いた隙間を利用させてもらうことにした。

《今もシンフォレスト総合病院に勤務されているんですか？》

「名目上は。市内のいくつかの施設で顧問をしている」
《シンフォレスト総合病院に研究の一部を委託していた、サラノイ・ウェンディ教授をご存じでしょうか》
ビル・シールズが目を伏せつつうなずいた。
「ああ。もちろん知っている。彼女とは……チームを組んでいたことがある」
《ウェンディ教授は事故で昏睡状態になったと警察署の記録で読みました。博士もその治療にあたったのでしょうか》
「いや……直接には、何も。生命維持のほかに……施すべきことは何もなかった」
《ウェンディ教授が、今どこで眠っているかご存じですか？》
「専門の研究施設だと聞いている。生前の彼女の意向で、脳死が認められた場合、献体となることが決まっていた」
《どこにいるかはわからない？》
「以前は市内の施設にいたことは知っているが……詳しくはわからない」
《保護されている場所が秘匿されているのでしょうか。彼女の生前の意向で》
「いいや。企業秘密や軍事機密といったことに関わるからだ」
《彼女自身にもエンハンスメントを？》
「植物状態の人間を覚醒させるための技術だ。それ以上のことは私には言えない」

引っかかる答え方ばかり——「どこ」という単純な答えに対し、過去の居場所や別のことがらを前面に出してくる。知っているが口にできないときの典型的な回答。

そこで飲み物が運ばれてきたが誰も手をつけなかった。

角度を変える——本題に踏み込む。

《シザースというエンハンスメントを施された被験者のことはご存じですか？》

「ああ……。専門外なので詳しくはわからないが……」

言葉とは裏腹に、口調からはウェンディ教授やシザースに対する、ビル・シールズの個人的な感情が窺えた。おそらく喪失感だろうとバロットは思った。いっとき大事にしていたものが、残らず失われたあとの虚しさ。

オクトーバー社との契約における守秘義務というより、悲しみや虚無感のせいで喋りたくないのだという印象。下手につつけば殻の中に閉じこもってしまいそうだった。

自分やアビーのように生活環境における抑圧によって殻に閉じこもるのとは違い、名誉も財産もある人物がそのようになるというのは、バロットの経験および想像の埒外だった。

どう攻略すべきか思案しつつ、また角度を変える——さらに本題へ。

《〈イースターズ・オフィス〉は、ハンターと名乗るエンハンサーの行方を追っています。オフィスのメンバーを拉致したからです》

「そのことについては、何度か、イースター所長から聞いている。私には何とも答えようがないが……」

《うかがいたいのは、このハンターという人物の能力《ギフト》についてです。どのような能力《ギフト》かは、かなりの程度、判明しています。他人と五感を共有でき、ただ情報を受け取るだけでなく、感情的な面でも影響を与えます。まるでA10《エー・テン》手術や多幸剤《ヒロイック・ピル》のように》

「私の研究とは、無関係に思えるが……」

《そうかもしれません。ただ、A10《エー・テン》手術も、あなたが完成させたと聞いています》

「確かにそうだが……エンハンサーの能力について所見を述べろと言うのであれば、専門外である私には無理だ。〈イースターズ・オフィス〉のほうがよほど詳しいだろう」

《シザースが変化した能力《ギフト》だと思いませんか？》

ビル・シールズが怪訝そうに眉をひそめた。

「どういうことかね？」

《このハンターという人物が、シ、ザ、ー、ス、で、あ、る、可能性はありませんか？》

ビル・シールズが口を開いたが、何の言葉も発さず、ただバロットを見つめた。

驚いているという以上に、言われたことの意味をかみ砕くのに手こずっているという様子だ。

この手の技術のエキスパートであるにもかかわらず――可能性はあるとか、技術的には難しいとか、いくらでも客観的な意見を述べることができるはずなのに。

何か個人的な感情が、そうした発言を封じてしまっているのだろう。サラノイ・ウェンディ教授に対してか。彼自身の研究に対してか。あるいはハンターに対してか。

ビル・シールズがハンターを知っているとしたら、〈円卓〉を通して会ったと考えるのが妥当だ。であればハンターがシザースであるという仮説に驚愕してもおかしくはない。

なんであれバロットは心の付箋に素早くこう書きつけた。

彼はハンターを知っている。

直感的な確信。こうして面と向かっているからこそ得られるものであり、このインタビューにおける最大の成果といってよかった。

「すまないが……私にはそうした所見を述べることができない。専門外なんだ」

ビル・シールズが言った。心から詫びるように。かえって何か言いたがっているように思える。だがそうしてしまわないよう、ビル・シールズは腰を上げた。今すぐ逃げねばならないというように。

「他に質問がなければ、失礼させてほしい。その……次の予定が迫っていてね」

バロットが引き止める前に、ライムがすくっと立ち上がって手を差し出していた。かと思うと、ビル・シールズが性急に握った手を、ぐっと握り返し、離さないようにした。

「ご協力ありがとうございます。こちらも、もう少し博士が気楽に答えられるよう、努力したいと思っています」

ビル・シールズが小刻みにうなずいた。手を離してほしくて仕方ないのだろう。そこへバロットも立ち上がって手を差し出した。

ライムが手を離し、ビル・シールズがさっとバロットの手を取った。

「会計はしておきますよ」

ライムが言ったが、ビル・シールズは聞いていなかった。

「では失礼」

ビル・シールズが足早に去っていった。

ライムはその背を見送り、それから座席に腰を戻し、初めて飲み物に口をつけた。

バロットも座り直し、ライムの横顔を見た。褐色の肌に透き通るような青い瞳の持ち主を。ハンサムと言っていいはずだが、ちっ、と、もそうは思えなかった。

《彼は、ハンターを知っています》

「かもしれないな」

《ハンターがシザースなら、彼や彼が属するオクトーバー社にとっても脅威になります。市長派の分子が紛れ込んでいることになりますから》

「だとしたら？」

ライムがカップを置いてバロットを見た。呆れるような、咎めるようなその眼差しを、バロットは真っ向から見返した。

《私なりの推測を述べているだけですが、何か？》

「君はハンターが動かないとみて、〈円卓〉サイドを動かそうとしているのか？」

《結果的にそうなるかもしれません。ウフコック・ペンティーノの行方がわかるなら、どちらでもいいはずです》

「ハンター個人との交渉なら、それなりに制御可能だろう。だが〈円卓〉となると、どう動くかわからない。君がターゲットにもなりかねないぞ」

《やめろと言いたいなら、そう言ってください》

「どう言ったらやめるか教えてくれ」

バロットは答えなかった。ライムが溜息をついて目をそらした。

「ミスター・ペンティーノが見つかるまで、やめる気はないわけか」

当然だった。むろん最初からハンターの周辺を刺激しようなどと考えていたわけではない。だがビル・シールズの反応を見て、効果的だと感じたのも事実だ。ハンターがシザースであるという仮説を、イースターやライムが真剣に取り合ってくれないことへの不満があることもわかっていた。

なおも黙っていると、ライムがポケットから紙幣と小銭を取り出し、伝票の上に置いて立ち上がった。

「イースターに報告しに戻る。君は？」

　バロットも立ち上がった。

《近くでインターンの書類の処理をしなければいけないので、寄っても構いませんか？》

「自由にしてくれ。おれは地下鉄を使う」

《わかりました》

「腹いせに、ハンターと〈円卓〉を衝突させようなんて考えないでくれよ」

《ご心配なく》

　ライムが疑わしげに肩をすくめた。

　二人とも席を離れ、ホテルの玄関で別れた。バロットはホテルの駐車場に行き、車を出して二ブロック先にある巨大な建物の地下駐車場へ移動した。

　グラン・タワーへの再訪。

　前回同様、受付で手続きをして通行証をもらい、フラワー法律事務所へ向かった。

　そこの受付で待合室に通され、大人しく座った。延々と待たされることを予期してカレッジのテキストをバッグに詰め込んできたが、意外なことにすぐに呼ばれた。

　馬鹿でかいとしか言いようのない会議室に通されると、巨大な一枚板のテーブルの横で、フラワーとコーンが待ち構えていた。二人とも立ったままだ。テーブルの出入り口付近に、電子ペーパーと電子ペンが置かれていた。

　かなり遠い位置からフラワーが言った。

「二分やろう。二分でサインしなければ、君の将来の全てに絶大な悪影響を及ぼすことになると思え」

バロットは黙って彼らを見つめた。フラワーの脅しなど気にもならなかった。しかも、コーンの忠告に従ってのことだろうが、やたらと距離を取ったうえで脅してくる姿は、かえって滑稽ですらあった。

前回に比べて、自分のスーツの値段も気にならなくなっている。むしろ相手のプライドを逆なでする効果があることに気づいて快《こころよ》さを覚えた。

沈黙——すぐに相手のほうが気味悪がって口を開いた。

「なぜ私に会いに来た？　言いたいことがあるなら、言ったらどうだ？」

《スリーピング・ビルはお元気ですか？》

フラワーが顔をしかめて顎を引いた。無表情のまま、口を開かず電子音声を発する不気味な娘に、ぞっとさせられたのだろう。

「どこの誰だか知らんな」

《彼がかつて植物状態になった原因は、オクトーバー一族である故グッドフェロウ氏に背後から撃たれたからだと知っていましたか》

「知らん——なに？　なんだと？」

フラワーが思わずといった感じで聞き返した。その隣でコーンがあんぐり大口を開けている。

バロットはまた黙った。フラワーが苛ついて意味もなく右手を上下左右に振った。法廷では決して見せない姿。一介の学生が、市から表彰されるほどの法騎士《ロー・ナイト》に対し、他ならぬ彼の砦たる事務所のど真ん中で、生意気な態度を取ることに耐えられないのだ。

「それは何の事件の申告だ？　私に取り扱ってほしいのか？　で？　なんなんだ？」

バロットはさらに心の中で五秒数えた。フラワーが苛立ちで頬をひくひくさせるのをたっぷり見守ってから、一気に告げた。

《彼も、誰が自分を撃ったか、知っているはずです。しかし、関心を持たないかのように振る舞い、仲間にも調べさせようとはしていません。彼が自分自身のバックグラウンドに一切興味を示さないことを奇妙に思いませんか？　彼が生来のバックグラウンドから切り離されているように振る舞うこと自体、とても不自然ではありませんか？》

法律家であるフラワーにとって——あるいは反市長派連合たる〈円卓〉の一員としてハンターの監視を任された身にとって、興味を惹かれずにはおれない言葉の数々。

フラワーもコーンも、バロットの言葉を待っていた。

バロットはおもむろにペンを取り、ペーパーにサインをした。ペンをきちんと元の位置に戻し、二人とまったく目を合わせることなくきびすを返した。

「下手くそな演出はやめろ。さっさと話せ」

　フラワーがわめくのを無視して、バロットはドアノブに手をかけた。

「話せ！」

　ドアノブを握ったまま、バロットは相手の望み通り、静かに振り向いて告げた。

《なぜなら彼はシザースだから、というのが現時点での私の考えです》

　二人の反応こそ見物だった——無反応そのもの。

　彫像のように動かない。表情一つ変えない。時が凍りついたかのように。

《あなたはそうは思いませんか？　ミスター・フラワー？》

　フラワーは答えない。コーンも何も言わない。視線も動かさない。

　ただじっとバロットを見続けている。生意気な学生を。得体の知れない情報を口にする、娘の姿をしたエンハンサーを。

　その発言が意味すること全てに対する驚愕をぴたりと押し隠すあまり、二人とも息すら止めていることを、バロットはつぶさに感覚していた。

　ハンターは動かない——ならば周辺を動かす。

　その効果の高さは思った以上のものになりそうだという自信を覚えながら、バロットは会議室を出ていった。

9

その日、ミッドタウン・ノースの高級ホテルの一つ〈ミラージュ・ホテル〉のVIP用エントランスに足を踏み入れたのは、ハンターとバジル、三頭の猟犬たち、そしてエリクソンだけだった。シザース狩りを開始したばかりとあって、多くのメンバーが出払っていたところへ、フラワーから急な呼び出しがあったのだ。

〈円卓〉のメンバー専用のエレベーターの前に、コーンがいた。いつものように愛想の良い笑顔を浮かべ、ハンターたちを二十五階の〈円卓〉があるフロアへ連れていった。

部屋に入り、さっそくバーカウンターにエリクソンが座り、ボトルをつかんだ。その大きな手首を、バジルが握って止め、ぼそりとコーンに訊いた。

「なんで、急におれたちを呼びやがった？」

「さあね。あっちの部屋にいる人たちに訊いてくれないか」

ハンターが、コーンを見つめた。

「キングに会うための条件を満たしていないことは確かだ。シザース狩りを始めた我々を、さっそく急《せ》かしたいのか？」

「あっちで訊いてくれないか」コーンが繰り返した。「あんた一人であそこに入る。犬たちもダメだ。今日はおれも入らない。あんたに折り入って話があるらしい」

ハンターは、コーンのにこやかなおもてをなおも見つめ続け、言った。

「みなここで待て。ジェミニ、ナイトメア、シルフィード。お前たちもだ」

仲間に見送られながら、ハンターが奥の部屋のドアをくぐった。

いつもと変わらず、控えめな灯りの下で、大きなダークブラウンの円卓が鈍い光沢を放っている。その周囲の十二の椅子のうち、二つに、男たちが座っていた。

健やかに日焼けした都市一番の企業法弁護士、〈ナイト〉ことハリソン・フラワー。さらさらとしたブロンドに、整った顔立ちをした都市随一の豪族、〈クイーン〉ことルシウス・クリーンウィル・オクトーバー。二人が、現れたハンターを無言で迎えた。

彼らを灰緑色の無機質な瞳で交互にとらえながら〈ポーン〉ことハンターが椅子の背もたれに左手をかけた。

「用件を聞かせてくれ」

ハンターは言いつつ、早くも二人に注目することをやめていた。フラワーもルシウスも明らかに固唾を呑んでいたからだ。これからハンターの身に起こることを知っており、大いに戦慄しているというように。

きい、と何かが軋む音がした。

ルシウスの左手の壁が――壁と同じ模様の隠しドアが――こちら側へ開かれた。

そのドアの陰から、ずしり、と腹に響く音がわいた。ずしり。音とともに、巨大なゴリラ少年――キドニーが、ぬっと現れた。

両拳を床につけて歩く独特の前屈姿勢にもかかわらず、顔が円卓よりも高い位置にあり、爛々《らんらん》と輝くサファイアの瞳をハンターに向けている。灰色の髪は相変わらずおかっぱだったが、服装は以前見たカジュアルなものではなかった。高級ホテルに合わせたといわんばかりの洒落《しゃれ》たジャケット、ワイシャツ、リボンタイ、半ズボン、白い靴下に馬鹿でかい革靴という出で立ちだ。その姿でカジノを闊歩《かっぽ》してきたばかりだとでもいうようだった。

豹に似た鼻をしきりにひくひくさせているのは、この場にいる者たちの匂いを嗅ぎ取ろうとしているからだろう。

ゴリラ少年のすぐあとから、ぎいぎい、ぎゃあぎゃあ、わめき声をあげながら異形の子供たちが続々とドアから現れた。天井を這う五人のピラニア少年。山羊《やぎ》の脚にトカゲの顔を持ち、特大の包丁、ノコギリ、ハンマーを担いだ三人の少女。妖精めいた小鬼の少年と少女。床を這う四人のワニ少年。兄弟姉妹に恵まれなかった様々な姿をした子供たち。

おのおの特異な体に合わせて精一杯フォーマルな服を着込んだ者たちが、部屋じゅうに広がり、豪奢な部屋を悪夢の一コマに変えた。

フラワーもルシウスも眼前の宙をじっと見つめたまま凍りついており、沈黙によって悪夢に耐えようとしている様子だ。

ハンターのすぐ目の前で、ゴリラ少年が立ち止まり、右手を掲げた。その手の甲には、〝黙って！《コワイエット》〟という、以前と似たようなステッカーが貼られている。

子供たちがぴたりと静まり、天井や壁や床のほうぼうで動きを止めた。

キドニーが手を下ろした。

代わって、ごう、と激しい吠え声が聞こえた。ハンターの背後にあるほうのドアの向こう――猟犬たちが、ドア越しに異形の子供たちの匂いを嗅ぎ取ったのだ。

ドアの向こう側ではコーンが陣取って出入りを封じ、バジルとエリクソンと猟犬たちがハンターのもとへ行こうとして対峙しているのだろう。

「キドニー、そして〈天使たち《エンジェルス》〉よ、ここで会うとはな！」

ハンターがいささかも動じず、大きな声をあげた。

それで、ドアの向こうの吠え声も収まった。ハンターは左手を椅子に置いたままだが、右手を背に回して相手から見えないようにし、戦う用意があることを示している。

「みな元気そうで何よりだ。我々との小競り合いで受けた打撃は、多少なりとも生活に不便をこうむらせてしまったかね？」

「おまえたちノ、ちからなんカ、きかなイ。ぼくたちノ、けがハ、すぐになおル」

「手強いな。ますますお前たちを均一化《イコライズ》すべきだと思わされる。尋ねられる前に答えておくが、ホスピタルことマリー・ブロッサムは我々のもとで元気にやっている。会いたければ憩いのひとときをセッティングしよう」

面白くなさそうな顔つきで、ふーっとキドニーが鼻息を返した。

「これが用件か？」

目をキドニーに向けたまま、フラワーとルシウスに訊いた。だが二人とも、子供らがいる間は空気と化すことでやり過ごそうとしている様子だ。

ハンターは微笑み、キドニーに対して両手を広げてみせた。

「そこの二人がなぜおれを呼んだかわかってきたぞ。さあ、キドニー、答えてくれ。おれから匂いがするか？　特徴的な匂いが？」

キドニーは念入りに鼻をひくひくさせた。天井のピラニア少年たちや、床のワニ少年たちも同様にしていた。

「匂いハしなイ」

キドニーが言った。

「おれがシザースかもしれないと、あの二人から言われたんだな？」

「そうダ」

「だが違うとわかった。いい機会だ。参考までに訊きたい。お前たちはどのようにしてシザースの匂いを覚えた？」

「マザーの匂いダ。ぼくたちハ、うまれタときカラ、しってル」

ハンターが手を下ろし、これは参ったというようにかぶりを振ってみせた。

「当然そう考えるべきだ。おれたちも、かのマザー・グースたちに注目すべきだった。シザースという存在の厄介さは、やはり、見えているはずなのに見えないということにあるようだ」

「おまえたちにハ、むりダ。シザースハ、ぼくたちガ、たベル」

「先達の意見として心に留めよう。シザース狩りにおけるライバルであり先駆者であるお前に膝を屈してでも尋ねたいことがある。お前たちは、シザースの能力《ギフト》を奪ったのか？　やつらの統合された人格とやらに潜り込み、シザースか否か見抜くすべを得たのか？」

「できなイ。びる・しーるずト、ためしたけド、どうすればいいカ、わからなイ」

「貴重な情報に感謝する。もう一つ。初めておれと会ったとき、シザースかもしれないと思ったか？」

「おまえハ、ちがゥ」

キドニーがつまらなそうに鼻を鳴らし、牙を剥いてみせた。

「でも、ぼくたちノ、じゃまをするナラ、くってやル」

「共に戦える日を待ち望んでいる」

ハンターは右手を差し伸べた。

キドニーがぷいと顔を背け、ずしりと床に拳を立ててきびすを返した。子供たちが左右に分かれて道を作った。キドニーはもはや部屋にいる男たちの誰にも興味を示さなかった。その分厚い肩がドアの陰に隠れ、そのまま姿を消した。子供たちも異様な迅速さで戻っていった。最後に小鬼の少年少女が手をつないで立ち去り、ぱたんとドアが閉まった。

フラワーとルシウスが、ふうーっと息をついた。ようやく悪夢が終わったというように。

ハンターが音をたてて椅子を引くと、二人ともびくっとなって顔を上げた。

「おれをシザースだと疑った者が、〈円卓〉のブラックキングに頼み、その配下である子供たちを呼んだ──と理解していいらしい」

「私だよ」フラワーが言った。「私が〈円卓〉に報告したことがきっかけだ」

「同じときにビル・シールズ博士からも報告があった」ルシウスがフラワーを庇うように言った。「それで、キングたちが君をもう一度調べるよう私に命じたんだ。悪かった。座ってくれ」

だがハンターは座らなかった。

「なぜ今さらおれを疑った？」

「我々じゃない」とフラワー。「君がシザースではないかと疑う者がいる」

「誰だ？」

「以前、君が会いに行った法学生だ」

「ほう。例の、ウフコック・ペンティーノが保護証人とした娘か？」

「そうだ。うちの事務所にわざわざデマカセを言いにきた。君の昔のあだ名も探り当てた。よっぽど君が奪ったネズミを取り戻したいらしい」

「君と君の組織を揺さぶるつもりかもしれない」ルシウスが忠告めいて言った。「君たちがシザース狩りに参加した情報も漏れている」

「実のところシザース狩りを始めたことは、まったく隠していない。市長派への挑発でもあるのだから、隠す意味がない。なんであれ、我々ではなく、あなた方が揺さぶられたわけだ」

だがフラワーもルシウスも、悪びれたところは見せなかった。

「発端は君だぞ。ローレンツ大学なんかに行くからだ」フラワーが言った。「それにしても……なぜ自分の過去に目を向けない？　それとも君なりに向けているのか？」

「何の話だ？」

「過去、君を襲った不幸についてだ」ルシウスが、気後れしたところをいささかも見せず、むしろ傲然と言った。「私の一族が関わっていることは、私も知らなかった」

「あなた方は〈イースターズ・オフィス〉の手練手管に乗せられるのがよほど好きらしい」

「君は私の一族に対し、どのような感情を抱いている？」

「オクトーバー家の人々に？」

「そうだ」

「あいにく、あなた方の家系図を眺めたことはないし、その気もない。おれに興味を持ってほしいのか？」

「まさか。君は本当に興味を持っていないというのか？」

ハンターはルシウスを静かに見つめ、その口が、また別の声を放つのを聞いた。

「悪運を力に変えろ。そうすることができるのは真の勇者だけだ。君もわかるだろう？」

ハンターはうなずいたが、自分が何に対してそうしたかは、一瞬で記憶から消えていた。関心を持つなという命令を、すでにその脳が受け取っていたからだ。

代わりに、ハンターはこう告げた。

「おれには現在が全てだ。過去の悪運は均一化《イコライズ》され、未来の栄光は目標に過ぎない。おれと〈円卓〉の関係を緊張させたいという意図に、なぜわざわざ乗る必要がある？」

「その理屈で、君が管理する連中の手綱《たづな》を、しっかり握れるか？」フラワーがうろんそうに尋ねた。「オクトーバー家が君の復讐相手であるとか、君自身がシザースだとか、口にするだけで危険を招くようなことがらに、きちんと蓋をしておけるか？」

「デマや悪評などで我々は分裂しない」

「適切な対処が必要だ」ルシウスが言った。

「対処とは、〈イースターズ・オフィス〉を全滅させるまで戦い、学生とその係累を抹殺することとか？　シザース狩りどころではなくなるうえに、おれが慌てて何かを隠そうとした印象を与えることになる」

「そこまでやれとは言っていない」フラワーが呆れ顔になった。「〈ビショップ〉あたりに脅させるとか、方法はあるだろう」

「メリル・ジレットを、〈イースターズ・オフィス〉に乗り込ませろとでも？　あなた方は都市の多くのものごとを支配しているが、中身を知らなさすぎる」

「ではどうする気だ？」ルシウスが声をかぶせた。

「どうにかしなければいけないと思うことをやめることだ」

「それが最善だと言うんだな」とフラワー。

「唯一無二の適切な対処だ。さて、今しがたシザース狩りに関して素晴らしいヒントを得ることができた。あなた方から何か得るものがなければ、これで失礼する」

「我々が擁する次期市長候補の周辺を洗ってくれ」ルシウスが言った。「これまでの経験上、シザースはこちらが政治的な動きを見せると、必ず妨害行為を仕掛けてくる」

「たとえば？」

フラワーが肩をすくめた。

「選挙スタッフにわざと違反行為をやらせる。不正な会計を忍び込ませる。プライバシーに罠を仕掛ける……金や色仕掛けで」

「あなた方が目をつけた政治家は、それほど間が抜けているのか？」

「口に気をつけろ」ルシウスが指を突き出した。「ネルソン・フリート市議会議員だ。

我々が手塩にかけて市長候補にまで育てた人物だということを肝に銘じろ」

ハンターは無表情にルシウスを見返した。フラワーが割って入った。

「君自身が立候補するという考えをまだ持ってるわけじゃないだろうな？」

それには答えずにハンターは椅子から手を離し、円卓から一歩下がった。

「シザース狩りの成果を楽しみにしていてほしいとブラックキングに伝えてくれ」

それだけ言って、きびすを返した。二人ともそれ以上ハンターを止めなかった。

10

「議員を守れってのか」

バジルが不快そうに呟いた。走る玉座たる〈ハウス〉の中だった。今回も〈プラトゥーン〉のアンドレが、リーダーであるブロンとハンターの間の連絡役も兼ねて運転手を務めている。

ノースヒルの地上側のエントランスから出たときはハンターを除く全員が、〈円卓〉とコーンがとった行動に対して殺気立っていたが、それも今はだいぶ落ち着いていた。

「傘下のグループにやらせるか？　顔も知らない議員の選挙スタッフなんて誰もやりたが

るとは思えないが」

エリクソンが他人事のように言った。自分はそんな仕事はしないと決め込んでいるのだ。

「冗談じゃねえぜ。マジでやるわけじゃないだろう、ハンター？」

「シザース狩りが目下の急務だ。議員のお守りについては、再度要請されたら考えよう」

バジルが目を丸くした。

「考える？　そりゃ、どういう……」

「議員の仕事がどういうものであるか見ておくのも悪いことではない。実際彼らが何をしているか、詳しく知る者は我々のグループにはいないのだから」

「確かに、メリル・ジレットくらいだな」バジルが考え込みながら言った。「そういうことならわかるが……市長になるのは、あんたであるべきだぜ、ハンター」

エリクソンがきょとんとなった。

「そうなのか？」

「ああ。お前もそう思うだろうが、エリクソン」

「考えたこともなかったが、そう言われると、それしかないという気分だ」

「一つずつだ、バジル、エリクソン。一つずつ階段をのぼっていく。そのためにも今回のヒントを活用しよう。おれたちがホワイトコーブ病院に行くことは伝わっているな？」

「ああ。ラスティが、院長とビル・シールズに連絡させた。着けばすぐ入れる」

「市長か、すごいな」エリクソンが呟いた。「〈円卓〉はあんたの野望を知って、邪魔しようとしたのかもな。あんたを疑うってのは、おかしな話だ」

「そこは同感だ。あいつらはハンターが市長になろうとするのを止めたいんだろうよ。おれも、だんだん〈円卓〉のことがわかってきたしな」

「ほう」ハンターがバジルに向かって微笑みかけた。「お前の本当の武器は洞察力だ、バジル。お前が見抜いた彼らの本質をおれにも教えてくれ」

「そうだったのか」エリクソンがまたきょとんとなる。「てっきり猛烈に怒って誰かを縛り首にすることで、みんなを震え上がらせることだと思っていた」

「そんなんじゃや、手前《てめ》ぇが吊るされるのがおちだ。くそ。からかうな、ハンター」

「からかってはいない。お前の考えを聞こう」

ハンターが注目するので、当然ながら猟犬たちまでもがバジルをじっと見つめた。

「くそ」バジルががりがり頭をかいた。「あー、連中は、得をするためならいくらでも出す。損をすることも、痛くもかゆくもねえ。どこかでもっと得をするはずだと信じ込んでるからな」

「やつらなりの均一化《イコライズ》だ。それで？」

「連中にとっちゃ損得は朝飯前のゲームだ。そうでなく、連中を本当に支配してんのは、解決するだの対処するだのといった理屈だ。問題がある。それを解決する。その繰り返しなんだ。だから本当に連中が怒り狂うのは、それまでやってきたことが、やるだけ無駄なことに成り下がっちまったときだ。プラスもマイナスもねえ。ただのゼロの繰り返しになる。なんてんだっけ……ああ、ゼロサムだ。足しても引いてもゼロ。掛ける一ってのか？　連中がいる意味もない。それが、ああいう連中の全部を本当にぶっ壊しちまうんだ」

「持ってるカネがゼロになるってことじゃないのか？」エリクソンがぼんやり訊いた。「それならわかるんだが」

「連中は効率が大好きだろ。なるべく少ないカネで、でかいことをして、大勢を動かしたがる。で、もっと多くのカネを集める。そういうことのためなら、逆に、とんでもないカネを平気で出すんだ。ほら、ジャックポットの目がでかけりゃ、大枚つぎ込むだろうが」

「本当にでかけりゃな」エリクソンがうろんそうに言った。

「連中はでかいことを知ってる。何世代も同じことをしてるんだからな。だがあるとき、ブタもジャックポットも同じ倍率になっちまったらどうなる」

「そんなことがあるのか？」とエリクソン。

「たとえばだ。ルーレットでも、賭けたカネがそのまま戻ってきたら？　ただ数字を当てるか外すかするだけで、カネは増えも減りもしねえ。そういうのが続いたら？」

「そんなのはカジノじゃないだろう」

「そうだ。そして連中は、本当の意味で何も得られなくなる……。なんていうか、そんな感じのことをやろうとしてるのが市長なんじゃないか？　この都市のあちこちで決められた全部のオッズをゼロサムにしちまう。倍率を一にしちまうんだ。どんだけ勝っても同じ額にしかならねえ。儲けた分は税金だのなんだので取られて、金持ちどもが使わない道路や病院を作るカネに変えられちまう。スラムのギャングからすりゃ気分いいぜ。金持ちどもが儲けられねえんだから。港も、工場も、カジノも、議会も。なんでもかんでも平等にするってのはカネを賭けても賭けなくても同じにするってことだ。もしヤクや銃までそうなったらって考えりゃわかる。ただ儲からねえんじゃねえ。ゲームが変わるんだ。カネを出しても出さなくても手持ちのカネは変わらねえとなりゃ、カネってものの意味が変わる。もっとずっと大したものじゃなくなるんだ。〈円卓〉のゲームはカネが全てで、やつらのビジネスはとにかくカネを倍々で増やすことだろ？　だからオクトーバーとかフラワーとか銀行のロックウェルなんてのは市長を潰したがってる。そういう気がする」

エリクソンが感心した様子で目を丸くし、バジルを見つめた。

「すごいな。お前がそれだけ喋り続けるのを初めて見た」

「うるせえ」

「バジル、お前は市長派と反市長派の対立の本質を見抜いている。どちらも決してそうとは認めないが、市長派は共産と平等を唱えるコミュニズムであり、〈円卓〉は資本格差を正義とするキャピタリズムだ。かれこれ何百年も続く、神の思し召しにおける兄弟殺しの永遠に終わらぬ続演といった趣《おもむき》だな。おれも、今のお前の言葉に大いに示唆を受けたぞ」

ハンターが言うや、エリクソンが称賛の眼差しをバジルに送った。猟犬たちもハンターの感心ぶりを敏感に嗅ぎ取り、

《バジルは我々の群になくてはならない存在だ》

ジェミニの左の顔が代表して敬意を表した。

「よせ」バジルが唸った。「学のねえおれが、適当にだべってるだけだ」

「お前をどこかのカレッジに送り込むべきかもしれないな。何年か本気で学ぶために」

バジルが天井を仰ぎ、それから懇願するようにハンターに言い募った。

「かんべんしてくれ。マジで頼むぜ。ムショに行けと言われるほうがましだ」

「どちらも、よりよく務めれば早く出られる場所だ」

ハンターは微笑んでいった。バジルが呻いたとき、車内にチャイムの音が鳴り響いた。

アンドレが、じきに到着することを告げたのだ。

「よし。〈円卓〉の意図はさておき、狩りに集中するときだ。ブラックキングを味方につければ、我々の昇格《プロモーション》を確実なものにできる」

ほっとしたように溜息をつくバジルを、エリクソンがにやにや眺めていた。

ほどなくして〈ハウス〉がホワイトコーブ病院の駐車場に停められた。ジェミニとナイ

トメア、そして運転手のアンドレ以外の面々が降りた。姿を消したシルフィードとともに、ハンターたちは堂々と表玄関から入った。

勝手知ったる様子でエレベーターに乗り、九階に上がった。

北病棟の精神科のフロアを進み、分厚い鉄格子つきのドアまで来ると、バジルが受付で院長のマーヴィン・ポープの名を出し、ドアを開けるよう言った。

受付の女性が電話で確認し、ドアの電子ロックが解錠された。ハンターたちが中に入り、守衛室やソーシャルワーカーの待機室の前を何の障害もなく進んだ。

入院患者たちの部屋の前を通ると、廊下の突き当たりに厳重にロックされたドアがあり、そちらはバジルが事前に教えられたナンバーを入力することで開いた。中は医薬品やシーツの束など入院用具の倉庫だ。かつて歩いた道のり通りに、ハンターが先頭になって進んだ。最後に小さなドアに辿り着き、これもバジルがナンバーを入力して開いた。

入ったのは、小洒落《こじゃれ》たログハウスを思わせる丸太作りのペントハウスだ。

ハンターがホスピタルを引き入れ、ストレッチャーを打ちのめし、そして〈天使たち《エンジェルス》〉と初めて対峙した場所。

中はすっかり改装されていた。四人の眠れる母たちを安置するための介護室に。一列に並べられた四つのベッドでは、怪物たちを生み出すガチョウとして呼吸を続け、それ以外のあらゆる生命活動を失った女性たちを生かし続けるための装置が所狭しと置かれている。

「これが例の子供工場《ベイビー・ファクトリー》か。最悪だな」

常にお気楽なエリクソンが、女性たちの膨らんだ腹を見て険悪な顔つきになった。

バジルが低く唸って同意を示したとき、キッチンの奥のドアが開き、ゆっくりとした足取りで老医師が現れた。

「私と彼女たちに会いたがっているとポープから聞いた」

「あなたに立ち合っていただきたかった、〈ドクター・ホィール〉。いや、ビル・シールズ博士。これからおれは、彼女たちの均一化《イコライズ》を試みたい」

「それは、どういう……」

「おれの能力《ギフト》を彼女たちに行使するということだ。彼女たちを通してシザースの統合人格とやらに潜り込み、やつらの情報を得られるだけ得たい。あなたはどう思う？　危険で無謀なことだと思うか？　それとも期待できる試みといえるか？」

「私は……わからない。専門外だし、君には……ある疑いがあると聞かされたばかりだ」

「あなたまでおれをシザースと疑っているのか？　言っておくが、おれのほうはキドニーのお墨付きを得たばかりだ」

「私には判断がつかない」

ビル・シールズが疲れ果てたように答え、手近な椅子に腰を下ろして吐息した。

「シザースは拡大を続け、完全に未知の領域を作り出し、説明のつかない現象と化している。君がやろうとしていることが危険なのか無意味なのかも、やってみねばわからない」

「やってみろということらしい。彼女たちの生命維持に支障をきたす可能性は？」

ビル・シールズが、悲しみ以外の感情を失ってしまったような目を女性たちの一人に向けた。サラノイ・ウェンディに。いっそ、支障をきたしてほしいと願うように。

「……低いだろう。君の能力《ギフト》次第だが」

「あなたほどの人ですら、いかなる所見もはっきりとは持ち得ない。真にシザースが未知の新人類なのか、それが連中の偽装でありはったりに過ぎないか、試してみよう」

ハンターは早くもその手に赤い針をあらわし、真っ先にサラノイ・ウェンディに歩み寄った。その痩せこけた首に手を当てて頭部を傾けさせ、首の付け根に針を潜り込ませた。

針が溶けるように彼女の首へ消えていった。

ハンターは残り三人にも同様に針を打った。最後の一人に打ち終えたとき、声が聞こえた。

「君がしようとしていることは、まったくお勧めしないな」

振り返ると、サラノイ・ウェンディが上体を起こし、ハンターを見て微笑んでいた。

その口から、ヴィクトル・メーソン市長の声が放たれた。

「〈ザ・ハンド〉の名と権限において、君にこんなことを命じてはいないぞ。君が今ここで、おかしなゆらぎを作ることは歓迎されない」

するとと針を打ち終えたばかりの女性が、ぱちりと目を開いてハンターを見上げた。

ネルソン・フリート議員の声をその口から放ちながら、にやりと笑った。

「我らが女王ナタリアの負荷を無意味に増やすつもりか？　そんなことは断じて許さないぞ、スリーピング・ビル。断じてだ」

「キキキキキ！　キキキキキ！」

別の女性の口から、いきなりチンパンジーじみた猛《たけ》り声が放たれた。

かと思うと、四人目の女もまた目を開いて身を起こし、ハンターを睨みつけ、マルコム・アクセルロッド連邦捜査官の声で恫喝《どうかつ》した。

「スクリュウ・ワンに眠らされたいか？　ええ、スリーピング・ビル。お前を無の淵に落としてやるぞ。彼女たちの人格に触れようなんて真似をすれば、必ずそうしてやる」

ハンターは一切の表情と思考を失い、四人の眠れる妊婦たちの声を黙って聞いている。

その目は何も見ておらず、そばに仲間たちや猟犬たちがいることとすら認識するのをやめてしまっていた。

「わかったな、スリーピング・ビル」サラノイ・ウェンディが市長の声で言った。「シザースに貢献してくれた彼女らに、今以上の苦痛を与えることは許されない。お前が我々の軌道を外れた行動をすることもだ。我々とこうして出くわすことがあっても、決してお前から私たちを見つけてはならない。わかったな、スリーピング・ビル」

ハンターの顎がごく小さく上下した。

「よしよし」ネルソン議員の声で女性が言った。「もっと別の能力《ギフト》に適合すればよかったものを。また余計な真似をしたときは、能力《ギフト》を使えなくさせてしまおう」

「おやおや」マルコム連邦捜査官の声で別の女が言った。「そんなことになったら大変だぞ。さっそく問題が発生しているんだからな。お前の配下の連中はもうじき内紛の火種をまき散らすぞ。そんなときにエンハンスメントが使えなくなったら、お前は誰からも役立たずとみなされて、お前自身の墓穴を掘らされることになるだろう」

「我々は本気だ」メーソン市長の声。「お前はそのことをしっかりと理解した。お前がスリーパーであることを本能に刻み込み、我々の手として働くのだ。さあ、目覚めたとき、お前はここでの試みが全て無意味であるとみなす。ではな、スリーピング・ビル」

「キキキキキキャーアーア！」

スクリュウ・ワンの雄叫びがひときわ強くこだました。

「ハンター？　おい、大丈夫か？」

バジルの呼び声が遠くから聞こえてくる。

ハンターは宙を見つめていた目を、周囲に向けた。今しがた見聞きしたものは消えていた。彼の記憶からも。

女性たちはおとなしく眠っている。誰も起き上がったりはしていない。全てはハンターの脳裏でのみ起こったことであり、そしてその事実を認識するすべを、ハンター自身は何一つとして持たなかった。

「何か……感じ取れたかね？　サラノイに……意識が？」

ビル・シールズが、期待というより、不安と恐れをにじませながら尋ねた。

ハンターは女性たちから離れ、キッチンのカウンターに身をもたせかけた。そんなふうにハンターが疲労した姿をみせるのは非常に珍しいことなので、仲間と犬たちが驚きをあらわにした。

「何も得られなかった」ハンターは言った。「何も残っていない。ただの暗闇があった。無の世界が。寄り道した甲斐があったと願いたいところだが、成果はなしだ。シザースの手強さを再認識しただけで、よしとしよう」

「そうか……そりゃ、残念だが……」

バジルがやけに遠慮がちに言った。何か伝えたいことがあるのだ。ハンターは、バジルの手にいつの間にか携帯電話が握られていることに気づいた。

いったいいつバジルは電話を取ったのか？　まったく思い出せないままハンターは尋ねた。

「どうした？」

「ちょいと厄介ごとが起こった」

さっそく問題が発生しているんだからな。ハンターの心の奥底で声がこだました。内紛の火種をまき散らすぞ。

「話せ」

「船を乗っ取られたと〈白い要塞《ホワイト・キープ》〉がSOSを出してやがる。相手は〈誓約の銃《ガンズ・オブ・オウス》〉だ。マクスウェルと〈ガンズ〉の連中が、とんでもねえことをやらかしやがった」

11

クインテットの支配下にある二隻のクルーザー・タイプのボートは、海上を不規則に航行し続けることを常としている。あくまで合法的に。密漁船や密輸船と思われないよう、航行表と航行データを当局に提出することを忘れなかった。むろん、航行表もデータも偽物だ。

また、二つの〈要塞《キープ》〉は決してすれ違ったり、ましてや接触してはならないというのが鉄則だった。しかし今その鉄則が、岸から一キロほど先で完全に無視されているさまを、ハンターたちが橋の上から目の当たりにしていた。

真っ白いグローリー号こと〈白い要塞《ホワイト・キープ》〉に、〈黒い要塞《ブラック・キープ》〉が――クルーザーを黒く塗ることは夜間の衝突を招きかねないため条例で禁じられているのだが——危険な横づけ行為をし、他船の甲板に渡しをかけて行き来できるようにした状態で、停泊しているのだった。

廃線となった線路が雑草まみれになっている橋だ。そこに、〈ハウス〉とメリル・ジレットの〈ブラックメール〉、〈プラトゥーン〉の大型四輪駆動車、〈シャドウズ〉のバイク、〈戦魔女《ウォーウイッチ》〉の二人が——黒豹を連れた女と、ケイト・ホロウが——乗る真っ赤なスポーツカーが集合していた。全員の頭上を、大ガラスのハザウェイと、それが呼び寄せたカラスの群が飛び交い、ガアガアと鳴き声をあげている。

ハンターと猟犬たち、バジルとエリクソン、メリル以外は乗り物から降りていない。みな事態を見守りつつ、ハンターの指示を待っているのだ。

「こちらの気を引きたいにしては度を越している」メリルが言った。

「やつらが度を越さないことがあるか？」バジルが橋から唾を吐いた。「連絡したラスティが言うにゃ、ショーンとスケアクロウは無事だ。システムにも支障はない。今のところはな」

二隻のボートに目を向けていたハンターが、眼下の栈橋を見た。

「ボートの用意ができたようだ」

栈橋に立つラスティ、オーキッド、シルヴィアのもとに、五隻の六人乗りモーターボートが集まっていた。五人の運転手は全員が〈クインテット〉傘下のエンハンサーだった。

グループの海上保安、すなわちブッの運搬やその警護をする〈海の華麗なる者たち《マリーン・ブラインダーズ》〉のメンバーだ。

ハンターが背後の車列に顔を向けた。

「マクスウェルの考えを聞きたいと思う者は、おれと来い」

ブロンが車の荷台から降りて歩み寄った。ジェイクがバイクを降りて仲間たちの肩を叩きながらそうした。スポーツカーから大ガラスが飛び立ち、赤いドレスをまとったケイトが降りてきた。メリルとともに、ピットとウィラードが〈ブラックメール〉から降りた。

ハンターを先頭に、彼らが階段を降りて桟橋に来た。

〈クインテット〉の三人はすでにモーターボートの一つに乗っており、ハンター、バジル、エリクソンがそちらに乗った。

一隻に一隻にメリルと二人のエンハンサー、一隻にブロン、ジェイク、ケイトが乗り込んだ。

海上を突っ走る三隻を、客席が空の二隻が護衛した。みるみるボートとの距離が狭まり、徐行して一列になると、ボートの周囲を旋回した。

すぐに〈白い要塞《ホワイト・キープ》〉の船上に黒頭巾の男たちが現れ、タラップを下ろした。

ハンターを乗せたモーターボートがタラップ脇につけられた。モーターボートの客席に積んであったロープが、バジルの能力《ギフト》で動き出し、船体と〈白い要塞《ホワイト・キープ》〉のタラップを結びつけた。

「これからそっちに行く。おかしな真似をしやがったらおれたち全員が相手になるぞ」

バジルが最初に身を起こして怒鳴ると、黒衣の一団が手を胸元に当て恭《うやうや》しく頭を下げた。

「ふざけやがって」

バジルがかえって怒気を放ちながら何本ものロープを操作し、仲間が乗る他のモーターボートの船体の柵を結び合わせて横並びにすると、運転手たちがウォークボードを置いて移動を容易にした。ハンターを先頭に、全員がタラップをのぼって〈白い要塞《ホワイト・キープ》〉の甲板に乗った。

頭上でカラスの群がざわめき、ケイトが甲板に乗ると大ガラスが船尾に舞い降りて彼女を見守った。海上では〈ブラインダーズ〉の五人がロープを解き、いつでも素早くハンターを脱出させられるようモーターボートのエンジンをアイドリングさせている。

甲板では黒頭巾をかぶった四十名余が列をなして直立し、ハンターたちを迎え入れた。ハンターは彼らに無機質な眼差しを投げかけながら進み、猟犬と仲間を従えて船内のリビングに入った。大ガラスがはばたいて後に続き、リビングの大型モニターをとまり木代わりにした。

L字型の大きなソファにマクスウェルが座り、テーブルの皿からピーナッツをとっては片手で器用に割り、口の中に放り込んでいる。

部屋の四隅では黒頭巾をかぶった四人が――〈ガンズ〉のエンハンサーたちが――佇ん

でいるが、ゆったりとした黒衣のせいで両手は見えず、武器を握っているのかも不明だ。

キッチンに続く通路の前では、ショーンが所在なげに丸椅子に座り、落ち着かない様子で電動車椅子の座高を上下させるプッティを宥めている。

マクスウェルがピーナッツの殻のかけらを床に落とした。

「ハロー、ハンター」

ハンターはその眼前まで、静かに歩み寄った。

「マクスウェル。お前は今、何をしている？」

「この居心地のいい船で、大事な話をするというのがいい考えに思えてね。私たちが思っていることについて、あんたも聞く耳を持つんじゃないかと、そう考えたんだ」

「考えを聞こう」

「立ったままか？　あの大切な〈評議会《カウンセル》〉のように、みんなで座って話し合うのがいいと思うのだがね」

ハンターは、まばたきもせずマクスウェルを見下ろし続けた。その背後では、誰もがマクスウェルとその配下の人間の挙動を注視し、不測の事態に備えながら緊張を高めている。

「じゃあ、私らが何を思っているか、このまま話させてもらうとするよ、ハンター。私らは狩りに備えている。獲物のありかを丁寧に調べるから待てと言われて、おのおの銃に込めた弾丸がすっかり湿ってしまうのも我慢して待っている。いったいいつ獲物のリストを渡されるのだろうと首を傾げているうち、ふと思ったんだ。実はもう、リ、ス、ト、は、で、き、て、い、て、私らはそれを渡してもらえてないだけじゃないのか、とね」

「ターゲットのリストはまだおれも見ていない。シザースであるかどうか入念に調べることが我慢ならないと言うのか？」

「いいや。そうじゃないんだ、ハンター。リストはもうできてなきゃいけない。あんたの身近にいる人間を洗うってことは、とても大切な仕事だ。私らもいろいろと試したがね。やつらの匂いを嗅ぎ分けるなんてことは、私らには向いていなかった。で、その仕事を任された人間が、ちゃんと働いているか、ここで確かめたかったんだ」

「〈戦魔女《ウォーウィッチ》〉の通信記録を調べるために乗り込んだ。そう言いたいのか？」

「あんたは話が早い。そして話がわかる。私らがここで調べたことを、この口でみなに伝えたいが、いいかね？」

ハンターは手の平をマクスウェルに向けて黙らせた。

マクスウェルが片方の目尻に皺を寄せ、首を傾げてハンターの顔を覗き込んだ。

ハンターはそれを無視し、手を下ろしてケイトを振り返った。

「先に魔女に尋ねよう。ターゲットを隠す意図はあったか？」

ケイトが動じずにかぶりを振って否定した。

「いいえ、ハンター。万一にも誤ってターゲットを示さないよう、入念に調べるべきだと思っていました。あなたの猟犬たちの力を借りて」

「だが例の、シザースの匂いを発する者がいたことは確かなのだな？」

「はい」

ハンターはケイトにうなずき返し、改めてマクスウェルに顔を向けた。

「お前たちの務めは狩ることだ。呼び子の務めは他の者に任せている。お前が口にしようとした名を、彼女からここで告げてもらう。いいな？」

「あんたがそう言うなら、そうしよう。だが臆病なプッシーどもが名前を伏せようとしたりしたら、私があんたに教えるよ」

ハンターは、手振りでケイトを促した。

ケイトが最初の名を告げた。

「ベンヴェリオ・クォーツ」

バジルとメリルが目をみはった。多くの者が驚きに息を呑んでいた。

ハンターは動じず続けさせた。

「他には？」

「ティム・ステップフォード十七番署署長」

「馬鹿な！　もう一度調べ直せ！」

メリルがケイトを指さしてわめいたが、ハンターが手を上げて黙らせた。

「他には？」

「ゴールド兄弟」

ジェイクが愕然となって足を踏み鳴らした。

「ふざけるな、そんなわけあるか！」

ハンターは手を下ろし、マクスウェルに背を向け、ケイトに歩み寄った。メリルとジェイクが何か言いたげにしたが、バジルに猛然と睨まれて口をつぐんだ。

「続けてくれ、ケイト・ザ・キャッスル」

「〈ルート44〉の銃ビジネスの相手であるオライリー少佐と、出獄したばかりのブルータス・ザ・ビッグマシーン。〈パレス〉の支配人モンティ・ランドール。元ベイツ・ファミリーで、今は〈金庫《セーフ》〉の管理を任されているミッツ・キャンベル。そして……〈ファウンテン〉の管理人である、穴掘り人《ディガーマン》ヘンリーからも同じ匂いが」

ケイトの告示ののち、誰もすぐに口を開こうとはしなかった。ただ立ち尽くした。長々と続く沈黙が、彼らが受けた衝撃の重さを物語っていた。

ハンターも宙を見つめておのれの思考に没頭し、その様子をマクスウェルが昏い目で覗き込むように見つめている。

やがて、ハンターがケイトから離れ、部屋の中央に立って言った。

「おれも今日〈円卓〉からシザースではないかと疑われ、〈天使たち《エンジェルス》〉に取り囲まれたばかりだ。この敵の強みは、疑心暗鬼を生じさせ、緊張を生み出すことだが、その効果をここにいる全員が体験しているわけだな」

「そこの魔女が正直に告げてくれてよかったよ、ハンター」マクスウェルが言った。「私の思うところを述べてもいいかね？」

「聞こう」

「本当にそいつらがターゲットかどうか、確かめるすべがなさすぎる。匂いがどうのというのを、いったん忘れて、一人ずつ試しに揺さぶってみるしかないのじゃないか？」

「たとえば？」

「私は、ベンヴェリオ・クォーツから始めるのがいいと思ってる。あの男はどうもあんたのカネをくすねているような気がしていてね」

「クォーツに支払う手数料は常に一定だ」

「だがそれ以外のカネも、抜いているかもしれん。なんであれ私はこう考えたのだ。ベンヴェリオ・クォーツがシザースらしいと噂を流してやればいいのじゃないかと。それでやつがどう動くか見てやろうと」

「馬鹿言え」

バジルが獰猛な声を発したが、マクスウェルは肩をすくめて受け流した。

「やつがシザースなら仲間に助けを求めるはずだ。シザースではないという証拠を必死に示してくるだろう。そうして慌てふためくところを、また入念に嗅ぎ取るもよし、やっとカネの動きを全て調べるもよしだ」

「お前の口ぶりからして、すでにそうする用意があるようだ」

「もちろんだ、ハンター。ここで黙ってピーナッツを食い続けていたわけじゃない。ベンヴェリオ・クォーツの次は、十七番署の署長。その次はゴールド兄弟。順番に試すべきだ」

ハンターはマクスウェルから目を離して宙を見据えた。思考の渦が音をたてるようだった。全員がハンターの反応を待っていた。

ハンターは言った。

「ベンヴェリオ・クォーツだけだ。お前たちは何もするな。おれたちが彼を試し、観察する。ただちにターゲットにするわけではない。彼を観察する間、魔女たちとおれが、シザースを発見するための独自の手段を考案する」

「それがあんたの考えかね？」

「不満か？　おれが命じるまで待つことなどできないと言うのか？」

「もちろん、待つさ。いつまでもな。いつか号令が下されると信じられるなら」

「おれも〈円卓《ホワイト・キープ》〉を相手にしていたせいで確認が遅れた。お前を一度だけ許そう。だがもしまた〈白い要塞〉に近づけば、お前たちを一人残らず狩ることになる」

「あんたと話したいがために、どれほどの覚悟を抱いているか知ってほしかっただけだ、ハンター。ここを壊さなかったし、〈スイッチ・マン〉の二人を傷つけもしなかった。そうだろう？　もう二度と、あんたが所有する場所に無断で入り込まないと誓う」

「ならば、お前たちに与えられた砦に戻り、命令を待て」

マクスウェルが立ち上がり、左手を胸に当てて恭しく一礼した。

「お前たち《ボーイズ》！」

マクスウェルの掛け声で、四人の黒衣の男たちが船外へ出て行った。マクスウェルが彼らのあとに続いた。甲板にいた者たちも一斉にきびすを返し、〈白い要塞《ホワイト・キープ》〉に海賊船よろしく横づけされた〈黒い要塞《ブラック・キープ》〉にぞろぞろと戻っていった。

渡しが引き上げられ、〈黒い要塞《ブラック・キープ》〉がゆっくりと離れてゆくさまを、ハンターたちが船窓から見送った。

ショーンが、まだ上下するプッティの背をさすりながら言った。

「すまない、ハンター。あいつらが近づいてくるのは、おれもプッティも気づいてたんだけど、まさか乗り込んでくるとは思わなくて……」

「お前の対応に何ら問題はない、ショーン。おれが予期しておくべきことだった。ここにいるみなにも、迅速な集合に感謝する」

「どうする気だ、ハンター」メリルが苛立ちをにじませて尋ねた。「〈ガンズ〉の横暴はこの先も度を越していくだろう。魔女が告げた名はどれも信じがたいの一言だ。私としては組織の統制という点で、どちらも看過しがたい」

「ゴールド兄弟だと⁉」ジェイクが怒りで声を荒らげた。「ヘンリーだと⁉　ふざけてるのか⁉　ゴールド兄弟がいなけりゃ、ヤクが供給できねえ。ヘンリーはおれたちの仲間で、裏切る理由なんて一つもねえ。やつらを殺《や》ろうなんてのは絶対に許されねえことだ！」

「シザースである自覚がないのかもしれません」ケイトが淡々と述べた。「いずれにせよ、私たちは入念に調べ続けるつもりです」

「おれはハンターの号令に従う」ブロンがいつも以上に悲しい目をして言った。「たとえ身内でも、おれが始末をつける」

「冗談じゃねえ――！」

　猛るジェイクを、ハンターが手を上げて黙らせた。

「おれの考えは言った通りだ。ベンヴェリオ・クォーツとその周辺の様子を見る。そして、シザースであるか否かを見抜くための手段について早急に考えを出す。一刻も早く狩りを始めて主導権を握りたがる〈ガンズ〉についてもだ」

「あんたがじっくり考えてる間に、マクスウェルがおれたちのテリトリーに入ってきたときは？」ジェイクが苛々と歩き回りながら、ハンターの答えを待たずに続けた。「やつをバラバラに引き裂いてやる。あの野郎には我慢がならねえ」

「おれも同じ気分だよ」バジルがぼそりと言った。「だが仲間内でやり合うことは、どんな理由があってもハンターへの裏切りと同じだ。わかったな」

ジェイクが足を止め、深々と息をつきながら両手で髪を撫で上げた。

「くそ！　ああ……わかったよ、バジル。だがな、もし、そこの魔女が口にした名が、あちこちに広まったら、でたらめな混乱が生まれるぜ。こっちは身を守る必要だってあるかもだ」

「当然、ここで話されたことは決して口外してはならない」

ハンターはそう言って、みなを見回した。

「マクスウェルと〈ガンズ〉もそこまで愚かではない。みな戻って、事態は収拾されたこと、シザース狩りはまだ先であることを仲間に伝えろ。〈クインテット〉はここに残れ。いいな」

めいめい了承の言葉を口にし、リビングから出て行った。

「ラスティ、〈ブラインダーズ〉にはメンバーを陸に戻したあと撤収するよう言え。それと〈ハウス〉を〈ファウンテン〉に回すようアンドレに連絡しろ。我々はこの船でそこへ行く」

「はいよ、ハンター」

ラスティが素早く出て行き、甲板から身を乗り出してモーターボートの駆り手たちへ声をかけた。人々がタラップを降りてモーターボートに乗り込み、次々に離れていった。

「ショーン、プッティ。〈ファウンテン〉へ移動してくれ」

「ああ……。ヘンリーに連絡しなくちゃだけど、彼のことは……」

「ジェイクが言った通り、彼は仲間だ。決して、ヘンリーが不審に思うような態度を取るな」

「わかった。行こうぜ、プッティ」

「おもちろおおおおおおい！」

ようやく落ち着きを取り戻したプッティの車椅子を押しながら、ショーンが船のコントロール・ルームに入っていった。

「座ってくれ」

ハンターがソファに座ると、〈クインテット〉も同様にした。ラスティが戻ってきてリビングのドアを閉め、端っこの席にどっかと腰を下ろした。

「オーケイ。みなの考えを、一人ずつ聞こう。バジル？」

「シザースかどうか、わからなきゃ何もできねえ。それだけだ」

「今のところゆいいつ確かな事実だ。シルヴィア？」

「ベンヴェリオ・クォーツを切った場合、残りのクォーツ兄弟を統制しなきゃいけないわ。もしマネーロンダリングのすべを失ったら、グループの収益にどれだけ影響が出るか……。

少なくとも福祉施設《セトルメント》の件は、かなり見直さないといけないでしょうね」

「我々の合法化《リーガライズ》と収益化《マネタイズ》の両方にとって痛恨の事態だな。ラスティ？」

「ベンヴェリオ、ステップフォード署長、ゴールド兄弟、オライリー少佐、ビッグマシーンに、支配人《パパ》ランドールときて、金庫番キャンベル。そんで、ヘンリーだろ。これって、おれらのビジネスのほとんど全部にシザースが入り込んでるってことにならねえ？　ガンズだって〈ルート44〉が売る銃が手に入らなくなったら困るだろ？」

「そうだ。ガンズもその点は憂慮しているだろう」

「みんな困るんだ。なのに、魔女の周りだけシザースがいねえのはなんでだろうな？　おれが気になってるのはそこだよ、ハンター。シザース探しを任されてる魔女どもだけ無傷なんていう、すっげえ都合のいい偶然を信じるべきなのかな、おれたち」

「おれもその点には大いに興味がある。オーキッド？」

「シザースだろうとなんだろうと合法化《リーガライズ》を実現する前に十七番署の署長は切れない。そんなことをすれば〈シャドウズ〉や〈プラトゥーン〉のビジネスがやばくなるし、サンダース工務店もやばい。となれば、おれたちもサツに追い回されることになる。だが……だからこそ、マクスウェルは狩りを始めたがってるんだ。自分たち以外のグループが弱体化するし、シザース選別の根拠が疑わしいとなれば魔女を咎めることもできる」

「まごうことなき分裂の危機だな。マクスウェルが今すぐ引き金を引かないよう監視をつける必要がある。エリクソン？」

「ベンヴェリオの様子を見るっていうのは本気なのか？」

「そうだ」

「マクスウェルは、リバーサイド・ホテルに向かっただろうな。おれが行って、ベンヴェリオのそばにいようか？　あの爺さん、挑発に乗ってマクスウェルを撃とうとするかもしれん」

「ありそうな話だ。マクスウェルは正当防衛とばかりにベンヴェリオを撃つことになる」

「そうならないよう、おれがあの爺さんにはりつく。もし本当にシザースだったら、おれが始末する。マクスウェルにはやらせない」

「ゆいいつ具体的な行動を提案してくれたな、エリクソン。そうしてくれ」

エリクソンが得意げな笑みを浮かべて仲間を見回し、みなに苦い顔をさせた。

ハンターは言った。

「誰がシザースかを見抜くすべが必要だ。それが手に入らない限り、おれたちは常に終わることなく分裂の危機に苦しみ続けることになる。挑めば挑むほど、勢力《パワー》が崩壊の危機に瀕する。それが、シザースの恐ろしさだ」

12

サウスサイドにある脳外科病院を出て、駐車場に来た途端、バロットは違和感に襲われた。

愛車〈ミスター・スノウ〉の車体から信号が発信されているせいだった。

バロットは立ち止まって〈ミスター・スノウ〉の白く滑らかな車体を見つめながら、左耳のピアスにふれた。能力《ギフト》の制御装置であるはずのピアスが、どんどん機能を失っている気がした。

能力《ギフト》が成長しているからだ、と検診のたびドクターに言われるようになっていた。

今のピアスを外し、もっと強力なものに取り替えるかどうか、いずれ判断を下すことになると。自分の能力《ギフト》がどうなっているかということより、今ゆいいつ所持しているメイド・バイ・ウフコックの品を外すという考えに、バロットは強い抵抗を覚えていた。そのためなるべく能力《ギフト》を発揮しないよう気をつけているのだが、それはもはや本能のレベルでバロットという生命の一部を成していた。

その能力《ギフト》による鋭敏な感覚が今、ゆゆしき事態を告げていた。バロットがこよなく愛着を抱く大事な車の底面に、どこかの誰かが、磁石式のトランスポンダーを仕掛けたのだ。

対象の位置情報を把握するための、ネット通販でも買える品だ。問題は、この都市ではけっこうな数の人間が使用しているということだった。警察、探偵、保釈保証業者、保険会社、ギャング、子どもの夜遊びが心配な親、恋人の浮気を疑う男女。

真っ先に思い浮かんだのはミラーことダーウィン・ミラートープの、ふてぶてしい顔だ。ほうぼうで追跡装置を仕掛けて回っているという話を、今しがた、ミラーから聞かされたばかりだったからだ。

「ハンターの身上調査で浮かんだやつらを追ってるんだ。おおかたが死人だが、まだ生きている当時の憲兵連中はすっかり洗った。誰も今のハンターとはつながらなかった。結局つながるのはオクトーバー一族か、その下で働いていたビル・シールズ博士だけだな。で、そのビル・シールズ博士が生み出した技術が、今回こいつにも使われたってわけだ」

そう言ってミラーは皮肉な笑みを相棒へ向けた。

レザーことウォーレン・レザードレイクは延命装置をつけられて眠り続けていた。顔はすっかりやつれ、頭部には真新しい包帯が巻かれている。つい先日、覚醒のための脳手術が行われたばかりなのだ。

イースターとエイプリルも手術に参加した。エンハンスメント技術を併用するためだ。手術そのものは成功したとドクターから聞いて、バロットもレザーの見舞いに来ていた。もう一人、レザー同様昏睡中のラファエル・ネイルズにも同様の手術を行ったとも聞いていた。だがどちらもすぐには覚醒の兆候はあらわれなかった。

「奇妙な話だが、こうして眠りこけている相棒を見るたびに、ハンターのことを考えちまうんだ。ビル・シールズ博士は人間の脳を研究して、おれにはよくわからん技術をどっさり生み出した。おれにわかるのは、ハンターは目覚めたっていい、、、、ことだ。頭に銃弾を食らって何年も眠り続けたあと目を覚ました。だったらおれの相棒だってそうなるはずなんだ」

事実関係から導かれる推論。だがそうなるかどうかはバロットにもわからなかった。

そうなってほしい、と正直な気持ちをミラーに告げて病室を出た。

バロットは、ついそのミラーを真っ先に疑ったが、すぐさま違うと断定した。

オフィスにいる〈ウィスパー〉に問いかければ、バロットの車に搭載されたGPS装置から瞬時に居場所を特定してくれる。トランスポンダーを仕掛ける意味がまったくない。

バロットは、しばし愛車のそばで佇み、さあ、どうしよう？　と自問した。

追跡者がこちらを監視している感覚はなかったが可能性はゼロではない。バロットが車に乗らず車体を調べ始めるのを見たら、追跡がばれたと考えて逃げるだろう。

バロットは車に乗り込み、携帯電話を取り出してメッセージを確認するふりをした。

ともかく今の状況をオフィスに報《しら》せるべきだが、そうするとイースターがバロットの安全を優先して処理しそうだった。たとえばバロットの保護をクレア刑事に頼み、オフィスの誰かに〈ミスター・スノウ〉に仕掛けられた品を調べさせるとか。

しかしこの手の品を逆探知しても、相手が装置を捨ててしまえばそれまでだ。

もしこれがただのストーカー行為ではなく、ハンター側のリアクションだとしたら？　ハンターが自分に注目したことで、結果的にオフィスのプラン通りウフコック救出のきっかけになるとしたら？　そんなチャンスをふいにしてしまうわけにはいかなかった。

バロットはそもそもの予定を考えた。ハイスクールまでアビーを迎えに行く。そのあとハイスクールで必要なアビーのあれこれを買う。家に戻ってベル・ウィングと三人で夕食の準備をし、食事のあとはアビーの勉強を見てやりながら自分はカレッジのレポートを片づける。

いい。よし。そうしよう。

ただし、バックアップを万全にしたうえでだ。自分の身を守るためではなく、決して相手を逃さないために。

バロットは手にしていた携帯電話で、立て続けに三人にコールした。

イースターは会議中で出られなかった。これ幸いとミラーにかけたところ、すぐつながったし、問題なくバロットの頼みを聞き入れてくれた。最後にストーンにかけた。こちらも駆けつけてくれることになった。

さあ来い。

バロットは携帯電話をポケットに入れた。ピアスをしていても電子的干渉でそれを操作できるとわかっていた。

シートベルトを締め、車を出してサウスサイドのメイン・ストリートを進んだ。

平べったいワイド型のガソリン車が距離をあけて追ってきていた。ミラーの車だ。

川沿いの校舎に、十五分ほどで到着した。門の前の通りに車を停めて他の大勢の親たちとともに待った。

バロットはずっと周囲を警戒していたが、怪しい相手が近づいてくる様子はなかった。

数ブロック手前ではミラーが待機してくれていた。ストーンから連絡があり、バイクに乗ってすぐ近くの橋のそばにいるとのことだった。

チャイムが鳴り響いた。大勢の少年少女がどっと校舎から出てくるのが見えた。

バロットは外に出た途端、吸い込んだ空気に春めくものを感じて胸を衝《つ》かれた。

季節の変化を感じるたび、それだけ長くウフコックを助けられずにいることを痛感した。

静かに呼吸を整え、これからの行動を思案することで込み上げてくるものを抑えた。

さあ来い。

ウフコックにつながるものであれば、自分に向けられる銃口でも構わない。

しばらくしてアビーが校舎から現れた。派手派手しく挑発的なスタイルではなく、バロットが選んだおとなしめの服を着ていた。髪もスプレーでかちかちに固めようとするのをやめさせ、バロットが三つ編みにしてやったままだ。

家を出るときアビーは地味すぎるとぶつぶつ文句をこぼしたが、そう思うのは自信のなさの裏返しだとはっきり言ってやった。アビーは傷ついた顔をしたが、素直にバロットの言う通りにした。自信がついたら自分らしいスタイルにしていいかとアビーが訊くので、そのときの自分と相談して決めなさいと答えた。

それほど遠い将来のことではなさそうだった。アビーは数人の少年少女と一緒だった。ごくノーマルの生徒たちと。

アビーは両手でバッグを抱きしめるようにして多少の不安をあらわにしてはいるものの、はにかんだように彼らに受け答えしているのが見て取れた。

バロットはアビーが初めて登校する前の日のことを思い出した。

「フィッシュダグを持っていっていい？」

アビーはおずおずそう尋ねた。ナイフをどっさり持って学校に行きたいというのだ。

生徒の武器携行など、一発で退学になりかねない。当然、ノーと返すべきところだ。

しかしそれはアビーの能力《ギフト》そのもの、本人の一部といえるものだった。全部で八十八振りもある、柄《つか》が小さすぎて握ることもできない短剣の群。どこでそれほど大量に手に入れたのかと訊くと、もとはストーンの従兄のものだったらしい、とアビーは言った。

その従兄は、鈑金屋とバウンティ・ハンターを兼業していたそうだ。ストーンホーク一族の男は半分かた、そういう生き方を選ぶ。そしてその従兄は、賞金を得るたび短剣を自作し、奇妙なアートを作った。自宅の壁一面に大きな魚の骨の絵を描き、作ったナイフをフックで壁にかけていったのだ。一つずつ。

鱗の代わりにナイフで覆われた巨大な魚。それが何を意味するのか誰にもわからなかった。本当に壁の魚をナイフで埋め尽くす気だったのかどうかも。もしその気だったら、全部で数百振りになっていたらしい。

だが従兄はあるとき都市を出てどこかへ行ってしまった。ナイフは壁にかけっぱなしだった。バウンティ・ハンターを長く続けると、そうしたくなるときがあるのだ。逃げた犯罪者や仮釈放違反者を追うたび、彼らやその縁者たちとの間に奇妙な信頼関係が築かれていくせいで。

悪の道へ転落するまでの様々なストーリーを聞かされるうちに自分もその一部と化してゆく。犯罪者のなかには自分から捕まりに行くから賞金の一部を家族に分けてくれと言い出す者もいるらしい。そういうときは望み通りにしてやるものだとストーンが言ってた、とアビーはバロットに話した。違法ではないし、拒めば相手は金を得るすべを他に探し、たいていは新たに罪を重ねることになる。

そんなふうにするうち、いつしか相手を捕まえる寸前になって逃がしてやろうという思いが芽生えると予感したとき、バウンティ・ハンターは住み慣れた町を去って、誰も自分を知らない、別の地へ赴くのだ。

残された大量のナイフは、箱に詰められてストーンのガレージに置かれていた。それを見つけたアビーは、見知らぬ男のストーリーとともにナイフを欲しがり、ストーンが譲った。

アビーはそれをガレージの部屋の床に並べて一つの大きな魚の形にしたことで、能力《ギフト》の形がはっきりしたと言った。それまでは重たいものを軽くして振り回すのがそうだと思っていた。ストーンが特注の鉄パイプを振り回すように。

だがアビーの体内のワームは、そこで成長すべき方向を定めた。ヒマワリが太陽に向かって開花するように。自分を守る、空飛ぶ魚というイメージに向かって。

バロットはベル・ウィングとも相談し、熟慮の末に、フィッシュダグを一振りだけ所持することをアビーに許した。プラスチックシートで覆ってチェーンをつけ、バッグのアクセサリーにしてやったのだ。アビーが無事に初登校を果たした数日後には、それに川辺のボートハウスで売っている魚のシールが貼られていた。

残りのナイフは、全てアビーのコートの中だ。

そしてコートは今、〈ミスター・スノウ〉のトランクの中にあった。大量のナイフをトランクに入れて走り回る正当な言い訳《エクスキューズ》と一緒に。

アビーは〈イースターズ・オフィス〉が保護観察下に置く特殊証人で、〝フィッシュダグ〟は正常な生活を送るための自衛手段だ。問われるのは正当性よりも武器の安全性で、幸いアビーのフィッシュには汎用性がなかった。彼女以外の人間は、つまんで投げるしかないということだ。たとえ盗まれても、アビーの能力《ギフト》の感知力でかなりの距離を追跡できる。

さらに幸運なことに、アビーには前科がなかった。

瀕死の重傷を負った時期に麻薬を売買していた件では、法務局と児童保護局および検察局の共通の判断によって起訴は見送られた。

麻薬ディーラーがストリート・チルドレンを売人として利用した事件とされたからだ。逆らえば虐待されていたことが明らかな場合、子どもが相手の言うことを聞いて犯罪に荷担したとしても自衛のためだったとみなされ罪に問うことは難しい。

オフィスが事件を証明した。アビーには誰から麻薬を仕入れていたか証言させ、スティールが裏づけを取ってミラーとともにディーラーを逮捕して警察に引き渡した。

そのディーラーは他にも路上暮らしの人間を使って麻薬を売っていた。使われていた人々がディーラーの暴虐を証言した。ライムとストーンも裏づけを取ることに協力した。

ディーラーは実のところアビーの存在をろくに覚えておらず、ストリート・チルドレンの束ね役は別の子どもだった。アビーは末端の末端に過ぎず検察局は彼女を無視した。

アビーは保護監察下に置かれ、その管理は全面的に〈イースターズ・オフィス〉が担った。事件の補償としてアビーには当面の生活費が与えられ、バロットが一緒に銀行に行って彼女の口座を作ってやり、毎月引き出す額と目標の貯金額を話し合って決めた。

そうしたことを思い出しながら、バロットはアビーを車に乗せるべきだろうかと考えていた。

アビーが友人たちと手を振り合って別れた。通りに出てバロットを探すときも不安な様子はなかった。肩をすぼめて相手が本当にいるかどうか確かめるのではなく、必ずいるはずの相手を探していた。

バロットは手を上げて見つけやすいようにしてやりながらアビーとともに行動すべきだと心に決めた。アビーが望むなら。いや、きっと望むだろう。バロットが心からこうすべきだと信じる行いから外せばかえってアビーを傷つけることになる。自分がオフィスの人々から何もするなと言われるときのように。

アビーがすぐにこちらの姿をみとめて満面の笑みで駆け寄ってきた。バロットも自然と顔がほころぶのを覚えた。

「ルーン姉さん!」

《ハイ、アビー。今日はどうだった? 良い一日だった?》

「ばっちり!」

他にどんな答えがあるのかというように浮かれた様子でアビーが後部座席に乗り込んだ。

バロットは運転席に座ってアビーを振り返った。

《宿題のほうは?》

「どっさり」

途端にアビーが顔を曇らせて膝の上のバッグを叩いた。シートに放り出さずそれをしっかり抱きかかえていた。

「他の子たちよりずっと多いんだよ」

《遅れを取り戻すため。一ページずつやればいいの。そうすればいつか必ず片付く》

「お皿に載ったクッキーみたいに！　でしょ？」

どんなもんだというようなアビーの顔を見ていると、バロット自身同様の気分にさせられるのが不思議でもあり心地よくもあった。

《そう。頑張ったら春のバケーションにつれていってあげる》

するとまたアビーが不安から首をすくめた。ころころと変わる表情のどれもバロットにはすっかりお馴染みのものになりつつあった。お互いどう接すればいいかわからなくて困るということが日に日になくなっていた。

「だって、ルーン姉さんの……友達と一緒なんでしょ」

《あなたのこと話したらみんな会いたいって》

「本当に？」

《もちろん本当。あなたも一緒に楽しみたい？》

「うん。もちろんイエス」

《オーケイ。じゃ一ページずつ頑張りましょう》
アビーが弾けるような笑顔を見せた。
「うん。オーケイ。帰ったらすぐにやっちゃおうかな。あ……今日はお買い物だっけ」
《ちょっとやることができたの。お買い物は明日。いい？》
「うん。何するの？」
《誰かが私を追いかけてるみたいだから、調べる》
アビーがきょとんとした。
バロットはトランスポンダーのことを話した。アビーの目が別の輝きをやどし、たちまち好戦的な顔になった。学校の友達にそんな顔をしては駄目よと思わず言いそうになりながら、これからの行動を説明した。
アビーは黙って聞いていた。いいかと念を押したときも、いいと短い言葉で即答した。
《駅まで送っていくから、そこで降りて家で待っててもいいの》
「わかってるよ。あたしがどうしても必要ってわけじゃないこと。だってルーン姉さん、実はあのオフィスで一番強いんでしょ？」
バロットは困惑の笑みを浮かべて大きくかぶりを振ってみせた。
検診でエイプリルがアビーに余計なことを言ったのだ。エンハンスメントと識閾検査について説明する際に。バロットほど能力《ギフト》が適合したエンハンサーはいないといったことを。

それでアビーの中で妙な解釈が生まれてしまったのだ。
《ううん、そうじゃない。さ、シートベルトをして》
アビーはそうした。上官に命じられた兵士さながらの従順さときびきびした動作で。それから真剣な顔で言った。
「ルーン姉さん、ありがとう。あたしを置いてけぼりにしないでくれて」
バロットは微笑み返した。温かなものが車内に満ちている気がした。この温かさの中にウフコックを招きたかった。心から。
《私こそありがとう、アビー》
それから前を向いてシートベルトを締め、〈ミスター・スノウ〉を走らせた。

13

その日、ミッドタウンにある大型ホテルのカンファレンス・ルームに集合したのは、イースター、ライム、クレア刑事、アダム・ネイルズ、レイ・ヒューズと、初めてその部屋に立つ男だった。

「連邦検察局の特任捜査官、マルコム・アクセルロッドだ」

自信と権威をみなぎらせて名乗る男の要望で、全員が集められたといってよかった。

イースターをはじめとする面々は、きわめて一方的に、その男から通告されるためにその場にいたようなものだった。

「今は亡き警察本部長ミスター・アックスが指揮したつわものたちにお目にかかれて嬉しく思う。これからはおれの部下が、そちらのミスター・ネイルズとカジノ協会の証人たちを保護する。それが何を意味するかといえば、おれがカジノ協会に関する全ての捜査の指揮権を握ることになったということだ」

その挑戦的な態度を、イースターがにこやかに受け流して言った。

「何もかも承知していますよ、アクセルロッド捜査官。我々は全面的に協力することをお約束します。何に協力すればいいかも、お話しいただけるものと思っています」

「マルコムでいい。堅苦しいのはなしでいこう。ミスターもつけてほしくない。これから君たちに望む返答は、イエス、マルコム、これだけだからだ」

「イエス、マルコム。用件をうかがいましょう」

「君はノリがいいな、イースター所長。そう、その調子だ。さしあたって君たちは、ミスター・アックスが無念の死を遂げた作戦に関する全情報を速やかにおれのチームに渡せ。そしてそのあとは、おれの指示を待ち、おれが作戦を行うと告げたときは、いつでも参加できるようにしておけ」

「作戦？」

「そうだ」

「証人保護とカジノの捜査だけでなく？」

「君はミスター・アックスの遺志を継ごうとは思っていない様子だな、イースター所長」

「まさか。そんなことはありませんよ」

「おれは君たちが立てた作戦を参考にするつもりだ。作戦の成果はともかく、君たちがやろうとしたことは高く評価している。本心から言ってるんだ。火種を消すには、ときとしてそれを燃え上がらせることが最良の方法だとおれは知っている。君たちは限られた人員と権限でもって、それをしてのけようとした。君たちの働きは、都市につきものの邪悪を一掃する波濤《はとう》となるはずだった。おれはなぜ君たちが敗れたかを分析する。徹底的にだ。そしてこのおれが君たちに第二波のチャンスを用意してやる」

「連邦検察局からの増援があると思っていいと？」

「場合によるな」

「場合による？　数十人規模の違法エンハンサーが存在していることはご存じですか？」

「もちろんだ。おおまかなことは、こちらのミスター・ネイルズからの情報提供で知っている。それにしてもこの都市の判事はネイルズが嫌いらしいな。クォーツとかいう野蛮人どもとの争いでは君らの正当性が疑われたせいでずいぶん手間取ったぞ」

アダムがサングラスを外さず固い表情でうなずいた。

「感謝してますよ、捜査官。〈円卓〉に判事がいるせいで――」

「マルコムだ」

「イエス、マルコム。判事を説得してくれて感謝してます」

マルコムがにやりと周囲を見渡した。

「なんにせよ戦いはこれからだ。覚えておいてくれ。おれは君たちが犠牲を恐れず戦ったことを最高に評価している。これからは、おれが君たちに戦い続けるチャンスを与える。そのときを待て、同志たちよ。つまり、そういうことだ。いいな？」

誰も即答しなかった。マルコムが笑みを消して一人ずつ見回した。

「いいな？」

「イエス、マルコム」

全員がさっさと目の前の男を追い払いたい一心で機械的に返事をした。

「よし。あとは君たちで、そのコーヒーをするなりして結束を強め、迅速におれのチームが必要とするものを渡す手配をするんだ。では近いうちにまた会おう。アダム、この場のセッティング、ご苦労だった」

「イエス、マルコム」

マルコムが満足そうに出て行ったあとは、どんよりとした空気が残された。

イースターが疲れきった顔から電子眼鏡《テク・グラス》を外して眉間を揉んだ。

「これはまた……すごいのが来たもんだ」

ライムが肩をすくめてだらしなく座った。

「あの男に任せたらストリートが地獄絵図になりそうだな」

クレア刑事が深々と溜息をつき、じろりとアダムを見やった。

「第二波のチャンスですって？　カジノ協会はいったい何を連邦に訴えたの？」

アダムのほうはイースターとは逆に、珍しくサングラスを外さず顔をテーブルに向けたまま固い声で言った。

「証人の保護と、不正行為の告発さ、ミズ・クレア。あんなババを引くと誰が思う？」

「もちろん思わなかったわ。私たちに自分の兵隊になれと言ってるのよ、あの男」

「そこんとこはおれも理解できてるよ、ミズ・クレア」

「私の立場を守ってくれてありがとう。これで誰も私のポジションを引き継ぐことはないわ。ずっと辞表か左遷かで悩んできたけど、これからは辞表か殉職かで悩むことになりそうよ」

誰もクレア刑事を咎めず、アダムも応じなかった。皮肉を言いたいだけ言わせてやることしかできなかった。

「オーケイ、なんであれ状況が悪くなることはわかった。ある日突然そうなるよりいくぶんかはマシだろう」

イースターが眼鏡を戻して言った。誰も気を取り直すことはできないかに見えたが、レイ・ヒューズだけは違った。

「こうして悪運に恵まれることもある。カジノ協会の苦渋の決断がさらに苦悶のときを招きそうだが、それはあの男が暴走する気まんまんだからで、幸い、ここにいるメンバーの目的とは矛盾していない」

イースターもややあって同意した。

「あなたの言う通りだ、レイ・ヒューズ。あの男が状況を理解しているとは言い難いけど、それも時間が解決してくれるかもしれない」

「保守派のシルバーやモーモント議員がいれば、あの男の態度も少しは変わるだろう。二人とも出てこられないのか？」

「シルバーは郊外の別荘に閉じ籠もって返事をよこさないし、モーモントは今も長期療養中でね。僕らのバックについてくれる有力者を他に探すよ」

「ネヴィル検事補は？」

「勝算のある事件なら食いつくけど、この状況を見れば一目散に逃げたがるだろうね。まあマルコム捜査官の言葉を信じれば、ネヴィル検事補も遅かれ早かれ巻き込まれるだろうから、うまく味方につけるよ」

レイ・ヒューズがイースターを元気づけるように目尻に皺を寄せてうなずいたところへ、だしぬけにライムが口を挟んだ。

「〈楽園〉の協力を得られるかもしれないという件は言わないのか？」

「まだ決まったわけじゃないよ、ライム」

「〈楽園〉なら〝能力殺し《ギフト・キラー》〟を発明できるだろう。この都市の警察が最も欲しがっているものだ。そしておれたちの切り札にもなるものだ。警察本部はずいぶん乗り気だし……」

「〈楽園〉は連邦の管轄だ。都市の法案に基づいた決定なんて、連邦法を持ち出されたら塵みたいに吹き飛ぶ。あのミスター・イエス・マルコムに何もかものっとられるぞ」

「おれに諦めろと言ってるわけじゃないよな？」

「君と僕で、注意深くやるってことだ。連邦の干渉を受けたがために昔のなかまがばたばた死んだ経験から物を言わせてもらえば、このうえなく注意深くやらなくちゃいけないんだ、ライム」

「オーライ、信じよう」

ライムがあっさり言った。イースターに釘を刺すことが目的だったという顔だ。

するとレイ・ヒューズがまたもやおもむろに口を開いた。

「切り札というほどじゃないが、おれも黙っていたことがある。あの捜査官がたわけたことをわめいているときに、わざわざ喋ることでもないと思ってね」

「何か新しい情報が入ったのかい？」

イースターが訊いた。

「そういうことになるかもしれない。ベンヴェリオ・クォーツが、おれがいつもいるプレストン・ストリートの甥の店に突然現れてね」

途端にアダムが声を荒らげた。

「あのクソじじい、あんたのいるストリートでやらかしたってのか？」

「いいや、アダム。あの老人はおれと話をしに来ただけだ。半分は自慢話で要領を得なかったが、どうやらハンターとの仲裁をおれに頼みたいらしい」

誰もが、その言葉の意味を理解しようとしてひどく難しい顔になっていた。

アダムが首を傾げながらぼんやりした調子で言った。

「そりゃ……なんていうんだ？　おれたちとの仲裁を頼もうとして間違えたって感じだ」

「おれも、彼がついにもうろくしたかと疑ったがね。だがよく考えれば、なるほどと思うこともある。というのもこの頃、シザース狩りという言葉が、あちこちのストリートでささやかれているじゃないか？　〈クインテット〉がまた戦争を始めるという噂と一緒に。おれは、ハンターがわざとその噂を流しているんだとみているがね」

イースターが極彩色の髪に手を突っ込んで頭をかいた。

「オフィスのメンバーも同意見だよ。ハンターがついに市長派と抗争を始めるらしい。それとクォーツとどう関係があるっていうんだい？」

「クォーツではないんだ、イースター所長。ベンヴェリオとハンター、二人の仲裁らしい。これが何を意味するかわかるか？　組織とかファミリーの問題ではないということだ。ベンヴェリオ個人が何か問題を抱えた。それでいろいろと考えたんだが……もしかするとベンヴェリオは、ハンターからシザースだと疑われているのではないか、というのがおれの推測だ」

イースターが手を下ろしてレイ・ヒューズをまじまじと見つめた。みなが同様の眼差しをこの名ロードキーパーに向けていた。

そのとき電子眼鏡《テク・グラス》のレンズで小さな光が明滅し、オフィスからの緊急通信を示すコールサインがイースターの視界に入り込んできた。

「……ちょっと失礼」

イースターが眼鏡の弦《つる》を指で撫でてチャンネルを開いた。相手はエイプリルだった。周囲の人々には通信内容は聞こえなかったが、たちまちイースターが顔を強ばらせて腰を浮かせたことから、何かよからぬことが起こったことは明白だった。

イースターは通信を切らずに眼鏡のレンズが表示する情報に目を向けながら、みなへ告げた。

「バロットとアビゲイルが襲われた。相手はクォーツ一族のヒットマンらしい」

14

重要なのは目的だ。バロットはその点を様々な角度から考え、結論づけていた。

トランスポンダーを使う理由は、この車の位置をリアルタイムで特定したいということにつきる。ではそれは何のためか？

たとえば保釈保証業者は、仮釈放中の人間が逃げたり、定められた通り行動せず仮釈放違反を犯すことを防ぐためにトランスポンダーを使う。仮釈放中の人間が乗る車が酒場の前で停まろうものなら、ただちに首根っこをつかみに駆けつける。

浮気調査中の探偵も似たようなものだ。日々の監視。行き先と滞在時間の特定。どこで誰と会っているかを調べるためにそれを使う。

警備会社は商品や代金を奪われた場合の備えとして使い、ギャングも同様の保険をかける。心配性の両親が子どもに持たせることもある。

ではこの自分に対しては何のためにそうするのか？

自宅とカレッジとハイスクールを行き来し、決まった日にオフィスに行き、特定の地域でしか買い物をしない。トランスポンダーを調査に使ったところでそんな単純な行動パターンしか得るものはないはずだ。

　そもそも〈イースターズ・オフィス〉に出入りする人間の車に仕掛けるなど、発見してくれと言っているようなものではないか？

　オフィスに車を入れた瞬間、防犯システムが不審な信号を検知する。〈ウィスパー〉も〈トレイン〉も見逃しはしない。まさか〈イースターズ・オフィス〉が最新テクノロジーを武器とする法執行機関の一種であることを知らないわけではないだろう。

　筋が通る可能性は、脅迫か襲撃の二つだけだ。

　前者の場合、仕掛けたものを見つけさせてこちらを不安にさせる。

　後者の場合、仕掛けてのち発見されるまでの短時間のうちに襲撃する。

　バロットが前提としているのは後者だった。

　襲撃。現金輸送車を襲って金を奪う。犯行現場を特定して現行犯逮捕する。抗争相手を効率よく殺す。レンタカーなどで旅行中の女性を襲いたがる人間も同様の手段を用いる。

　トランスポンダーは位置だけでなくターゲットとタイミングを間違えないためのものだ。よく似た車を誤って銃撃し、無関係な人間を殺してしまう愚かなギャングもいるのだから。

　普段の生活圏から遠ざかるとともにバロットは推測が正しかったことを確信した。

　ミラーやストーンから何の連絡もないうちから追ってくる車をはっきり感覚したのだ。

　渋滞に紛れ込んでバックミラー越しに相手の車種を視認したところ、ダークグリーンのガソリン車だった。車高のある四輪駆動車で、ウィンドウは全てギャング好みのマジックミラー式。一般車よりも高い位置から見下ろすことができるが、こちらから向こうの車内の様子をうかがうことは難しい。いざとなれば車体の重量を活かして体当たりすることもできる。

ヒットマンの仕事には最適な車輛。

渋滞を避けてウェストサイドへ向かった。ダークグリーンの車も追ってきた。小綺麗なサウスサイドを出て、わざわざ重工業地帯が広がるスラムだらけの湾岸へ向かう車などほとんどいないというのに。

今必要なのは無人の通りだ。副次的被害《コラテラル・ダメージ》は絶対に防がねばならない。流れ弾で無関係の死傷者を出すなど許されないことだし、車の暴走も避けるべきだった。もちろんグランマからプレゼントされた愛《いと》しい〈ミスター・スノウ〉にも、ひっかき傷一つつける気はない。

「緑の大きな車、ずっとついてくるね」

アビーがドアにもたれて頭を低くしながら呟いた。リアウィンドウを覗いて相手に顔をさらすようなことはせずサイドミラー越しにダークグリーンの車を見つめている。ハイスクール帰りの少女が、装塡した銃を構える兵士のような顔つきになっていた。

《いい場所を見つけたら合図する。あなたのフィッシュダグを、言われたとおり使って》

「オーケイ、ルーン姉さん」

アビーが右手をバックシートに当てた。シートの向こう側——トランクに入れてあるナイフの群を、いつでも操れるように。

バロットはナビに干渉して最適な場所を割り出した。続けて携帯電話に干渉し、その正確な位置データをミラーとストーンの携帯電話にそれぞれ送信した。

手はハンドルとギアを握ったまま、車をシー・ストリートへ走らせた。彼方に海へ突き出された槍のような突堤が見えた。その根元付近に、探し出した場所があるのが見えた。

道路の陸地側はコンクリートの壁で、その上にもう一つ道路があった。

海側には車が数台ほど停まれる砂利敷きのスペースがあり、ガードレールが設置されていて、その向こうはお世辞にも見晴らしがいいとはいえない生え放題の木と藪の壁だ。たとえ無人でも開けすぎた土地はよくなかった。誰かが銃を撃ったとき弾丸がどこまで飛んでいくかわからないからだ。適度に閉じた環境。そして実際にそこへ向かってみると、素晴らしいくらい周囲に誰もいないことがわかった。

携帯電話にコールがあった。バロットは電子的干渉でスピーカーモードにした。

《ベイビーたち、ダディ・ザ・ミラーがストーンの坊やと一緒にパーティ待ちだ》

《ありがとう。四分で着く》

「坊やだって」

アビーが真っ白い歯の隙間から、しししと笑い声を漏らした。無邪気といえるほどの闘争心をあらわにした顔で。

《私の言った通りにフィッシュを使うの。いい？》

バロットは念を押した。

「ばっちりわかってるってば」

アビーの愉快そうな声が応じた。

バロットは車のスピードを落として右のウィンカーを点滅させた。停車の意思を示すと後方のダークグリーンの車がスピードを上げるのが感覚された。

砂利敷きのスペースが近づき、バロットは〈ミスター・スノウ〉を右折させると、その鼻面を海側へ向けて停め、レバーを引いてトランクを開いた。

《アビー、やって》

バロットは言った。トランクからフィッシュダグが飛び出した。ナイフの群が。

ダークグリーンの車がぴたりと砂利敷きのスペースに横づけし、〈ミスター・スノウ〉が後退できないようにした。後部側のマジックミラー式の窓が下へスライドした。バロットはその窓の内側を一瞬で感覚した。

車内には三人の男がいた。運転席のドライバー。助手席でトランスポンダーの信号を追うナビゲーター。そして後部座席にはマシンガンを構えたヒットマンがおり、顔をさらさねばならないそいつだけ帽子をかぶりサングラスと防塵マスクをつけている。

入念で手慣れた仕事ぶり。だがヒットマンがマシンガンのセイフティを解除するよりも早く、空飛ぶナイフの一つがグリップを握るほうの手の甲を刺し貫いていた。

ナイフの尖端が手の平から突き出てグリップを弾き飛ばし、ヒットマンは痛みよりも驚きでもう一方の手もマシンガンから離してしまった。マシンガンが突如として自分に噛みついたとでも思ったのだろう。

マシンガンがシートの足元に落ちたときには他のフィッシュダグが腹を並べて鱗のようにぴったりと窓を覆っていた。フロントガラスと運転席側の窓を。

そして助手席側の窓が、いきなり砕け散り、前方の視界を遮られて呆気にとられるドライバーとナビゲーターの横顔に破片が叩きつけられた。

ストーンの一撃。待機していた陸側の壁の上にある道路から一瞬で駆け下り、鉄パイプで窓を叩き割ったのだ。

ついでミラーが跳び降りて道路でぽんとひと跳ねすると、両腕を二メートルほど伸ばして車内に突っ込んだ。サイドブレーキを引いて車を固定し、助手席側のロックを解除してドアを開いた。

ストーンが開かれたドアからナビゲーターを引きずり出し、うつ伏せにさせ、流れるような動作で後ろ手に手錠をはめた。入れ違いにミラーが車内へ飛び込んでおり、存分に手足を伸ばしてドライバーとヒットマンをさんざんに叩きのめした。

15

バロットがアビーとともに車から出たときには、三人の男たちは手錠をはめられ砂利の上に倒れ伏していた。

「ルーン」

ストーンが、車内にあったトランスポンダーの信号の受信機をバロットに渡し、アビーにうなずきかけた。よく働いたな、と労うように。アビーが嬉しげに笑った。

「ばっちり上首尾じゃないか？　お嬢さんがた？」

ミラーがにやりとし、微笑むアビーとハイタッチした。

バロットは三人の男のそばに屈み込んで尋ねた。

《私を殺す気でしたか？　それとも銃で車を壊して脅すだけ？》

男たちは砂利に顔の片側をつけたまま口を閉ざしている。

《ハンターが、私を襲えと命じたんですか？》

じっと黙っている男たちを見つめながらバロットはそうであってほしいと心から願った。

だがそうではなかった。

「君が引き金を引いたんだな。フラワー法律事務所で」

ライムが淡々と言った。ソファにだらしなく座って片方の脚を他方の膝に乗せてぶらぶらさせるライムを、バロットは捕まえた三人の男に劣らずむっつり口をつぐんで見つめ返した。

会合を開いている最中だったとかで、イースターとライムのほかにも、クレア刑事とレイ・ヒューズまで来ていた。当然、バロットが協力を頼んだミラーとストーンもいる。

しかも彼らが集まっているのはオフィスではなくバロットの自宅のリビングだった。

ベル・ウィングにも話を聞かせることでバロットの後悔と反省を促すというイースターのいつもの手口であることはわかっていたが、実際それは効果的だ。

ベル・ウィングはお茶のカップが並ぶダイニングテーブルの自分の席に座って静かに腕を組んで話を聞きつつ、ときおり隣に座るバロットの横顔に目を向けた。

バロットのさらに隣では、アビーが宿題のテキストを膝に置きながら心配そうに視線をあちらこちらへさまよわせている。ダイニングには他にレイ・ヒューズが佇んでおり、残りの面々はリビングのソファや椅子に腰掛けていた。

「フラワー法律事務所にでかい爆弾を落とす気だとイースターに伝えておくべきだった。そう思わないか？　さもなきゃビル・シールズ博士と話した後でおれに話すとか」

ライムが、黙ったままのバロットにではなく、みなの同意を求めるように言った。癪《しゃく》に障《さわ》るがこれまた効果的だ。

《ミスター・フラワーと面談できるかどうかわかりませんでしたから》

「そして面談したことをすっかり忘れてたって言うんだろうな」

《そんなことは言いません》

そこでクレアがバロットを庇うように割り込んだ。

「バロットの行動が引き金になったという事実はまだ確認されていないわ」

「ああ。確かにそうだ」

ライムが目をぐるりと回した。まったくそう思っていない様子だった。

「彼女は本当に引き金が引かれるまでやめないだろう。そのときここにいる人間全員がその後始末をさせられるし、つけを払うのはテーブルに座っている彼女の家族だ。三人の男とマシンガンじゃ足らないとなれば、次はどうなる？　爆弾が入った小包を開くはめになったら？」

それこそバロットの中で何かが爆発した。手の平を思い切りテーブルに叩きつけてチョーカーが許す限りの大声を放った。

《だったら早くウフコックを助けてください！》

ベル・ウィングが哀れみのこもった吐息をしてバロットの肩に手を置いた。アビーは驚いて膝のテキストを落としそうになりつつ、慌ててベル・ウィングと同じようにした。

《ウフコックはいつ助けられるんですか？　私はただ……ウフコックに会いたいだけです》

涙が溢れた。何百日もこぼさずに溜めていた涙だった。うつむいて両手で顔を覆った。声を失った喉からひゅうひゅうこぼれる虚ろな嗚咽を聞かれたくなくて。みな神妙な顔で目を伏せ、ベル・ウィングとアビーに寄り添われて泣くバロットが落ち着くのを待った。

これがライムの目的だとうすうすわかっていながら泣いてしまうことがバロットには悔しかった。バロットの行動の原因が感情的なものなら、それをあらわにさせて少しでも解消させる。そういう役回りを率先して担っているのだ。彼自身ではなくバロットとその家族のために。呆れるほど嫌われ役をいとわず合理的に振る舞う。まったく腹立たしい男だった。

イースターがライムの膝を叩いて、もう十分だと告げた。バロットが気持ちを落ち着ける時間を与えるため、ゆっくりとりまとめるようにして言った。

「犯歴データによれば三人ともコルチ族で、クォーツ家の命令に従ったと見て間違いない。ただし殺人の前科者はなし。押収された武器の弾は花火みたいなもので電撃弾よりずっと威力が低い。殺意はなく、脅す気だったんだ。問題は目的だけど、クォーツ家がバロットを襲う理由はないし雇われたんだろう」

ミラーが火をつけていない葉巻を指でくるくる回すのをやめて言った。

「その点はおれたちに任せてくれよ、お嬢さんがた」

だがふいにレイ・ヒューズが滑らかに動いて、バロットたちが囲むテーブルと、リビングに集まる者たちの間に立って言った。

「今しがた話されたことについて、私から一つご提案があります。お話しさせていただいてもよろしいでしょうか？」

みなが呆気にとられたことに、レイ・ヒューズはその場にいる者たちにではなく、ベル・ウィングに話しかけていた。

この意外な展開に、バロットも思わず涙で濡れた顔を上げた。そのバロットの肩を軽く叩いてからベル・ウィングが手を離してレイ・ヒューズと向き合った。

「さて、どんなご提案でも自由に話したらいいと思うよ。いつの間にかこの家はあんた方のカンファレンスになっちまったらしいからね」

「ありがとうございます。少なくとも私は話を終えたらすぐに退出するでしょう」

「のっぽのあんたを見上げたまま話を聞けってのかい？」

「これは失礼。テーブルに着かせていただいても？」

「そこに空いてる椅子があるよ」

レイ・ヒューズが胸に手を当てて一礼し、おもむろに席に着いた。

みな見当がつかずぽかんとしており、ライムすら上体を起こして何が起こっているのか見極めようとしていた。

「話を聞く前に、お名前をもう一度おうかがいしたいね」

ベル・ウィングだけが何やら慣れた様子で、相手の出鼻を挫《くじ》くように言った。

「レイ・ヒューズです。ミスター・ブルーの葬儀で一度お目にかかりました」

ベル・ウィングが腕を組んだまま、ちらりと笑みを覗かせた。覚えていないというようでもあり、実はしっかり記憶に刻んでいるというようでもあった。

「そうかい、ミスター・ヒューズ。あたしはベル・ウィングだ。それにしても、仕事で義務づけられてるってわけでもなさそうなのに懐に銃を入れた人間と向かい合って話すのは落ち着かないものだね」

「これはまたもや失礼。許可証を持っていますが、それでは納得していただけませんか？」

「だからといって正しく扱えるとは限らないものさ」

「信じられないでしょうが、私がストリートで教えてきたことがそれなんです。正しく銃を扱うということを長いこと若者たちに教えてきました。撃ちまくるのではなく、正しく扱うということを。手前味噌ですが、それで警察から感謝状をもらったこともあります」

ベル・ウィングがまた首を傾げてちらりと笑みを浮かべた。話の内容はともかくレイ・ヒューズがどこまで真剣かを試すような顔だ。

「落ち着かないというだけのことさ。話を始めておくれ」

「感謝しますベル・ウィング。私の考えは、こうです。ミズ・ルーンはもちろんのこと、あなたやミズ・ルーンの身近にいる人々の安全を守るために、少しばかり私が交通整理をやれるのではないかと思っています」

「交通整理？　あんたがどこかの道路に立って旗でも振るのかい？」

「そのようなものです。これも手前味噌ですが、私はもう三十年ほども、そういうことをしてきました。この都市のストリートを穏やかにするための努力を続けてきたんです。ストリートを行き交う人間が、銃の引き金に指をかけずに済むための努力を」

ベル・ウィングが組んでいた腕をほどき、面白そうにレイ・ヒューズの顔を眺めた。

「どうやらあんたは、あたしが思っていた以上に紳士な人間のようだね」

「あなたは私が見てきた女性たちのなかでもとびきりの淑女《レディ》ですよ」

「おやおや言葉までお上手だ」

まんざらでもない様子のベル・ウィングを見せつけられることになるとは思わず、バロットも気づけばすっかり落ち着いていた。ここで何が進行しているにせよ、もはや誰も、この往年のガンマンとスピナーの会話を止められなかった。

「それで、どんな提案を聞かせてくれるんだい？」

「ちょっとしたバケーションです、ベル・ウィング。家族での。ミズ・ルーンのご友人なども一緒だとさらに良いでしょう。そこで私が、なんと申しますか、いろいろと話をつけられたらと思っています」

「回りくどい言い方をしなくたって驚いて気を失ったりしないよ、ミスター・ヒューズ」

「レイ・ヒューズです。レイとお呼びください、ベル・ウィング」

「ベルでいいさ。それで、どこに行って、誰と話をつけるっていうんだい」

「リバーサイド・カジノのホテルです、ベル。そこであなたがたがバカンスを過ごす間、私はそこのボスであるベンヴェリオ・クォーツという男に会って話をします。その男が二度とあなたがたと関わらないよう私が交通整理をして差し上げます」

16

「かっっっわいいいいー！」

レイチェルはアビーをひと目見るなりそう叫び、以後、アビーが何かするたびに同じ言葉を連発した。ひとたびレイチェルが何かに感動すると、驚くほど長く持続するのだ。

アビーはそのつどレイチェルの称賛に戸惑い、

「そうかな、そんなじゃないし」

自分はそれに値しないのだというふうに謙虚に装おうとしながら髪を指に巻きつけたり

浮き浮きもじもじしたりして、はにかみつつ嬉しさを隠せずにいた。

アビーを可愛がるという点ではジニーもベッキーも競い合うようで、宿題を見てやったり、ハイスクールでの楽しい過ごし方を教えてやったりしていた。三人ともアビーを「バロットの新しい妹」と呼び、それが何よりアビーを喜ばせた。

ベル・ウィングについてはすでに敬意を表すべき女性だということが全員の共通見解となっている。そして実際あからさまなほど崇め奉らんばかりにベル・ウィングをもてなすレイ・ヒューズの存在には、バロットをはじめ全員が面食らった。

何より驚かされたのは、この二年間まったく見られなかったベル・ウィングの生き生きとした様子だ。レイ・ヒューズの甲斐甲斐しさには誰がどう見ても不退転の決意めいたものが見られ、ベル・ウィングはそれを心地よく感じているようだった。

「あんたはとにかく誰かの面倒を見ずにはおれない男のようだね、レイ」

「そうかもしれませんね。ただ私に限らず全ての男にとって、美しいレディへの配慮というのは、何にも代えがたい喜びですよ、ベル」

ベルは放射線治療でだいぶ髪が抜け落ち、ニット帽をつけっぱなしの頭を撫でた。

「こんな髪型でなければと心から願うけどね、レイ」

「あなたの美しさが変わるとは思えませんね。髪のほうが、あなたという宿主から引き離され、輝くすべを失ったことを悲しんでいるでしょう」

　これを聞いたバロットたちは気後れするほど歯が浮くセリフだと思ったし、かえって無礼なのではないかとも感じたが、ベル・ウィングのほうはちっともそんなふうに受け取っていなかった。むしろこんなにも面白いジョークは聞いたことがないというように額に手を当てて大笑いした。それでいてレイ・ヒューズの期待を裏切ってはいけないとばかりに背筋をしゃんと伸ばしてスピナー時代を思わせる気品を漂わせている。

「どうしたら、こんなざまの自分を笑い飛ばしてやれるかと考え続けていたよ。あんたが教えてくれたわけだ、レイ。感謝するよ」

「私には何の話だか。ただ思ったことを口にするしか芸のない男ですからね。あなたはそんな男をすげなくあしらうのがお上手だ。この素晴らしいホテルにいる間、しっかりと挫けないようにしますよ」

　そんなレイ・ヒューズのもてなしはベル・ウィングだけでなく、バロット一行にもちゃんと及んでいた。さすがに歯の浮く言葉を四六時中浴びせかけられるということはなかったが、リバーサイドの楽しい過ごし方を熟知したエスコート役として振る舞ってくれた。

　みなリバーサイドのホテルに来てからというもの、プールサイドで、川辺のビーチで、レストランで、そしてもちろんカジノで、ひたすら楽しく賑やかに過ごし続けた。

　カジノではベル・ウィングが勝たせてくれそうなテーブルを教えるものだから、みな夢中になってしまった。遊びに使うお金の計算ではバロット以上にお堅いベッキーですらチップが積まれる楽しみに目をみはっていた。

「カジノに来て儲かるなんて思ってもいなかったな。大損する場所だと思ってた。大人たちが夢中になる理由がわかっちゃうなんて」

《今のままのあなたでいて、ベッキー。お願いだから》

バロットは心からそう言ったが、ベッキーが決して冒険することなく、時間が来るや否や仲間たちがブーイングを上げるのも構わず、みなのチップを換金してお遊びを終えさせたことに大いに安心させられた。お遊びが本気に変わる境界線の手前できちんと足を止められるのがベッキーだった。

三日目にレイ・ヒューズの案内で川沿いのアクティビティ・ハウスに赴き、何組もの家族に混じってバーベキューとジェットスキーを楽しんだ。

「ベル、私は少し席を外します。ルーンたちが川遊びに飽きる前に戻りますよ」

「あたしはここで美しい川を眺めているさ、レイ。子どもたちがこんなふうに楽しんでいることが、いっそうここを美しくさせているからね。飽きることなんてないよ。今はとにかく、あんたが無事に何ごともなく戻ってきて、楽しいひとときの礼を言わせてほしいんだ。あんたならわかるだろう?」

「格好をつけるために無茶をしに行くわけではありませんよ、ベル。ただの交通整理です」

「酔っ払いが運転する車に撥《は》ねられることもある。そうだろう?」

「私が? まさか。酔っ払いのあしらいこそ私の得意とするところです」

「なんであれ、あんたを信じるさ、レイ。あとでゆっくり御礼を言わせてくれればいいんだ。今のあたしは、それ以上のことを望んじゃいないさ」

レイ・ヒューズは誓うようにそっとベル・ウィングの手の甲に自分の手をあて、すぐに離した。ベル・ウィングにレイ・ヒューズが触れたのはそれが初めてだった。

バロットはちょうど川から上がったところで、レイ・ヒューズが席を立って森のほうへ向かうのを感覚した。

《ちょっとごめんなさい》

慌てて仲間たちから離れ、自分たちの席に戻ってタオルでさっと体を拭うと水着の上からワイシャツとジーンズを身につけた。

「そんな格好でレイについて行く気かい?」

ベル・ウィングが、髪から滴《しずく》を垂らすバロットをたしなめるように言った。

《グランマ、私──》

「無茶はしない。話をしてくるだけ。たいていみんなそう言うんだよ。話をつけるって。あたしはレイがどんなふうにそうするのか知りたくないのさ。今の楽しい気分が台無しになるんじゃないかと思ってね」

ベル・ウィングがこんなに心細そうにしているのをバロットは初めて見た。可哀想になるというよりぎょっとしたし、そのあとすぐに愛しさを感じた。

《あの人は信用していい人よ、グランマ》

そう言ってベル・ウィングの頰にキスした。ベル・ウィングがバロットの肩に手を回し、それから注意を促すように背を叩いた。

「もし本当にそうなら、あんたもあの男から学ぶべきだね」

《うん》

ベル・ウィングの肩を軽く叩いて、さっときびすを返して森へ向かって小走りに進んだ。濡れたダイビングシューズが砂利で舗装された森の小径に足跡を残してゆき、シューズが乾いて足跡がつかなくなるあたりでレイ・ヒューズの横に追いついていた。

レイ・ヒューズがバロットを見て片眉を上げた。

「私が話す。君は黙っている。私の言葉に従う。いいか《クリア》?」

彼らしい言葉。視界は良好《クリア》か。安全の確認。ロードキーパーの合言葉。

《はい《クリア》》

バロットは言った。レイ・ヒューズについて歩き、やがてログハウス風のレストランに辿り着いていた。ドアには閉店中のボードがかけられていたが、二人は構わず中に入った。

ドアベルが鳴ったが誰も出てこない。かと思うと、カウンターのそばで数人の男たちが無言で立って待っていた。

レイ・ヒューズが彼らに目礼した。彼らもそうしながら怪訝そうにバロットを見ていた。

分厚い一枚板のテーブルが並ぶ無人のフロアを横切りガラス戸を開いてテラスへ出ると、そこに老人と男がいた。

老人はベンヴェリオ・クォーツだった。リバーサイドの事業を独占的に運営し、独自の居留地法に従って生きるコルチ族のトップとして恐れられている男だ。

矍鑠《かくしゃく》としているというより消えぬ憤怒をマグマのように心に溜めて、それを原動力にしているような凶暴な雰囲気を発散しながら椅子に座って森を眺めている。傍らのテーブルに置かれたグラスのストローが噛み跡だらけで、今にもグラスをつかんで森の木々へか、そばにいる誰かへかはわからないが、力一杯投げつけてしまいそうだった。

男のほうはやたらと図体がでかく滑らかな黒い肌をしており、大きな目に無邪気ともいえる好奇心をたたえて、やって来た二人を見ていた。こんな時限爆弾じみた人間のそばであってもリラックスしている様子がうかがえた。そのせいかバロットはよく似た男を連想した。フラワー法律事務所に行くたびに現れる09法案の法執行者であるミスター・コーンだ。

エリクソン。ファミリーネームは不明。バロットはすぐに頭の中のファイルから相手の情報を引っ張り出していた。ウフコックが作ったリストが、その男は〈クインテット〉のエンハンサーだとバロットに教えてくれた。

それまで明るいバケーションの場にいたのに、あっという間に別世界に入り込んでいた。ここはダークタウンとまったく同じ空気だった。スラムと同じ危険な緊張が消えることなくみなぎっていた。

「ここにいるんだ」

レイ・ヒューズがバロットに言って、ベンヴェリオへ歩み寄った。バロットは言われたとおりその場に立ったまま、ことの次第を見守った。

レイ・ヒューズは葉巻をポケットから取り出すと、それをベンヴェリオのグラスの横に置いた。ベンヴェリオがしげしげと葉巻を見つめた。おそらくレイ・ヒューズとベンヴェリオにとって良い想い出を象徴する品なのだろう。ベンヴェリオのどぎつい表情が驚くほど和らぎ、席を立って両手を広げた。

レイ・ヒューズも同様にし、互いに抱き合い、背を叩き合った。

「おお、レイ。我が友よ」

「ベンヴェリオ。葉巻の好みは変わっていないな?」

「変わる日がくるとは思えんな」

二人が身を離し、並んで座った。ベンヴェリオがポケットナイフで葉巻の一端を切ってくわえ、ライターを取り出した。レイ・ヒューズがそのライターを取り、火をつけてやってから、また返した。

ベンヴェリオが森へ向かって濛々《もうもう》と煙を吐いた。あれほど爆発寸前だった老人が、ほんの僅かの間に安心し、寛いでいた。レイ・ヒューズと挨拶を交わしただけで。

「ビジネスは順調か？」

レイ・ヒューズがおもむろに尋ねた。

「順調だ。おかしなことを言う連中がいるということを除けばな。元〈スポーツマン〉の銃狂いどもが意味のわからん噂を広めたうえにわしを狩るなどと言っとるんだ。信じられるか？」

「なぜ元〈スポーツマン〉だとわかる？　あいつらは抗争で姿を消した」

「今は森の外れに車とトラックを並べて何かの集会だと言い張って居座っとるぞ。道化た黒い頭巾を全員がかぶってな。居留地の保安官とうちの者に追い払わせようとしたが、こっちの敷地に入って来ない限り何もできんと言うんだ。信じられん話だろうが？」

「そんな場面に出くわした家族連れは引き返してしまうだろう。大事なホテル・ビジネスの邪魔になる」

「そうだ。ああいう連中は力づくで追い払うしかないと思わないか？」

「どこもかしこも血の雨だ」

レイ・ヒューズが言った。ベンヴェリオが嬉しげに肩を揺すって、葉巻を持たないほうの手でレイ・ヒューズの肩を叩いた。

「そうだ。血の雨が降るだろう。それが長いことここの流儀だった。ここを守るためだ。お前をそのために呼んだわけじゃないが、お前がそうするしかないと言ってくれるなら、わしはもう迷わん」

レイ・ヒューズがベンヴェリオの膝を叩き返した。励ますように。バロットと同じくらい、エリクソンもレイ・ヒューズに注目していた。時限爆弾を解除する人間が現れたのか、それともそのタイマーをゼロにしに来たのか、みはからっているのだ。

「傘をさす男がいるうちは賛成しない」

レイ・ヒューズが言った。

「そいつも血の飛沫を浴びるだろうよ」

「いいや、ベンヴェリオ。そいつはあんたの血を搾り取って、あんたにかけるだろう」

「元〈スポーツマン〉の話なら、わしが逆にそうしてやるつもりだ」

「問題は彼らじゃない。カジノ協会が連邦に訴え出て捜査を要請したんだぞ。どんな男がこの都市に来たと思う？」

「会ったのか？」

「マルコム・アクセルロッド。〝イエス、マルコム〟という言葉以外は口にするなと言われたよ」

ベンヴェリオの顔に凶暴な表情が戻ったが、それは自分のためというより目の前にいる男が侮辱されたことへの怒りだった。

「そいつも追い払わねばならんな」

「いいや、あんたとネイルズの争いがその男を呼んだんだ。そいつはどんな雨が降ろうとも自分だけ傘をさす。レインコートを着て長靴を履いて血をまき散らす。おれの言葉を信じてもらわなきゃいけない、ベンヴェリオ。そいつはあんたが願う何倍も、この都市を血で染めたがっている。そういう男だ」

「他人の庭でか？　そいつは家族を都市の誰かに殺されたのか？」

「違うだろうな。そいつは心の底からそういうことを楽しんでるんだ」

「いかれ野郎だ。血に狂った犬だ」

「そうだ。元〈スポーツマン〉のほうはおれに任せろ。あんたはその連邦捜査官を近づけるな。ネイルズとの争いをやめ、ビジネスを守ることだけを考えろ」

「ネイルズのせいで、わしらはカジノ協会に入れない」

「連邦の捜査はカジノ協会をずたずたにするぞ。連邦は最初からその機会を窺っていたんじゃないか？　この都市が上げる利益は、誰だってほしがる。あらゆる場所から人が集まるんだからな。連邦だってカジノ協会を自分たちのものにしたがる。カジノの運営許可を認めるための組織を都市の外に作り、そこへ金が流れ出すように仕向けるだろう。都市にいる人々がもらうはずの金が、連邦のものになる」

ベンヴェリオが頭上へ煙を吹いた。体の中の怒りを吐き出すためだと知れた。

「よそ者が……いつでも人の庭に実ったものをほしがる。わしはずっと守ってきた。長老たちが守ったように。ここを守ってきた」

「息子に任せろ。カジノ協会が示す条件を全て受け入れろ」

「わしのビジネスに口を出すのか？」

「あの輝かしいカジノが、昔の闇カジノに逆戻りするところは見たくない。今日おれは美しい川辺を、美しい人と一緒に眺めた。子どもたちが何の不安もなく遊んでいた。あんたが守り通したおかげじゃないか？　血で濡れるのは、おれたちだけでいい。あの川辺で遊ぶ子どもたちには、飛沫の一滴も浴びせちゃいけない。そう思わないか？」

レイ・ヒューズが心情のこもった調子で言った。どこまでがレイ・ヒューズの本心かバロットにはわからなかった。バロットの常識では、いまどき闇カジノに逆戻りさせるほうがよっぽど難しいことのように思えた。

「わしとて、まったく無駄な血の雨を降らしたくはない。狂った犬どもにのせられて、そうすることに意味はないからな。だが連邦の犬を呼んだのはネイルズだ。そのつけは誰が払う？」

「言いたくはないが、そこまでネイルズを追い詰めたのは、あんただ。しかも始末の悪いことに、あんたはまだ、あっちがロック・ネイルズの時代のままだと思っている。今のネイルズをよく見ろ、ベンヴェリオ。ただの堅気の集まりだ。祖父がギャングだったことも、おれたちの流儀のことも何も知らん。そんな彼らに昔のやり方を見せつけたものだから、彼らは恐ろしさのあまり、はるかに厄介で恐ろしい相手を頼ったんだ」

レイ・ヒューズは咎めているようでいて、明らかにベンヴェリオの肩を持ち、そのプライドをしっかり守ってやっていた。証拠に、ベンヴェリオの顔には笑みが浮かんでいる。

「わしを恐竜扱いか？　わしに隠居しろとでも言いに来たのか？」

「いいや。お互い望んでも得られないものもあるとわかっているからな。この都市のトラブルが尽きることはない。だが防空壕を作っておいたほうがいい。ハンターという男とのビジネスだが――」

「今こうなっているのは、その男のせいでもある」

「何しろ市長と戦争をする気だからな。爆弾の雨を避けられるようにしておくんだ」

「わしが市長の手下で、しかもシザーだかシーザーだかいうエンハンサーだなどと馬鹿げたことを言いふらす連中さえいなくなればの話だ」

「そっちはおれが話をつける。あんたとおれはクリアだな？」

「お前とはクリアだ。だが森に誰が陣取ってるかは知らんだろう」

「聞いている。マクスウェル・ウィーバーだ。なおさらおれも行かねばならん」

「やつはお前に撃ち落とされた腕の怨みを忘れはせんぞ」

「忘れてくれとは思っていない。一つ訊きたいが、いつエンハンサーになったんだ？」

ベンヴェリオがレイ・ヒューズを見つめ、激しく噴き出した。老人の第一印象からは考えられないほど屈託なく、げらげらと大声で笑った。

「お前が甥のために金を出してプレストンに店を作らせた頃だ、レイ。わしが花を贈ったときに気づくべきだったな」

「実をいうと、そうじゃないかと思っていたんだ」

ベンヴェリオがまたけたたましく笑った。猛獣みたいだった。だが今や、十分に腹を満たして安心を覚えた猛獣だ。血に飢えた目つきではなくなっていることが、バロットだけでなくエリクソンにもわかったのだろう。エリクソンが深々と吐息して椅子の背もたれに身を預ける様子をバロットは感心して見ていた。レイ・ヒューズは、ベンヴェリオだけでなく周囲の人間にも同様の安心を覚えさせたのだ。

レイ・ヒューズが立ち上がり、座ったままのベンヴェリオと握手を交わした。

具体的に何がどう決まったのか、バロットにはわからなかった。詳細な契約書が作成されたわけではないのだ。曖昧と言えばこのうえなく曖昧だが、互いに遵守すべき言葉なき協定が結ばれたのは確かなようだった。

レイ・ヒューズがまだ手を握ったまま、ついでにというようにもう一方の手でバロットを示して言った。

「それともう一つ。彼女はネイルズでもなければ、どんな戦争にも関係していない。彼女の親族も友人たちもだ。いいな？」

ベンヴェリオが手を離してバロットを見た。今初めて存在に気づいた様子だった。

「誰だ？」

「おれが気にかけている人の娘だ。クォーツの脅かし屋が、マシンガンに花火を入れて彼女の車を追いかけた」

「鶏小屋《チキン・コープ》ビジネスだろう。せがれどもに任せとるやつでな。金持ちの子どものしつけを手伝うんだ」

「彼女にしつけは必要ない」

「お前と関係があるとは知らなかった。許せ、レイ。せがれにはきつく言っておく。どこから頼まれようと、二度と引き受けんようにな」

レイ・ヒューズは相手を信じていることを示すためうなずき返した。

バロットはレイ・ヒューズの手際に感心しながらも、同時に失望するという思いを味わった。金持ちの子どものしつけ。ケネス・C・Oが捕らわれていたもの。自分を追いかけてきたのはヒットマンではなかった。ハンターが放ったのでもない。

フラワーがやらせたのだ。バロットを脅すために。心底がっかりした。

レイ・ヒューズがベンヴェリオと手を振り合いながら室内に戻った。バロットが後に続いた。そのままレストランを出て、森の小径をまた歩き始めた。

やがてバロットは落胆から立ち直るとともに、しびれるような思いを遅れて味わっていた。

確かにレイ・ヒューズは話をつけたのだ。挨拶を交わし、やんわりと説得した。相手の強みと弱みを正確に突きながら、それでいて深い信頼関係を築いていた。長年の積み重ねのたまものだと言うのは簡単だった。あのような激情ばかり育んできたような人物を相手に、長期にわたって信頼関係を持続させることが容易であるはずもない。

加えて、レイ・ヒューズが〈イースターズ・オフィス〉やネイルズに味方し、クォーツの兵士と撃ち合った事実ですら、ベンヴェリオの信頼を損なっていなかった。それは驚嘆に値することだ。

「君は川に戻るといい。ベルに話はついたと伝えて、安心させてやってほしい」

《私もそばにいさせてください》

「この老骨のボディガードでもする気か？　危険なことは何もない」

《グランマに言われたんです。あなたから学ぶようにと》

「ほう。交通整理の仕方を？」

《とても勉強になります》

「さて。ベルに嫌われてしまわないか心配だ。正直なことを言えば、私は彼女との関係についてもだいぶ気にかけているんだ、ミズ・ルーン」

正直も何もなかった。レイ・ヒューズのこれまでの態度からして、他に気にかけるものなど見当たらないのだ。それでバロットは駄目押しとばかりに言った。

《あなたがとても素晴らしい男性であることを、一日一回、必ずグランマに言って聞かせます》

「二回だ」

レイ・ヒューズがぬけぬけと言った。

《はい》

「いいだろう。言っておくが私のお喋りは無関係の人間からすれば退屈きわまりないしろものだ。私の背後であくびを連発するような真似はしないでくれ」

《絶対にしません》

真面目に返したら、レイ・ヒューズに肩をすくめられた。もっと面白い返事を期待されたらしい。それで何か気の利《き》いたことが言えないか考えたが、その前に森から出ていた。

すぐ右手に、ものすごい光景が広がっていた。特殊な野外パーティでも開かれているのかと思ったほどだ。

二車線の狭い道路を挟んで、二つの集団がじっと動かず互いを見張り合っていた。

森側には土地の保安官と、銃を抱えたクォーツの兵士の一団がおり、そこにカウボーイハットの男も混じっていた。バロットはすぐにそのカウボーイハットの男が誰なのか見抜いた。これまたウフコックのリストによれば、男は〈クインテット〉のエンハンサーであるオーキッドだった。

道路の草地側には、一台のピックアップトラックと、数台の普通ガソリン車、そして二台のキャンピングカーがならぶほか、大型のテントが設営されている。

ピックアップトラックの荷台に、長い白髪と白髭で顔を覆われ、ひどく昏い目つきをし、黒衣で身を覆った男が座っていた。ケープの上からでも右腕がないことがわかった。

その男だけが顔をあらわにしており、それ以外の数十人が目だし穴のある黒い頭巾をかぶって道沿いに二列横隊で整列している。

どこもかしこも血の雨だ。先ほどのレイ・ヒューズの言葉が思い出された。ここでそうなったとしても不思議ではなかった。むしろこの期《ご》に及んでそれ以外にどうしろというのかと言いたくなるような光景だった。

「道路のこちら側にいてくれ。間違っても私を追って、あちら側には来るな」

レイ・ヒューズが言った。森側の道路の端を進み、保安官へ手を振った。

「ベンヴェリオに言われて来た。おれが話してみよう」

保安官がうなずいたが手は腰に吊った銃のホルスターに当てられたままだった。

バロットはその保安官から数メートル離れたところで立ち止まった。

レイ・ヒューズが道路を渡り、ピックアップトラックの荷台に座る黒衣の老人のほうへ両手を挙げながら静かに歩いて行った。

老人が大きく目を見開いてレイ・ヒューズを見つめ、言った。

「おお、レイ・ヒューズ。蛇のごとき我が敵よ。お前が現れるとは。私をここに遣わした神に栄光あれ」

「マクスウェル・ウィーバー。こんな所で神を称えるために祈禱会の真っ最中か？」

「お前にはわからん深奥の道を辿っているのだ、レイ・ヒューズ」

「それ以前にいつ出所したんだ？　誰も教えてくれなかったぞ。それとも脱走したか？」

「いいや。神が私の脳に卒中という名の弾丸を送り込んでくださったおかげだ」

「檻からも放り出された生ける死人というわけか。どこに行っても異邦人とは、お前らしいな、マクスウェル・ウィーバー」

「私はウィーバーの名を捨てたんだよ、レイ・ヒューズ」

「お前の母親のファミリーネームをか？　どんな心境の変化だ？」

「神のみもとで母の霊魂が永遠の安息に満たされていることを確信したのでな。言っておく、レイ・ヒューズ。私は、お前と会うのを心待ちにしていた。静かなる謙虚さで。危うくお前の名を忘れてしまいそうなほど澄み浄められた心でな」

「相変わらずおれにはわからん高尚な言葉を使うんだな。それでおれを見下せるとでも思っているのか、マクスウェル？」

「そうやって私まで持ち上げていい気にさせるつもりなんだろう、ロードキーパー。私の右腕がどこへ行ったか知っているか？」

「さあな。一足早く天に召されたんじゃないのか？」

「傷口がずたずたでつながらんと言われたよ。医者は爆弾で吹っ飛ばされたと勘違いしていた。十二発も撃ち込んだとはな。私自身ですら五発か六発だろうと思っていた」

「世界が一つ平和になったことを喜ぼう。それで、腕はどこへ？」

「元に戻したのだ。あるべきところ、我が身のうちに。この血肉の中に」

「食ったのか？」

「食っ《・》た《・》の《・》か《・》？」

　レイ・ヒューズがようやく挙げていた手を下ろし、呆気にとられたというジェスチャーをしてみせた。正直なところバロットも同感だったし、森側にいる面々もオーキッドも、話が突飛すぎてついていけない様子だ。

　マクスウェルは答えず、このうえなく昏い目つきでレイ・ヒューズを見据えて言った。

「同じように、私はお前の腕を奪うことになるだろう。文字通りに奪うのだ。私の血肉の中に迎え入れ、お前の傲慢な魂を浄めてやる」

「おれの腕までステーキだかフライだかにするのはよしてもらおう。いつそんな趣味を覚えたんだ？　〈スポーツマン〉に教えられたか？」

「私が教えてやっているんだよ、レイ・ヒューズ。彼らが何をすべきかを逐一な。私の合図一つで、どれほどの弾丸がお前を貫くか想像してみるといい」

　レイ・ヒューズは、黒衣の列を感心した様子でとっくりと眺めた。黒い羊の群を従える牧羊犬といった様子でピックアップトラックの荷台に座るマクスウェルに目を戻した。

「いつでもそうすればいい。もしお前がそんなにも臆病で、おれに対してお前一人でやるべきことすらできないというのであればな。だが、それでは何も解決しないどころか、おれがお前を止めねばならなかったとき以上の過ちを犯すことになるぞ」

「もしお前が神と私の目から見て、取るに足らない存在となったとみなされたなら、うちのボーイズの練習台にちょうどいいと考えるかもしれんな。ところでお前は今、私が過ちを犯したといった、聞き捨てならんことを言ったか？」

「自分が誰を撃とうとしたか忘れたか？　私がその右腕を吹き飛ばさなければ、お前は自分の娘を撃っていたんだぞ」

　この発言に、バロットらギャラリーがますます呆気にとられたが、黒衣の一団はいささかも動じず、ときにはそういうこともあるものだというように平然としている。

　マクスウェルも、昏い目に動揺などかけらも浮かべず、当然のように淡々と尋ね返した。

「それが過ちだと誰に言えるのかね？」

「十七番署の刑事だったお前が、自分の悪業のつけを娘に払わせようとしたんだぞ。彼女はただ警察から証言を頼まれただけだし、引き受けるかどうかもわからなかったのに」

「それ以前の問題だ、レイ・ヒューズ」

マクスウェルが立ち上がって運転席の屋根に左手をもたせかけ、さらに高い位置からレイ・ヒューズを見下ろした。

バロットの周囲にいる人々は、マクスウェルが動いたことで殺気立ったが、その必要はなかった。マクスウェルの動作は、威圧するように見えて、むしろ歩み寄ったに等しかった。

レイ・ヒューズ流の交渉の土台が早くも築かれていることがバロットにはわかった。互いに過去を共有することによる精神的なパイプが通されようとしているのだ。

マクスウェルは言った。

「親から与えられた清い体を守らない娘だった。しかもそれを神との間の秘密にするということもせず、吹聴した」

「カウンセラーにな。母親が自殺したあと、街に出て誰かを父親代わりにするしかなかったんだぞ。しかも母親が自殺ではなく、お前に殺されたのではないかと疑い、怯えていたんだ」

「母親は弱い人間だった。それだけだ。誓って私はやっていない」

「疑っちゃいないさ。だが娘はお前の悪徳にとっくに感づいていた。当時のお前は、おれからしても都市一番の恐るべき殺し屋で、他に類を見ないほどの汚職警官だった。あのメリル・ジレットですら、忠実にお前を真似することでのし上がったといっていいんだ」

「その通りだ、レイ・ヒューズ。あの小僧っ子はそうするだろうと、わかっていたよ。ただ一つ、あの男は、家庭を持つという義務を果たさなかったがな」

「いつか自分の子どもに証言されたくはないだろうからな。それで？　お前はそうした罪を精算するため、こんなふうにおれとお前が一対一で決着をつけることもできん状況を招き、カジノ協会に破壊的な革命をもたらした男として名を遺すつもりか？」

マクスウェルの昏い目が怪訝そうにすがめられた。

「何を言っているのかわからんな。カジノ協会がどうしたというんだ？」

「ごまかす気か？　ストレートに話そう。クリアに。シンプルに。放たれれば必ずどこかへ到達する銃弾のように。誰が今、おれをあのホテルのスウィートに泊めてくれていると思っている？　当然、ベンヴェリオ・クォーツだ。確かにお前が、おれを呼び寄せたんだ」

バロットは表情を変えないよう努めた。スウィートになど泊まっていないし、代金はちゃんと自分たちで払っているからだ。

さっぱり合点がいかないという様子のマクスウェルへ、レイ・ヒューズが滑らかに言った。

「ただしお前をどうこうするために雇われたわけじゃないぞ。ネイルズとのことだ」

たちまちマクスウェルの眉間に深い皺が刻まれた。

「ベンヴェリオがネイルズと手を組むとでも言うのか？　二十年来の宿敵同士が？　ベンヴェリオはそのためにお前を呼んだと言いたいのか？」

「お前がそうさせたんだマクスウェル。お前はそれほど脅威に満ちた存在であると万人に知らしめたというわけだ。お前がこの新しく得た兵隊を引き連れて現れれば、どんな宿敵同士も手を組むだろう。一つ疑問なんだが、ハンターは——お前の今のボスだかパートナーだかわからんが——それを喜ぶのか？　これがお前たちのグループの総意か？」

マクスウェルが口を閉ざし、不快そうに唇を歪めた。

バロットのそばで、誰かがふーっと吐息した。

ちらりと見ると、オーキッドがカウボーイハットを取って顔を扇《あお》いでいた。マクスウェルがこれで軟化すると確信した様子だった。なぜそう判断できたのか。保安官はまだ緊張を解いてはいないというのに。おそらく、マクスウェルの呼吸や鼓動といったものから、いち早く変化を察知したのだろう、とバロットは推測した。

その間にもレイ・ヒューズはたたみかけるようにマクスウェルへ言葉を放っている。

「ついでに言えば、ネイルズはもう連邦捜査官を呼び寄せた。見境のないワニみたいな捜査官をな。そいつは気が済むまで血の雨を降らせ、たっぷり獲物にありつくまで、決して都市を出て行かんだろう。実際ベンヴェリオと気が合いそうな男だぞ。彼らが結束したら、それもお前のせいだ、マクスウェル。お前は誰も彼も、きつく脅しすぎたんだ、愚か者め」

　これまたベンヴェリオのときと同じだった。咎めている口調だが、実のところはマクスウェルという男の自尊心を満足させることに主眼を置いていた。その魂胆が相手に伝わっているかどうかも問題ではなかった。

　マクスウェルがうろんそうに口を開いた。

「そして、かのレイ・ヒューズまでもが、私に気を遣って話している」

「不快きわまりないことだ。くれぐれも言っておくが、これ以上おれに屈辱を与えないほうがいいぞ。おれにプライドがないと思っているのなら、それだけで引き金を引く理由になる」

「刑事だった頃はストリートを這い回る連中と大勢会ったが、お前の鼻持ちならないほど高いプライドにはいつもうんざりさせられたものだ、レイ・ヒューズ」

　マクスウェルが過去のことを自分から口にした。レイ・ヒューズとの間に通された目に見えないパイプから何かがマクスウェルに流れ込んでいた。一時的であれ和平をもたらす何かが。

「くそっ！　いつまでくだらないお喋りをさせる気だ！」

レイ・ヒューズが突然わめいた。ずっと我慢していたものが爆発したというように。

「おれの手がジャケットの裾を捲る前に、そこの黒帽子のカカシどもを連れて、とっとと消えろと言ってるんだ！　脅しだと思っているのか？　どうなんだ、マクスウェル！」

レイ・ヒューズが勇ましく叫べば叫ぶほど、弱い犬ほど何とやらという感じだった。

おかげでマクスウェルのあれほど昏い目にかすかな光がまたたいたかと思うと、喉笛をのけぞらせて掠れた笑い声を放っていた。

レイ・ヒューズが右手の人差し指をマクスウェルに向かって突きつけた。今すぐ笑うのをやめろというように。

マクスウェルが喉の奥に笑いをおさめ、左手でトラックの屋根を叩いた。

「みな《ボーイズ》！　撤収だ！」

マクスウェルの号令一下、黒衣の男たちが一斉に回れ右をし、機敏にその準備を整えた。銃器にセイフティをかけてトランクやバッグに入れ、テントをたたみ、車輛に乗り込む。軍隊式の迅速な集団行動。あっという間に全員がいつでも移動できる状態になった。

マクスウェルがまたトラックの屋根を叩いた。トラックを先頭に、車列が草地から車道へ出た。指を突き出したままのレイ・ヒューズを、マクスウェルが荷台に立ったまま見つめていた。いや、レイ・ヒューズの腕を見ていたのかもしれない。いずれおのれの血肉にするために。

ほどなくして車列が完全に消え去り、バロットは胸に手を当て、いつの間にか心拍数が上がっているのを感じた。今さら緊迫感に襲われたのだ。サーカスの綱渡りの芸を見ている間は笑顔で歓声をあげていたのに、ただ渡されたロープだけを見ると、どれほど高度な芸だったか改めて実感されるといった具合に。

戻ってきたレイ・ヒューズへ保安官が感謝の言葉を口にし、握手をした。集った者たちはみな安堵の笑みを浮かべており、オーキッドですら感心し、音をたてずに拍手をするという称賛のジェスチャーをしてみせている。

レイ・ヒューズがバロットのもとへ来て、こともなげに言った。

「終わった。いぎたない言葉のやり取りは忘れ、居心地の良い川べりに戻るとしよう」

《はい》

バロットはレイ・ヒューズの隣について森の小径を戻った。水着も髪もすっかり乾いていた。気分が昂揚し、体温が上がっていた。川辺に戻ったら水の中に飛び込みたいと思った。

「私のペテンは、お気に召したかな？」

レイ・ヒューズが微笑んだ。バロットは真顔でうなずいた。ペテンなどというものではなく、これぞ有用性だと思わされていた。ウフコックとレイ・ヒューズがどうして顔も合わせず信頼し合っていたか深く理解できた気分だった。

《あなたは彼らをコントロールしました。法廷で法律家たちがそうするように。警備の人間もいなければ、安全を保障するものは何もない場所で。あなたはそれでもルールを守りながら、正しく冷静に、人々を争いから引き離したんです》

「上等な言葉で説明してくれるんだな。私はただ、話をつけるだけだ。どんなペテンを使ってでもね。ただ、私の素晴らしさをベルに伝えるときは、その調子でどんどん上等な言葉を使ってほしい」

《誰一人として銃を抜かなかったことも伝えます》

「重要だな。銃に関して、ベル・ウィングはなかなか強い意見を持っている。さりとて、私も丸腰でいるわけにはいかない。実際に使うかどうかといった問題ではなく」

《私に教えてくれるならグランマも納得すると思います》

「ああした場合の話のつけ方だけでなく、銃の扱いも、ということかね？」

《はい。私が正しく扱えているとグランマが思えば、彼女を説得したも同然では？》

「君もなかなかペテンがうまいな、ミズ・ルーン」

《ルーンです。見込みがありますか？》

「さて、ルーン。それはすぐにわかることだ」

その瞬間、バロットはダークタウンの人間を相手にするうえで考える限り最高の教官《メンター》を得ることとなった。

17

バロットは〈スパイダーウェブ〉の西側でさらなる戦いのダンスに備えた。

メイド・バイ・ウフコックのスーツに包まれているがもう顔はあらわにしており、両手の拳銃をソフトに握りながら、建物のあちこちで閃くマズル・フラッシュを見ていた。

遠目には綺麗ですらあるが、現実は、五十名超もの武装した男女が果敢に戦闘を繰り広げているという有様だ。銃火は主に二階と三階でみとめられ、鎮静化する様子は見られないどころか、いよいよ激しさを増している。

バロットとオフィスの当初の目的は、ウフコックを合法的にこの建物から連れ出すことだ。それがこうして果たされた今、きびすを返してこの場から去ってしまいたいという思いが当然ながら込み上げてくるが、バロットはしいてそれを押さえつけた。

これはバロットが招いた戦闘だった。ガンズと称する連中がそもそも暴れる気まんまんだったということも言い訳にはできない。バジルという、今回の作戦を遂行するにあたって最大の障害と目《もく》されていた人物との交渉の結果、彼の立場を守ってやるために戦うことになったのだ。まったくもって皮肉な展開ではあるものの、ライムもとやかく言ってきてはいない。少なくとも今のところは。ライムもバロットの判断を合理的なものとみなしているのだ。

オフィスが取るべき中立戦術においては、交渉可能なバジルを守り、〈クインテット〉が見境のない無法者の集団へと変貌することを防ぐほうが有益だ。勢力《パワー》で劣るオフィスにとって、対立する相手にあえて貸しを作ることが最大の防御となりうるのだし、何よりそれが今後のウフコックの安全を保証させることにもつながるのだから。

レイ・ヒューズから学んだ交通整理の応用。たとえ事態が悪化し、泥沼化しているように見えても、これが正しく最善の道のりであると信じて待機しながら銃火を見つめ続けるバロットへ、やっとライムからの呼びかけがあった。

《ルーン、自分だけ勝手にどこかへ行ったりしていないだろうな？》

腹立たしい揶揄。ウフコックを連れて去りたい気分を悟られている。この事態を招いたのはお前なのだから、きちんと指揮官である自分の指示に従えというニュアンスも込められている。オフィスの〈ウィスパー〉がメンバーの位置をリアルタイムで把握し続けているのだから、バロットが真面目に指示を待っていたことはライムもわかっているはずなのに。

《カカシ《スケアクロウ》みたいに立たされたままでしたが？》

思わず嚙みついたが、ライムはいつものように歯牙にもかけず、むしろバロットの言葉をもじって言った。
《オーケイ。カラスよけ《スケアクロウ》から、ハエよけ《スケアフライ》になってくれ。殺虫剤なみにな》
バロットは反射的に眉を逆立てた。自分が気にくわないのは、この男の話し方なのか、それともこの男に話しかけられることなのか、ときどきわからなくなることがあった。
《お願いですから具体的に指示してください》
《五階フロアだ。エレベーターホール横にある階段で待ち構えていればいい。頼んだぞ》
通信アウト。一方的に。自分は忙しいのだと言いたげ。
だったら余計なことを口にするのをやめろと返したいのを我慢して、バロットは指示に従った。スーツ姿のウフコックにシグナルを送ると、右腕に大きなパイルガン、そして強力な電動ワイヤーホイストが現れた。
銃を握ったまま右手をかざした。ばすっ、と音をたてて尖った杭《パイル》が発射され、細くて丈夫なワイヤーが尾を引いた。杭が狙い過《あやま》たずに五階の窓の分厚い硬化ガラスを貫き、天井パネルを割り砕いて鉄筋コンクリートに打ち込まれた。杭が金属の逆歯を開いて抜けなくなると、ホイストがワイヤーを巻き込み、バロットの体を軽々と宙へ運んだ。
腕に体重がかかって関節を脱臼するといったことはなく、ほとんど重みを感じなかった。メイド・バイ・ウフコックのスーツの恩恵。きわめて薄い金属製の外骨格と人工筋肉によるロボットスーツが、バロットの体重を完全に相殺してくれていた。

バロットは壁と窓ガラスを蹴って駆け上がった。地上を走るのと同じように。

空飛ぶサメの群が建物の周囲を遊泳していたが、今のところ攻撃の兆候はない。トゥイードルディも、大人しく下がってくれている。

サメたちの、ぞっとするほど無表情な眼差しを受けながら、彼らの間を通り過ぎ、目的の階に着いた。突き出したままの右手で三発速射した。それで大きな窓ガラスが砕け散り、バロットが悠々と入り込めるだけの穴があいた。

穴から中へ飛び込み、ふわりと片膝をついて着地した。ワイヤーが切り離され、パイルガンとホイストがぐにゃりと形を失ってスーツの右腕に消えた。

通路が無人であることを感覚しながら歩んだ。両手の銃を握るのと同様に、挙動の全てをこのうえなくソフトにしてのけた。あたかも水が流れるべきところへ流れ込むように、こつこつと軽快な足音を刻みながら、指示された通りエレベーターホールを横切って階段の踊り場に位置した。敵意ある者はなし。現時点では。

バロットの両手の銃が形を失い、大振りな電磁式ナイフに変身《ターン》した。

ここで何をさせられるのかは、実のところライムの言葉から十分に推測できている。
ハ、ハ、ハエを叩け。〈誓約の銃《ガンズ・オブ・オウス》〉に属する五名のエンハンサーのうち一名を狙い撃て。体内で生育した金属繊維の合成生物であるハエを放つおぞましい射手《シューター》を、ここで封じ込めろ。

イライジャ・ザ・フライシューターとグループ内では呼ばれていることも、その詳しい経歴も、バロットとウフコックはつかんでいない。だがその特質は、ライムの指示に従ったことで、あらかじめ知ることができている。

ほどなくして、口からうじゃうじゃとハエをわかせる男が、サイレンサー装備のハンドガンを両手で握り、猫のように足音をたてず階段をのぼってくる様子が、バロットの電子的感覚によってとらえられた。

その外貌は、処刑人スタイルの黒衣と、その下の防弾プロテクターにすっぽり身を包まれていることを除けば、ちょっと顔立ちのいい一般人という感じだ。実際そうなのだろう。元〈スポーツマン〉の構成員は、たいてい無害な労働者としての顔を持っている。

この男も、地下鉄の定期券を会社から補助金をもらって購入するたぐいのサブウェイ・コミュターであることは想像に難くない。真面目に自宅と会社を行き来し、同僚とは最小限の付き合いにとどめ、ひそかに銃を愛好し、麻薬に溺れ、人間狩りの快感に打ち震える。

大都市というサバンナに生息する、巧妙で邪悪な捕食者の、きわめて静かで激しい狂気に満たされた、バロットにはどす黒いとしか言いようのない雰囲気を発散する男が、何の警戒もなくやって来ていた。

いや、警戒はしていたはずだった。イライジャなりに。

二階では〈ファイアリング・パーティ〉の半分と、ピエロの姿をした十一人の男女が派手な銃撃戦を繰り広げている。三階では〈イースターズ・オフィス〉に協力するエンハンサー二人が、〈ファイアリング・パーティ〉の残り半分に追いかけられながら巧みに反撃中だ。

とてつもなく速く動く男と、何十本もの宙を飛ぶナイフを操る少女。エンハンサー同士の殺し合いのゲームにおいて、中立的な立場を保ち続けた三人組のうちの二人、ストーンとアビーの名で知られるエンハンサーだ。

おかげで三階へのぼった〈ファイアリング・パーティ〉十二名のうち早くも五名が、ストーンが振るう鉄パイプに打ち倒されたり、飛来するナイフに手足を貫かれたりして、戦闘不能に陥っている。なんとも厄介な相手だ。

ピエロどものほうは、イライジャからすれば格好だけの自警団気取りの集団であり、恥知らずにも電撃弾を使っていることがその軟弱さを物語っていた。イライジャに文字通りの道化どもの相手をしろとは、〈ガンズ〉の絶対的ボスにして銃撃の化身たるマクスウェルは言わなかった。マクスウェルの配下のエンハンサーのうち、まず十六本の腕を持つベルナップが、ストーンとアビーに向かって、けたたましい乱射攻撃を披露した。

ストーンが影のように走って逃げる一方で、アビーがナイフを集めて盾にし、ベルナップが放つ狂瀾怒濤の銃撃を防いだ。

そこへさらにヘビーマシンガンと一体化したダグラスが到来し、猛烈な掃射を浴びせた。

ひとたびダグラスが掃射体勢を取れば、目前のものは何であれ壊滅的な打撃をこうむるほかない。空飛ぶ小さなナイフなど、ふわふわのメレンゲなみに木っ端微塵にしてしまうのだ。

ベルナップもダグラスも、ぶっ放す銃弾の数にものを言わせるタイプの射手だった。相手は彼らの弾幕に恐れおののき、慌てて退路を探すことになる。ストーンもアビーも、その例に漏れず、たちまち四階へと逃げていった。

その二人の動きを予想し、イライジャは五階へ先回りすることにしたのだ。ベルナップの銃撃は相手を打ち倒すよりも、脅して混乱させるためにある。ダグラスはさらに容赦なく、混乱した獲物をなぎ倒すため掃射をお見舞いするが、その特性は一歩また一歩と相手を追い詰めることにあり、逃げる相手の死角へ回り込んで確実に死をもたらすことには向いていない。

とどめを刺すのは、やはり〈スニーカーズ〉の中の〈スニーカーズ〉であるこの自分の役目だ。イライジャはそう自負していた。暗がりで気配を消し、逃げ惑う獲物の死角にひそみ、狙い澄まして撃ち倒す。イライジャのそのようなビジョンを実現させるため、生きたポインターであるハエが五階へと一足早く羽ばたいていった。

たとえハエを殺されてもポインターとしての機能は失われない。むしろハエの死が敵のありかを教えてくれる。ハエの体液や体の一部が付着すれば、数時間は追跡可能となるのだ。とはいえ銃撃戦が行われている最中に、そこらを飛ぶハエを叩き殺そうとする者などいたためしがなかった。経験上、そうとは知らぬままイライジャのハエに取りつかれる者ばかりだ。

ストーンがどれだけ速く動こうとも、アビーがナイフの群で身を守ろうとも、一匹のハエがその身にとまりさえすれば、必殺の銃弾を命中させることができるだろう。

バロットが予期したとおり、この男が放つハエにたかられることはストーンにとって無視できない危機を意味した。そしてライムは、手駒であるメンバーと敵の能力《ギフト》の相性を的確に見抜き、あえてストーンとアビーを囮《おとり》にして、イライジャを誘導したのだ。

バロットが待ち構える場所へ。

ほどなくして階段をのぼるイライジャに、五階へ向かったハエどもが、ばたばたと床に落ちていく様子が伝わってきた。どうやらフロアを封鎖するシャッターか何かがあって、それにぶつかったハエが目を回したらしい。イライジャはそう考えた。透明なシャッターか、網目の細かなフェンスがあるのだ。そういうものをハエは認識できず、まっすぐ突っ込んでしまう。

つまるところ、その障害物をこじ開けて侵入しさえすれば、まんまと敵の死角に入り込めるということではないか？　階段を塞いだ分、敵は安心しているはずだから、その油断をつけば、難なく仕留めることができるだろう。

イライジャは、相手に悟られないよう障害物を通過することを考えながら、階段の折り返しをのぼった。そして五階の踊り場を見上げ、あまりのことに呆然となった。

彼が見たものは、シャッターでもフェンスでもなかった。

両手のナイフを縦横無尽に閃かせる、若い女だった。

彼女に四方八方からたかろうとするハエどもは、その小さな足先でしがみつくことも許されず、踊るように振るわれるナイフによって一匹残らず払い落とされていた。

驚嘆すべきは、ハエを焼き切って殺しているのではないということだ。それらが死んでいればイライジャも脅威に備えることができていただろう。

だがバロットは、それらが生きたレーダーであるなら、当然、死なせることで敵を利するだろうと察していた。そのため、ナイフの熱でハエの翅《はね》だけを巧みに焼き払い、飛べなくさせることに傾注したのだ。

すでにバロットの足元では何十匹というハエが黒い染みのように蠢《うごめ》いており、そのようにハエの群が一匹残らず、生きたまま払い落とされるなどとは、完全にイライジャの想像の外だった。ゆえに〈スニーカーズ〉のエースを自負する彼としたことが、何の警戒もせず敵の真ん前に身をさらしてしまっていた。

バロットがダンスをやめた。両手のナイフがぐにゃりとハンドガンへ変身《ターン》し、銃口がイライジャへ向けられた。

イライジャも、決して棒立ちになっていたわけではなかった。彼の信条は〝すでに自分は死んでいる〟であり、たとえ銃口を額に押しつけられようとも、その動悸は岩のように変化を示さない。ただちに修練を重ねた銃の腕前にものを言わせるべく、手にしたハンドガンを滑らかに上げ、眼前の女を撃ち倒そうとした。

だが次の瞬間、かっと青白い火花が爆《は》ぜ、イライジャの手からハンドガンが弾き飛ばされた。

何が起こったのか？　もちろん、先に女に撃たれたのだ。銃というものに身も心も献げたおのれよりも、はるかに速く。その事実を受け入れることができず、イライジャは放心状態となり、まじまじとバロットを見つめ、凍りついてしまった。

そのイライジャの額に、バロットの狙い澄ました一発が叩き込まれた。

衝撃でイライジャの顔から眼鏡が飛んでいった。蠟《ろう》が溶け崩れるように膝からくずおれ、動かなくなった。その様子を確認したバロットが、ライムへ告げた。

《こちらルーン。お望み通りにハエを叩きました》

《射殺してないだろうな？》

《していません》

殺さない、殺されない、殺させない——オフィスの信条を、自分はどれほど尊んでいることか、という自負と腹立たしさを込め、バロットは冷ややかに返した。

《オーケイ。そいつは放っておいて連中の荷物にしろ。君たちは身軽なまま、残りのエンハンサーを順番に叩く。君の提案通り、二人二組《ツー・バイ・ツー》で。いいな？》

《了解《コピー》》

《よし。じゃあ六階に上がって少し待っててくれ》

通信アウト。ライムが続けてストーンとアビーへ指示を出しているのが低音量の通信として認識された。順番に。その言葉がはったりではないこともわかっていた。

溜息をついて階段をのぼり始めるバロットへ、ウフコックが言った。

「このライムという男、もう撃退プランを完成させているようだ」

指揮官として抜群に有能な男の匂いを嗅げればとウフコックが思っているのがバロットにはわかり、ついむっとした。

「他のことも考えてると思う。家に帰ったらテレビを見ようとかお風呂に入ろうとか。それがゴールだとかなんとか言って」

揶揄をふくんだつもりだが、かえってウフコックをいたく感心させることになった。

「それは素晴らしいことだ。ゴールはそうであってほしい。特にこういう状況では」

大いに嫉妬を覚える感想だったので、バロットはつい話題を変えて言った。

「一緒にオフィスに帰ったあと、何がしたい？」

「それは……まったく考えていなかった。ずっと……何も考えないよう努力していたんだ」

　途端にバロットは胸を衝かれる思いを味わい、足を止めた。

　ひどい哀傷の念に襲われたが、しっかりと喜びと優しさで相手を抱けるよう、銃を握る左手を胸元に押し当てた。適切なゴール。それをウフコックに与えるため、自分はありとあらゆる努力をしてきたのだという思いとともに、バロットは力を込めて階段をのぼりながら言った。

「考えましょう。あなたと私で、みんなと一緒に、帰り道を辿りながら」

18

「お前の鼻はどこまで鋭く嗅ぎ取れる？　お前ならシザースを判別できるのか？」

　ハンターは分厚いガラスの向こうにいる相手に尋ねた。ぽつねんと置かれた銀色の球体に。その正体は一匹の喋るネズミだが、ハンターが来たのはガスの噴霧が起こった直後であったため、球体に変身《ターン》して死を免れていた。とはいえ、たとえネズミの姿であったとしてもハンターに返事をしたかは疑わしい。

　だがハンターは気にもせず、今しがた死のガスに耐えたばかりの相手を気遣うこともなく、非人間的なほどに冷徹な眼差しを球体に向けている。

　そのハンターの背後に、バジルが来て言った。

「ヤクの積みおろしが終わった」

　ハンターは球体を見つめたまま尋ね返した。

「〈シャドウズ〉の売人《フロスティーズ》たちは、みな白い粉《スノウ》を持って出ていったか？」

「ああ。最近のは白い《スノイー》のばっかりじゃねえが」

「麻薬中毒者《スノウマン》たちも色とりどりのヤク《スノウ》を楽しめるというわけだ」

「気が知れねえがな。あと、ジェイク・オウルがあんたと話したがってる」

「この〈スパイダーウェブ〉をヤクの倉庫にすることに何か問題が？」

「いや、カラスが飛び回ってることだ」

「彼らをナーバスにさせていることは承知している」

「じゃ……どうする？　仕事に戻れと言うか？」

「話をしよう」

　ハンターはようやく球体から目を離し、ガス室の窓に背を向けた。バジルとともにエレベーターで一階に降り、正面玄関から出て駐車場へ歩んだ。

　頭上を多数のカラスが飛び交った。建物の屋上の縁や、電線、敷地に植えられた木の枝に、黒々とした羽を持つ鳥たちが一列にとまっていた。木のてっぺんの枝に巨大な翼を持つハザウェイがおり、外に出てきたハンターとバジルに黒い目を向けた。

駐車場に停められた〈ハウス〉のそばに〈シャドウズ〉のメンバーのバイクが五台とも並んでいた。ジェイクが、ハンターとバジルへ歩み寄った。他の四人は自分のバイクのそばから離れず、忙《せわ》しなく脚を動かしたり、もうもうとタバコをふかしたりしていた。

ハンターが何か言う前に、ジェイクが性急に口を開いた。

「このカラスどもは何を探ってるんだ？　ここにシザースがいるかもしれないのか？」

ハンターは足を止めてジェイクと向き合った。バジルもそうしながら、しっかりと〈シャドウズ〉の面々の落ち着かない様子を見ている。

「お前たちを疑っているわけではない。おれの行く先々で、シザースの疑いがある者がいないか調べさせているだけだ」

「魔女をあの〈ハウス〉に乗せて連れ回してるってのは本当なのか？」

「何か問題が？」

「魔女が魔女狩りをやらかしてる。それが問題だ」

「そうした憂き目に遭った者がいるか？」

「まだいないさ。だが魔女はゴールド兄弟をシザースだと言いやがった。あの兄弟を失えばヤクの品質が落ちて、ライバルのディーラーどもに客を奪われちまう」

「兄弟を失ってもグリーンがいる」バジルが割り込んだ。「お前らのビジネスはなくならねえよ」

ジェイクはバジルに鋭い視線を向けた。

「グリーンに全部任せられるか？　客はゴールド兄弟が作った品だから買うんだぞ」

ハンターは、二人が言い合いになる前に厳しく言った。

「本当にシザースだと確信が持てるまで、いかなる決定も下されない。わかったな？」

だがジェイクはなおも言い張った。

「ゴールド兄弟が、市長の兵隊としておれたちを罠にはめようとしているなんて話は到底信じられねえ。あの兄弟はずっと〈クック一家〉の下で働いてたんだぜ」

「おれも信じがたいと思っている」

「じゃあ……。くそ。あんたにとって、おれたちのビジネスはどれだけ大事なんだ？」

「失っていいとは考えていない」

「本当に？」

「なぜ疑う？」

「あんたが目指してることの一つが、合法化《リーガライズ》とやらだからだ。この立派な建物を手に入れたのも、そのためじゃないか？　オクトーバー社みたいなでかい企業が売ってる鎮痛剤とか多幸剤《ヒロイック・ピル》みたいなもんを商品にして、おれたちを切り捨てるつもりじゃねえのか？」

「おい」バジルが怒気をにじませた。「びびって余計なこと考えるな。そんな与太話を広めりゃ、お前がシザースの手先だと思われるのがおちだ」

「おれはハンターの本当の考えが聞きたいんだ」

ハンターは無機質な圧力を放つ眼差しをジェイクにまっすぐ向けた。

「おれとお前の間で、共感《シンパシー》が乱れている。おれにはそれが問題だ」

「おれはあんたを信じたいんだ」

「ならばそうしろ。結束こそ、おれたちがこの先の戦いに勝つゆいいつのすべだ。お前やお前に連なる者たちを、誰一人として切り捨てる気はない」

だがジェイクが浮かべたのは、〝おれだってそう信じたいんだ〟と言いたげな懊悩《おうのう》の表情であり、この男が過去、ハンターにみせていた快然とした態度ではなかった。

それでもジェイクはうなずき返した。

「おれは、あんたについていくと決めてる。それを、あんたに信じてもらいたいんだ」

「信じている」

「じゃ、それでいい」

「お前たちのビジネスは守られる」

「おれたちも、それだけは守らなきゃならねえ。おれたちが戦って手に入れたテリトリーを失わないためには今のビジネスが必要なんだ。もし失えば、おれたちは無に戻る。世の中から弾かれた、居場所のない、ただのクズに。あんたにはわからんかもだが……」

「わかっている、ジェイク。おれはお前たち以上に、無だった。歩き回るどころか、おのれの考えを述べることさえできない負傷兵だったのだから」

ジェイクが口をつぐんで首肯《しゅこう》した。きびすを返して仲間の元へ戻ったが、ジェイク以外の者がわざわざハンターとバジルに異を唱えに来るようなことはなかった。五人がジェイクを先頭にバイクを駆り、ハンターとバジルへ軽く手を挙げてみせながら去った。

ハンターとバジルは〈ハウス〉に乗り込むと、中央のシートと最前列のシートという、おのおのの定位置に腰を下ろした。足元にはべる猟犬たちをハンターが撫で、バジルが運転席との仕切り板を拳で叩いて出発を命じた。運転手は相変わらず、〈プラトゥーン〉から派遣されたアンドレ・ザ・ディッパーだった。

彼らのほかに、ケイト・ホロウが乗っていた。赤いドレスとショール、同じ色の光沢のない靴を身につけ、車体に沿って設置されたソファ型の座席に座っている。〈ハウス〉が発車すると、彼女を追ってハザウェイが飛び立ち、他の何百羽というカラスが続いた。

ケイト・ホロウがハンターに向かって口を開いたとき、もうその人格は彼女のものではなくなっていた。彼女の中に住まう、もう一人のハンターが、こう言った。

「〈シャドウズ〉にとってゴールド兄弟という狂人たちは金の卵を産むガチョウという以上に、畏怖と信仰の対象だ。それは〈クック一家〉の行いだった。頼れる者のないジェイクたちを拾い、親代わりとなった、あの悪《あ》しき帝国のボスが、悪魔の使いである兄弟に生《い》け贄《にえ》を捧げ続けた。富をもたらすと信じてな。その馬鹿げた因習から解放され、彼ら自身の均一化《イコライズ》を目指せとなぜジェイクに言わない？」

バジルが低く唸ったが口を挟むような真似はしなかった。

ハンターは、ケイト・ホロウという鏡に映し出されるおのれを見つめ返して言った。

「今の状況では〈シャドウズ〉の暴発を招く可能性があるからだ」

「しかしジェイクはお前の考えに感づいている。合法化《リーガライズ》するなら麻薬からは足を洗い、末端のグループに委ねるべきだ。お前が本当の考えを述べなかったことで、ジェイクはお前に裏切られたと感じるだろう」

「確かに、彼との共感《シンパシー》が乱れている。だが現状では仕方ないことだ」

「なぜそれほど無視できる？　お前は口では結束を唱えながら、胸の内では分裂すると予期しているのか？」

「いいや。互いに敵対的なグループを一つにまとめ上げることが何より重要だ」

「シザースの疑いをかけられたベンヴェリオをどうする気だ？」

「本当にシザースかどうか見極めてからの話だ」

「なぜ見極めるすべを持たないまま狩りを宣言した？」

「シールズ博士から、特有の匂いという、敵を発見する手段を示されたからだ」

「それを信じたなら、なぜ狩りを始めない？」

「敵が予想以上におれたちの組織に潜り込んでいたからだ。中にはシザースであるとは思えない者もふくまれている」

「死が必要になる。リストにあげられた者たちの死、そしてビジネスの死が」

「そうだ」

「本当に必要があるかどうか確かめてからでなければ狩りは行えない」

「そうだ。シザースは謎が多すぎる。解明が急務だ」

「そう考えているうちに敵はどんどん潜り込んでくるかもしれない。マクスウェルはそう主張するだろう。ベンヴェリオの始末を諦めたあと〈誓約の銃《ガンズ・オブ・オウス》〉はどこへ消えた？」

ハンターはそれには答えず、バジルが代わって言った。

「船に見張りを残して、都市じゅうに散らばった。連中のほとんどが黒頭巾を脱げば、かたぎの仕事についてる普通の市民だ。狩りが始まらないと知って元の生活に戻ったんだろう」

「マクスウェルに、かたぎの仕事などない。彼までも船を下りたあと気配を断ったとあらば、警戒を要する事態と考えるべきだろう」

「そっちは〈スネークハント〉に追わせてる」

「ほう。優れた追跡手《トラッカー》を集めたグループだったな？」

「グループっていうよりゃチームだ。ビジネスじゃないからな。戦時中に情報機関員だったバリー・ギャレットっていうエンハンサーをリーダーにつけてる」

バジルはそう言うと、それ以上ハンターもどきと会話をするのは遠慮するというように腕組みしてシートに身をもたせかけた。

ケイト＝ハンターが、ハンターに顔を戻して言った。

「首根っこをつかむ《スネークハント》、か。皮肉だ。シザース追跡に役立てるべき人員に、シザース狩りを望む者たちを追わせるというのは」

「同感だ。改めて、おれが聞こう。おれはどれほど疑心暗鬼になっている？　おれは今なお仲間を信じているか？」

「お前はむしろ何も疑っていない。本来のお前であれば必ず疑っていることを、前提として受け入れている」

「何を疑うべきか教えてくれ」

「魔女たちに作らせたリストだ。意味があるとは思えない」

ハンターは顎の下で手を合わせ、検討するというより、いぶかしむように目を細めた。

バジルが思わずという感じで前屈みになってハンターを覗き込むようにした。

ハンターは珍しいことに自力では答えを見つけられず、相手に尋ねた。

「なぜだ」

「シザースの匂いなど、いくらでも偽装できる。考えてもみろ。敵は科学技術の申し子だ。

この都市に根づいたエンハンサーだ。〈天使たち《エンジェルス》〉や動物たちに嗅ぎ取られるような弱点を放置するだろうか？　最初のグースはともかく、四人もの女が犠牲になったあと、何の対策もせずにいるだろうか？　ヤクの売人ですら麻薬探知犬の鼻をごまかすためになんでもやる。お前の組織に侵入したシザースが匂いを隠しもしないのはなぜだ？　間抜けだからか、それとも誰かに匂いをつけられたかだ」

ハンターはいずれの問いにも答えず、視線を宙に据えた。虚空に。おのれの思考の渦に。他の者は猟犬たちもふくめ、じっとハンターの反応を待った。

だがこのときハンターの認識に、彼らは存在しなかった。

目の前のケイトが、いつの間にかヴィクトル・メーソン市長の声で喋り始めていたからだ。

「厄介なエンハンサーもいたものだな、スリーピング・ビル。相手の人格を反射するだけの能力《ギフト》とは、ある意味、我々とは対極の存在でもあり、興味深くもあるが、これ以上彼女の能力《ギフト》を活用させはしないぞ。君は疑ってはならない。この女性は君の組織に内紛をもたらすうえで非常に有用だが、このように活用されるのであれば始末せざるを得ない。ほどよいタイミングで彼女を内部抗争の犠牲にする。いいな、ビル」

ハンターはうなずき、それから目の前のケイト＝ハンターを改めて認識して言った。

「答えが見つかったら、また会おう。ケイト・ザ・キャッスルを呼んでくれ」

「本当に答えられないのか？」

「今はまだ」

ケイト＝ハンターが沈黙し、微動だにせずハンターを観察した。かと思うと、その姿勢も表情も、何もかもが変化した。人格が入れ替わるに伴い、肉体が表現しうるパーソナリティの全てが、それまでとは異なるものになっていた。

ケイトが眠りから覚めたように周囲を見回し、そしてハンターに視線を定めて言った。

「私の中のハンターは、深い思考を続けています。そうしながら、この事態は避けられるものであるのに、受け入れようとしているあなたに疑問を抱いています」

「おれは何であれ黙って受容はしない。均一化《イコライズ》を目指して行動する。ありがとう、ケイト・ザ・キャッスル。おれが疑うべきことは多い。だが今は疑心暗鬼こそが敵の最大の攻撃だ。どれほど疑わずにことをなせるかが問われている」

ケイトは静かに頭を垂れるようにして首肯した。バジルが、ふっと息をついて姿勢を楽にした。ハンターにはいささかも動じたところがなく、むしろ確信に満ちていることで二人とも安心を覚えたのだ。

ほどなくして〈ハウス〉はサウスサイドの高層アパートメントの地下駐車場へ入った。〈クインテット〉の幹部のうち女性エンハンサーたちが住まうペントハウス〈ガーデン〉がある建物だ。ハイドラが死んでのち住人はシルヴィアとホスピタルの二人だけとなったが、そこで〈クインテット〉初期メンバーだけの真の評議会《カウンセル》が開かれることに変わりはなかった。

すでにラスティ、エリクソン、オーキッドが〈ガーデン〉に入ったことがバジルの携帯電話で連絡されていた。今日はそこにケイトと、もう一人を加える予定だった。

「〈スネークハント〉のバリーが近くにいる。おれが連れて行くから先に上がっててくれ」

バジルが言いながら〈ハウス〉から出た。ついでハンターが猟犬たちとケイトを連れて降りた。

途端に三頭の猟犬のうちナイトメアとジェミニの左の顔が何かに反応して低い唸り声をこぼし、口吻を捲り上げて牙を剝いた。シルフィードのほうは唸らず、すうっと姿を消して臨戦態勢に入った。

ハンターが手振りでケイトを車内へ戻らせた。バジルが素早くハンターの盾になる位置につき、両手の袖から電線を覗かせた。

ガアッ、と駐車場のどこかで甲高い声が響き、大ガラスのハザウェイが飛んで来て〈ハウス〉の屋根に乗った。

「彼らは待っていたようだ」ハザウェイが言った。「ハンター。あなたが来るのを」

「さっさと出て来やがれ!」

バジルが怒号を放った。

駐車場の柱の陰から、声がわいた。

「〈スネークハント〉のバリー・ギャレットです、バジル。すいません。連中を追いかけたんですが、彼らのほうも、ハンターとあなたに会いたいということでして」

バジルがぎりっと歯を軋らせて言った。

「くそが。バリーをこっちに来させろ」

一人の男が、両手を肩の高さに上げながら姿を現した。

五十前後の、がっしりとした体を古風なデザインの三つ揃いのスーツに包んだ男だ。顔立ちはスマートで人好きのしそうな独特の愛嬌をたたえている。バジルからひどく叱責されることを予期した様子で、わざとらしく諦念に満ちた溜息をついてみせた。

「私はただ、ブロンクスのカフェにいたマクスウェルに話しかけただけなんですけどね」

そのバリーの背後から、大きな影がぬっと現れた。

バリーの背に向かって特大のショットガンを構え、黒頭巾と黒衣にすっぽり身を包んだ大男だった。グループのリーダーの盾となるシールドマンとして知られているが、その実態は、他人の肉体に取りついて操るパラサイト・ジョニーだ。

物陰や暗がりから、同様の出で立ちの男たちが――間違ってもこのグループに女性はいない――次々に現れていった。

四十名超の黒衣の集団が無言で〈ハウス〉を取り囲んだ。武器をあらわにしているのはジョニー一人だが、全員が黒衣の内側に武器を握っていることがケープ越しに見て取れた。

それは〈ファウンテン〉の、そしてまた船上の光景の再現だったが、薄暗い駐車場でのこととあって、不穏さは過去の比ではない。バジルと三頭の猟犬は警戒を通り越して戦闘態勢を取っている。

ハンターはその邪霊の群じみた集団を冷静に見回し、まだ現れていない男を呼んだ。

「マクスウェル。話を聞こう」

ジョニーのすぐ後ろから、マクスウェルが歩み出た。黒頭巾を外して顔をあらわにしているのは彼だけだった。

「私たちがここに足を踏み入れるべきでないことはわかっている。だが〈白い要塞《ホワイト・キープ》〉のときとは違って、ちゃんと大事な場所には乗り込まずにいただろう？　ここにいるみな《ボーイズ》でそのエレベーターを上がっていくこともできたんだ」

バジルが右手に電線を現しながら前に出た。

「やってみな。今日から全てのグループのターゲットはお前らだ」

マクスウェルが昏い眼差しをバジルへ向けた。

「しないさ、バジル。決してそんな真似はしない。ところでこの蛇獲り野郎《スネークキャッチャー》は、お前の差し金かね？」

「ああ。お前が勝手に消えたからな」

ハンターがバジルの肩を軽く叩いて下がらせ、先ほどの言葉を繰り返した。

「バリー、こちらへ来い。マクスウェル、お前の話を聞こう」

ハンターはバリーを手招きし、〈ハウス〉のそばへ来させた。マクスウェルもジョニーも引き止めようとはしなかった。

マクスウェルがジョニーの手を叩き、ショットガンを下ろさせて言った。

「あんたは狩りをすると言った。だから私らは私らなりに、獲物の様子を見ながら待ち続けた。そうするうちに見過ごせないことがあって、あんたに報《しら》せたいと思ったのだよ」

「ほう。誰を監視していた？」

「十七番署さ。リバーサイドのベンヴェリオの次に、あんたのカネをくすねていそうなやつときたら、あそこの署長とメリルに決まっている。なあハンター、サウスサイドのステート街で彼らがどんなビジネスをしているか知っているかね？」

「建設業者の入札操作や不動産ビジネスだ」

「そう。入札管理官たちとリッチ建設のお偉方との間で、キューピッドの役をやっている。入札管理官の弱みを握って脅したりしてね。そしてあんたのサンダース工務店も、その利益に預かれるはずだった。フェンス事業と、それにつきものの除雪事業や、粉塵や廃棄物の処理とか。だがメリルときたら別の会社を使って相変わらず独占している」

「それはメリルのビジネスだ。彼に話を聞こう」

「そうしたほうがいい。ところであの汚らわしい刑事部長は、あんたと我々の組織でいう、ナンバーツーか？　それともそれはそこにいるバジルであって、あいつはナンバースリーといったところか？」

「序列はない。十七番署の管轄における我々と警察の橋渡しであり、現時点では違法とみなされるエンハンサーの合法化《リーガライズ》に寄与することが、彼の重要な役割だ」

「これは知っているか？　あの男は、私たちが合法化《リーガライズ》されないことを望んでいるんだ。当然じゃないかね？　もし私たちが０９法案の執行官のような立場になれば、あの男は私たちの使い走り同然の立場になるのだから。そうならないよう、あの男は今からあれこれ手を回しているんだ」

「それもメリルから聞こう」

「私が言いたいのは、メリル・ジレットはたやすく手の平を返す男だということだ。私が十七番署にいた頃からそうだった。やつは、あんたにシザース狩りをさせないよう、〈円卓〉のメンバーと話をしている。あんたが間違った人間をシザースとみなす可能性があると言ってね。あんたを今の立場から引きずり下ろして、代わりに自分が操りやすい〈シャドウズ〉あたりをグループのトップにつけるかもしれない。明白な裏切りじゃないか？　やつは保身のため、ためらいなくあんたを貶《おとし》め、組織を引き裂く。言うなれば、シザース的な行いをするだろう」

「お前の言いたいことはわかった、マクスウェル。もしメリルがおれたちの分裂を望むのであれば、まさにシザース的だと言えるだろう。そうであれば、おれがメリルに告白させる。そのうえで、これまでおれたちに貢献したことを考慮し、栄誉ある死を与える」

「バルーンという、あんたの仲間が自決したように？」

「そうだ」

「だがもしやつが正真正銘の汚らわしいネズミであったら？　はなからあんたを罠にはめる気だったとしたら？」

「おれとメリルの間にある共感《シンパシー》を疑うことは、おれとお前の間にあるそれを疑うことになる。ひいては、おれ自身を疑うということにもだ。それがわかっているのか？」

「わかっているよ、ハンター。何しろ私も、あんたの能力《ギフト》によって導かれたのだからね。だがこのところ、あんたと周辺の共感《シンパシー》にはいささか乱れが生じているようだ。そして私は、その原因となっているものを取り除きたいだけなんだよ」

「お前の話は受け止めよう、マクスウェル。お前がお前なりに誓約を守り忠誠を示そうとしていることも。だが重ねて、おれはお前に命じておく。狩りのときを待て」

「嬉しいよハンター。あんたは話がわかる。どうか私らの忠実さを忘れないでほしい」

　マクスウェルがジョニーの肩を叩き、するすると後ずさった。

「行くぞ、お前たち《ボーイズ》！」

号令とともに黒衣の男たちが一斉に回れ右をし、もといた物陰へ、あるいは暗がりへ消えていった。

ほどなくして猟犬たちの唸りがやみ、銃の信徒たちが立ち去ったことを告げた。

ケイトが再び〈ハウス〉から出て、屋根の上のハザウェイの羽を優しく撫でた。

バジルが、バリーに険悪な顔を向けた。

「こんな場所まで案内しやがって」

「まったく面目ありません」バリーが首をすくめて言った。「〈ガーデン〉にいる方々に状況を伝えようとしたのですが、何もするなとマクスウェルから脅されまして」

「あほが。お前の能力《ギフト》はどうした」

「見抜かれてあの隻腕のご老人に撃たれますよ」

ふいにドアが開く音がして、全員が〈ハウス〉を振り返った。

運転席からアンドレ・ザ・ビッグディッパーが降りてきて、その綺麗に逆T字型に剃った髭のあたりを太い指でかきながら言った。

「なんというか、おれの感じ方からすると、宣戦布告って雰囲気だったぜ」

バジルが眉間に皺を刻み、こう言い返した。

「だからなんだ。わざわざ降りてきて言いたいことでもあんのか」

するとアンドレは背筋を正し、両手を腰の後ろで組んで、いかにも軍隊的な姿勢を取りながら、ハンターに向かって言った。

「おれはドライバーだが、ブロンとあんたの間のメッセンジャーでもある。そのために、おれがここにいるんだ。そうだろう、ハンター？」

「その通りだ、アンドレ。何か言いたいことがあるらしいな」

「あんたは狩りを始めた。そして獲物が次々に見つかった。都合の悪い獲物が。それであんたは迷ってるのかもしれない。だがうちのブロンは違う。〈シャドウズ〉のジェイクとは全然違う考え方をする。ブロンは犠牲をいとわない。もともと〈ルート44〉を守るためなら、どんなに悲しいことでも、やるべきことをやってきた男なんだ。ああ見えてとんでもない情熱家でな。あんたが示したビジネスの合法化《リーガライズ》っていう考えにも強い共感《シンパシー》を抱いてる。ジェイクみたいにビジネスにしがみついたりせず、新しい道筋が拓《ひら》けるなら喜んでことをなすはずだ」

　そこでアンドレはケイトをちらりと見て、こう続けた。

「そこにいる魔女が、オライリー少佐とブルータス・ザ・ビッグマシーンの名を口にした。二人ともおれたちにとっては大事な相手だ。立派な男たちだ。しかしブロンは自分が二人を始末する覚悟でいる。迷いなんてものはない。もし間違っていた、なんてことになったとしても、単に、つけを払うべき誰かに払わせるだけだ。そういうところはマクスウェルと似ている。それに、おれたちにとって〈ガンズ〉の連中は〈スポーツマン〉だった頃から山ほど銃と弾丸を買ってくれるお得意様だ。おれの言いたいこと、うまく伝わるかな?」

「伝わっている」

「なら、ドライバーとしての役目に戻るよ。引き続き、ブロンの考えをあんたに伝えたいし、あんたの心づもりをいち早くブロンに伝えたいと思ってる。いいかい?」

「問題ない」

アンドレは口元を引き締め、ハンターに向かって敬礼すると、回れ右をしてまた運転席に入った。

バリーが、自分には関係ないとばかりに肩をすくめて目をぎょろりとさせ、

「さて、私は誰を追いかけましょう?」

悪びれもせずハンターとバジルに尋ねた。

「〈ガンズ〉だ」バジルが即答した。「見張りがついてるとなりゃ連中も遠慮する。何かしでかしたとき都合良くごまかせねえよう、しつこく追い回せ」

「やれやれ命がけですな」

「お前を殺すほどマクスウェルは馬鹿じゃねえ。〈クインテット〉を裏切ることになるんだからな。それでいいだろう、ハンター?」

「いや。〈ガンズ〉は追わなくていい」

ハンターが否定し、バジルとバリーが目を丸くした。

「では私の仕事は？」

「〈シャドウズ〉だ。彼らがゴールド兄弟を安全な場所に隠すかもしれない」

バジルとバリーが面食らった様子で顔を見合わせた。ケイトも思わずという感じでハンターの表情を窺っている。

「彼らは……自分たちのテリトリーからほとんど出てきませんし私が追うほどでも……いえ、まあ、仰るとおり、ゴールド兄弟がよそに移されたときに追跡できるよう準備をしておきます」

「頼む、バリー」

バリーが一礼し、ちらりとバジルを見た。〝本当にいいんだな〟と念を押すためだ。バジルが苦々しい顔でうなずいた。

「では私はこれで」

バリーが立ち去った。ハンターとバジル、ケイト、そして犬たちがエレベーターに乗り込んだ。ハザウェイも羽ばたいてケイトを追った。彼女の肩や腕に乗れば爪で傷つけてしまうので、その足元に舞い降りた。

エレベーターのドアが閉まると、バジルが言った。

「〈ガンズ〉は引き金を引いたあと〈プラトゥーン〉と組もうとする。バリーでなくても、とにかく〈ガンズ〉には誰か見張りはつけたほうがいい。野放しにすりゃマクスウェルはあんたが許可したんだとか言い張りかねねえ」

ケイトもしっかりそれに乗じて言い添えた。

「本当にシザースかどうか、マクスウェルは問題にしていません。〈プラトゥーン〉も〈シャドウズ〉もそうですが、責任は私たちにあるとみなしています。私たちのパートナーが嗅ぎ当てた相手がシザースか疑わしくなれば、マクスウェルは喜んで私たちを追及し、ターゲットにするでしょう。マクスウェルは組織での地位を上げるために邪魔者を退けたいだけです。あなたが望む結束など考えてはいません」

だがハンターは、上昇するエレベーターの表示灯を見上げて言った。

「疑うな。おれたちは今こそ互いを信じねばならない。それが、天国の階段《マルドゥック》をのぼり、真の均一化《イコライズ》を果たすゆいいつ無二のすべだ」

19

誰もが何ヶ月も前から予約せねば入店できないほど有名なステーキハウスから上機嫌で出てきたのは、メリル・ジレット刑事部長とティム・ステップフォード署長だ。メリルの部下であるウィラードとピットもご相伴にあずかりご満悦だった。

その晩、彼らが席をともにしていたのは、リッチ建設の住宅部門を管理する人物と、市内の不動産投資で財を成した人物だった。彼らはそのステーキハウスの常客であり、いつでも席を得ることができる。だがメリルやステップフォード署長がそこで供されるのは、これぞ都市の南部流《サウシー》というべき豪勢な食事だけではない。常にメインとなるのはステーキ肉のごとく切り分けられる不動産だ。

別人の名義で投資でき、購入でき、かつ賃貸ビジネスができる不動産は、都市のダーティな警察官にとっては現ナマそのものよりもずっと意味のある賄賂だ。なんといっても、それが賄賂であると証明するには、相当複雑な書類操作を解き明かさねばならず、関係者の証言に頼るしかない。そしてこの都市では、そのような証言をする建設業者や不動産業者は皆無といっていい。

メリルはステップフォード署長とともにこの不動産賄賂システムを洗練させてきた。初期の〈クインテット〉に褒美として与えられたサンダース工務店も、もとはそのシステムの一部だ。スラムを切り刻み、犯罪多発区域の人々に隔離政策を施したうえで賃料をかすめとる。そしてそのカネを、サウスサイドのコンドミニアムや、ノースヒルの高級住宅地に回す。

メリルとステップフォード署長の真の役割は、犯罪多発区域に住む人々を閉じ込めることにあった。彼らを叩きのめし、意気消沈させ、前科と保護観察という重しをつけ、永遠の低賃金労働者とする。都市の建設のために必死に働くべき連中が、自分たちも金持ちになろうとして革新的な事業を始めたり、権利主張のため組合を作ろうとしたりすることを徹底的に封じる。

それが、メリルとステップフォード署長と彼らを頼る人々にとっての、治安とは何かということへの答えだ。その厳然たる秩序の原理は、メリルが〈クインテット〉の一員として組み込まれてのちも変わってはいない。

断固とした正義の観念を法の原理とみなすバロットや、汚職を憎むクレア刑事からすれば、メリルもステップフォード署長も都市の汚泥に自らまみれるれっきとした犯罪者だ。

だからこそ間違っても自分たちが有罪とならないよう、メリルたちはあらゆる努力を惜しまず、隠蔽の手口を年々複雑化させてきたのだし、その手口は〈クインテット〉という九割がた犯罪者で成り立つ組織の温存に大いに役立てられていた。

多くの時間を〈クインテット〉のために費やすようになったことで、ステップフォード署長から苦言を呈されることもあるが、メリルは受け流した。そんな態度を取れるのも、〈円卓〉の一員になれたのはメリルのほうだという事情がある。

ステップフォード署長はノースヒルの住人たちが催すパーティに列席するのが精一杯だった。理由は、市議選や警察本部の選挙にダーティな手段で介入することを嫌がったからだ。彼の願いは自分が立候補者になることで、〈円卓〉の指示に従って好ましくない立候補者を叩き潰すことではなかった。

ステップフォード署長が〈円卓〉のメンバーの支持を得て警察本部長になるという展望を叶えるうえでも、すでに警察官の平均的な生涯年収の何十倍にもなる資産を守るうえでも、メリルという存在は必要不可欠だった。そのため部下のメリルに逆らえないというのは皮肉だが、裏切れないのはメリルも同じだし、ステップフォード署長の出世に手を貸すことで見返りが得られるのは確かだった。

メリル自身はそこまで出世に興味はなく、万年刑事部長という最高の隠れ蓑を捨てるほうがどうかしていると考えていたので、将来ステップフォード署長と衝突する可能性はゼロに等しい。二人とも末永く持ちつ持たれつの関係が続くと考えており、そのためにも美味い話があれば必ず共有し、危険を察知すれば互いに警告し合うことが当然だった。

だがそのメリルも今回ばかりは迫り来る危険にうすうす気づいていながら警告するには至らなかった。それどころか自分自身の備えすら間に合っているとは言い難かった。

ステーキハウスを出たメリルは、ステップフォード署長とともに〈ブラックメール〉の後部座席に乗り込んだ。運転席にはウィラードが、助手席にはピットが乗った。

車は店の駐車場を出ると、賑やかなサウスサイドから離れ、ノースヒルのふもとへ向かう有料のシーサイド・ハイ・ストリートに入った。夜更けになるとその高架道路はいつもがらがらで、ウィラードは遠慮なく車のスピードを上げた。渋滞が発生しないよう綿密に計算された道路設計のたまものだ。貧乏人と金持ちでは、それぞれ走るべき道も、乗るべき車種も異なるという、この都市のカースト制度の好例というべき道路だった。

防弾仕様の〈ブラックメール〉の中にいる限り物理的な安全は保証されていた。マシンガンどころかロケット弾でも破壊できないほど強固な車の中で、くつろいで談笑する男たちへ、突然、爆音が襲いかかった。

みな絶叫し、三人が両手で耳を塞いだ。

ウィラードだけはそうするわけにもいかず、自動運転に切り替えるよりもスピードを落として路側帯に停めるほうが早いし安全だと判断し、速やかにそうした。

爆音はスピーカーから放たれていた。金属的であり、人の鼓膜を堪え難いまでに震動させる音波が、容赦なく車内の人々に浴びせかけられていた。

ウィラードとピットが手や肘を操作パネルに叩きつけてスピーカーをオフにしようとしたが音は鳴りやまず、最初にステップフォード署長がドアを開けて外に出た。ついでメリルがそうした。ウィラードとピットは、数秒遅れてボスとその上司が背後から消えたことに気づき、慌てて自分たちも外に出た。

四人とも苦痛から逃れるため、安全だったはずの車内から逃げ出し、叩きつけるようにしてドアを閉めた。ドアが全て閉じた途端、とてつもない爆音がほとんど聞こえなくなったことが、はからずも〈ブラックメール〉の頑丈さと密閉機能を物語っている。

「何が起こった！　何が起こった！」

ステップフォード署長が怒鳴り散らしたが、誰も返事をしない。耳鳴りがひどくて誰も聞こえないのだ。

聴覚がろくに働かないせいで、背後から現れた数台のトラックに誰も気づかなかった。

トラックはどれもヘッドライトをつけず、暗闇の中、縦一列となって路側帯に停められた。ついで荷台から黒衣に身を包んだ男たちが影のように降り立ち、迅速にメリルたちへ接近し、扇状に隊形を組んでおのおの銃を構えた。

それでも気づかないメリルたちを振り向かせるため、マクスウェルがジョニーの腕を叩き、特大のショットガンを空へ向かってぶっ放させた。

その銃声で、ようやくメリルたちが振り返った。

銃を持つ黒衣の一団がずらりと視界を埋めるさまに愕然となった四人は、それぞれ条件反射的な対応に出た。ステップフォード署長は一目散に〈ブラックメール〉を盾にしようとして車体の周りを走り、メリルも同様にしながらこちらは懐から銃を抜いていた。

ピットは能力《ギフト》を発揮して両手に輝きを帯び、弾幕となる塩の結晶を黒衣の一団へ放とうとした。同じくウィラードが音波攻撃を見舞うべく最も近い位置にいるジョニーとマクスウェルへ向き直った。

四十余名による銃撃が、ピットとウィラードを襲った。ひとたまりもなかった。

ピットがかろうじて放った弾幕は、数名を撃ち倒したものの威力が完全ではなく、防弾スーツに守られた者たちを殺すには至らなかった。

ウィラードの音波攻撃を受けたのはシールドマンたるジョニーであり、寄生された肉体がダメージを受けただけで、ジョニー自身は音波による失調を免れていた。

他方、ピットもウィラードも嵐のような銃撃をまともに食らい、二人の肉体は宙を舞いながらその本来の形状を完膚《かんぷ》なきまでに奪われた。おびただしい弾丸が彼らの肉体を穿つだけでなく、ばらばらに引き裂き、木っ端微塵に破裂させた。頭部は石榴《ざくろ》のように弾け、四肢は千切れ飛び、はらわたがクラッカーのようにそこらじゅうにまき散らされた。

その間、メリルが銃を握らぬほうの手で〈ブラックメール〉の運転席のドアを開けて逃げ込もうとしたが、車内に充満し続ける爆音に耐えられず、再び閉めるほかなかった。

ステップフォード署長は車体のフロント部分にまで回り込み、いち早く一団から離れると、そのままメリルに背を向けて走っていった。

メリルが彼の名を大声で呼んだ。一人だけ逃げることが許せないのではなく、次に何が起こるか予期して制止しようとしてのことだった。

だがステップフォード署長には聞こえていなかった。先ほど浴びた爆音のせいで耳鳴りがひどく、誰の声も聞こえなかった。そしてそのステップフォード署長のこめかみに、一匹のハエが取りついた。

そのハエが、ぱっと塵に変わった。一発の銃弾がハエを粉砕してのちステップフォード署長の頭蓋骨を貫き、内部で跳弾と化して脳をずたずたにした。

メリルの視線の先で、ステップフォード署長がびくっとこわばって横倒れになり、そのまま動かなくなった。

棒立ちになるメリルへ、マクスウェルがジョニーを連れて歩み寄った。

「ハロー、メリル。聞こえているか？　その耳が少しでもまともなら、ちょっとした種明かしを聞かせてやろう」

メリルがのろのろと首だけ動かしてマクスウェルを振り返った。

「どうやら聞こえているようだ。大したことじゃない。〈白い要塞《ホワイト・キープ》〉に乗り込んだときにお前さんの自慢の車のチャンネル・コードを手に入れた。お前さんの部下の能力《ギフト》がヒントになってくれた。でかい音を送り込んでやれば、火のついた家から逃げ出すネズミみたいに這い出てくるのではないかとな。実際、愉快なほど思惑通りになったわけだ」

「ハンターが許さないぞ」

「いいや、メリル。ハンターは私につけられていた見張りを外した。これは自由にことを行えというハンターのメッセージであり、私はそれをしかと受け止めただけのことだ」

「愚か者が。ハンターは決してお前を許さないぞ」

「どうやらあまり聞こえていないようだ」

「お前はいかれている。エンハンサーになどすべきじゃなかった」

「神の御意志はお前の考えとはだいぶ違うようだな、ファンド・マネージャー」

「狂人め。お前は死ぬべきだった」

メリルが銃を上げようとした。

だがその前にマクスウェルの見えざる右手が銃を抜き放ち、メリルの顔面に六発もの弾丸を叩き込んでいた。メリルが〈ブラックメール〉の車体に体を押しつけるようにしてずるずると路上に倒れたとき、首から上は部下たちと大差のない残骸と化していた。

20

オーキッドが言った。

「〈シャドウズ〉と傘下の兵士は臨戦態勢だ。ゴールド兄弟を隠れ家に移したことでヤクの製造もストップした。バイヤーどもは戦争が始まったと思い込み、とばっちりを恐れてヤクを買おうとしない」

エリクソンが言った。

「ベンヴェリオは、メリルの次は自分だと思ってるらしい。兵隊をあちこちに置いて、〈ガンズ〉を見つけたら警告なしに撃てと命じてる。びびった息子たちが家族を連れて旅に出たせいでマネーロンダリングも止まってしまった」

ラスティが言った。

「サツがわんさか来て、おれらの工務店をめちゃくちゃにしやがった。もうあの商売はダメかもだ。クリーンなサツどもはみんな怒り狂ってて話にならねえし、ダーティなサツどもはメリルとやっていたビジネスを隠すか、ディーラーどもにおっかぶせるかで必死だ。そのうちおれやシルヴィアにも押しつけて手配書をばらまくだろうよ」

シルヴィアが言った。

「新しい〈ディスパッチャー〉のメンバーとして、ウィラードとピットと組むはずだったエンハンサーを立てたわ。前科のない人たちを。メリルとステップフォード署長がいない今、どれほど意味があるかわからないけど、警察とのパイプを失わないよう働きかけてもらってる」

バジルが言った。

「〈ガンズ〉のクソどもが完全に姿を消した。足取りも次のターゲットも不明だ。たぶん、〈プラトゥーン〉がシザース狩りに参加するのを待ってるんだろう。ブロンがオライリー少佐とビッグマシーンを殺れば、やつらはすぐにベンヴェリオとゴールド兄弟を殺る。そして手を組むってのがマクスウェルの腹のはずだ」

それからみなハンターの言葉を待った。猟犬たちも〈ガーデン〉に充満する危機感の匂いに口吻をひくひくさせながらハンターの様子をじっと見守っている。

ハンターは彼らには応じず、ただ一人発言していないホスピタルへこう尋ねた。

「ウィラードとピットの遺体から、能力《ギフト》をもたらす臓器は回収できたか？」

ホスピタルがみなの視線を気にしながら答えた。

「はい、ハンター。連絡を受けてすぐディイモンに頼みました。かなり損傷していましたが、私が回復させたあとディイモンに保管してもらっています」

「ステップフォード署長の脳も？」

「それもディイモンが検視医とすり替わって手に入れました」

「シザースの特徴を示すものはあったか？」

「弾丸による損傷を修復して調べましたが、軽い脳卒中によるダメージが何カ所かみられるだけでした」

「例の匂いの原因となる特殊な分泌物とやらは？」

「見つかっていません」

五人が低く呻くような声を漏らした。ハンターはうなずき、改めてホスピタル以外の五人と向き合った。だがすぐには口を開かず、バジルが焦《じ》れたように言い募った。

「マクスウェルとブロンが組むことはジェイクもわかってる。やつはゴールド兄弟を守るためにベンヴェリオを仲間にするだろう。残りのエンハンサーもかなりの数がどっちかにつく。どんな騒ぎになるにせよマクスウェルもジェイクも怒りを魔女たちにぶつけるだろう。最後には全部魔女たちにおっかぶせて騒ぎのつけを払わせることになる」

ハンターは黙って聞いていたが、バジルの懸念とはまったく違うことを思考しているらしいことをみな察していた。そしてそのせいでハンターと彼らの間に築かれた共感《シンパシー》にさざ波のように乱れが生じるのを誰もが感じた。犬たちですらその乱れに戸惑い、苛立ったように身を揺するほどだった。

やがてハンターが言った。

「鏡が必要だ。ホスピタルとケイト・ザ・キャッスルが、おれの肉体と精神の鏡になってくれている。だがシザースという鏡は何も映さない。いまだに沈黙している」

ラスティが両手を頭の後ろで組んでだらしなく体を伸ばした。乱れがちな共感《シンパシー》のせいでうんざりした気分になっていた。

「魔女のリストだ。本物かどうかわかんねえものが、おれたちをおかしくさせてる。なあ、ハンター。あんたの猟犬はシザースの匂いってやつを嗅いだのか？」

ジェミニの左の顔がハンターに代わって答えた。

《マクスウェルが〈白い要塞《ホワイト・キープ》〉に乗り込んだ日、〈ファウンテン〉の穴掘り人《ディガーマン》から、確か

に匂いがした。その前はしなかったのに》

「他に誰の匂いを嗅いだんだ？」

《〈パレス〉のモンティ・ランドール、〈金庫〉のミッツ・キャンベル。以前、ゴールド兄弟が〈ハウス〉に乗ったときは、シザースの匂いはしなかった。他はわからない》

エリクソンが太い腕を組み、落ち着かない気分を振り払おうとするように首を回した。どのような修羅場でも茫洋とした態度を崩さないエリクソンにしては珍しい動作だ。

「おれたちがシザースの疑いがある人間を全員殺そうか？　それともリストが間違ってたってことで、魔女に何かペナルティを与えて、それでみんなを落ち着かせようか？」

バジルが両手で顔を覆うようにして撫でた。これもこの男には珍しく、すっかり参ってしまうような気分をあらわにしていた。

「もう遅い。マクスウェルはどっちも撃つ気だ。殺るなら、あの野郎からだ」

オーキッドが重い空気を避けるように立ち上がって大きな窓から都市を眺めた。

「だが、あの男が今どこにいるか誰にもわからない」

その言葉は、〈スネークハント〉を〈ガンズ〉から外すべきではなかったという点をみなに意識させた。それがまた共感《シンパシー》を乱す波となり、その場にいる者たちの心に広がっていった。

その間にシルヴィアも立ち上がり、ティーポットを持ってアイランド型のキッチンに行き、お湯を足していた。すぐに戻ってきたが、みなカップの中身を大して飲んでいないため、シルヴィアはただティーポットをテーブルに置いた。

それから、やや遠慮がちにこう言い出した。

「ねえハンター。敵の沈黙を、あなたの能力《ギフト》で破れないかしら。あなたの共感《シンパシー》の力で、シザースの疑いがある人に自分が何者かを語らせるの。もし相手にシザースとしての自覚がないとしても、その自覚を持つよう促すことができるかもしれない。そうでなくても、何か辻褄の合わないことや、私たちの知らないところでシザースのような行動をしていることが判明するかも。で、もし、そういうものがまったくないなら……シザースではないということになるんじゃないかしら」

シルヴィアの発案は、メンバーの興味を惹いた。ハンターは考え込んだが、すぐに同様の反応を示した。

「確かにそうかもしれない。植物状態のシザースを調べたときは、誰も反応を示さなかった。彼女たちは無の眠りについていた。だが健やかに生きている者に、同じ手を使おうとは考えなかった。考えてしかるべきことだった。素晴らしい、シルヴィア。見事におれの鏡になってくれたな」

「ただの思いつきよ」

シルヴィアが再びティーポットを持ってキッチンへ行った。まったく必要のない行為だが、赤らむ頬と幸福の笑顔を隠すためだとみなわかっていたので、誰も指摘しなかった。

バジルが、シルヴィアの発案をもとに話を進めた。

「誰にそうする？　魔女から指さされたと、そいつに教えることになりかねないが……」

ラスティもその点について言及した。

「よっぽど肝の据わったやつじゃないと、そのままトーチ爺さんがいる〈セメタリー〉に連れてかれるとか思うんじゃない？　暴れたり逃げようとしたらどうする？」

オーキッドが窓の外を見るのをやめ、話題に参加した。

「監禁するしかないな。死刑囚監房《デス・ロウ》に入れるようなものだが……」

エリクソンが手を叩いた。

「そうか。みんな殺さずにしばらく閉じ込めておけばいい」

だがハンターがすぐにその結論を否定した。

「最終的に、〈円卓〉のブラックキングに差し出すことになる。〈セメタリー〉に送られるのと大して変わらないだろう。そうする前にすべきことがある」

シルヴィアがキッチンにティーポットを置き、ステンレスの台に身をもたせかけた。

「ごめんなさい。あまりいいアイディアじゃなかったみたい」

だがそこでホスピタルがいやに感情を抑えた調子で言った。

「一人だけ、抵抗せずに協力すると思われる方がいます」

ハンターを除く五人が、考えたくないことを指摘されて沈んだ顔になった。その一人が誰であるか、みなすぐに察したが、その名を口にするのを憚《はばか》っていた。

ハンターは目を宙に据えてひとしきり沈思黙考したが、やがてホスピタルに同意した。

「ヘンリーだ。〈ファウンテン〉の穴掘り人《ディガーマン》であれば、この重大な試みのため、その身を差し出してくれるだろう」

シルヴィアが眉根をきつくひそめ、無意識におのれの顔の傷を撫でた。

「本当……、まったくいいアイディアじゃなかったわ」

バジルが困惑気味に唸りをこぼしながらもハンターに従って言った。

「ヘンリーを呼ぶか？　それとも〈ファウンテン〉へ行くか？」

「おれたちのほうから赴くのがヘンリーへの礼儀だ。アンドレには、おれがシザースを探知する試みをしていると〈プラトゥーン〉に伝えさせろ。ブロンも即断を控えるだろう」

バジルがすぐさま携帯電話を取り出した。

「アンドレに今から出ると伝える。ラスティ、ヘンリーに連絡しておけ」

「あいよ」

「ホスピタルは、おれの傍らにいて全てを見届けてくれ」

「わかりました、ハンター」

「バジル、同じことをケイト・ザ・キャッスルにも頼めないか訊いてくれ」

「わかった」

そうして五分と経たず連絡が行き渡り、ハンターが立ってエレベーターへ向かった。全員がそれに続いた。やはり八方塞がりのこの事態を打開しうるのはハンターだけだと誰もが信じて付き従っていた。

ハンターと猟犬たち、〈クインテット〉の幹部全員、そしてまたホスピタルが一度に〈ハウス〉へ乗り込むことなど滅多になく、アンドレが運転を任されてからは初めてのことだ。アンドレも、それだけ重要なことがこれから起こると察した様子で、無駄口を叩くことなく〈ハウス〉を通りに出した。

サウスサイドのベイエリアにあるアンフェル・ボート・リゾートの一角、〈ファウンテン〉と名付けられたそのボートハウスで、ヘンリーが用意をすっかり調えて待っていた。クロスをかけられた丸テーブルの上に、集会のための軽食と飲み物、グラスと食器がならび、季節の花が飾られている。

「ごきげんよう、みなさま方」

ヘンリーは穏やかな微笑みを浮かべてハンターたちを迎えた。運転手として〈ハウス〉を守るべきアンドレが一緒であることにも疑問を呈さず、すぐあとに〈戦魔女《ウォーウイッチ》〉のメンバーが現れても気さくに挨拶して席を用意しただけだった。魔女は二人いた。真っ赤な車を運転して黒豹を連れ歩く女と、その車に乗って現れたケイトだ。大ガラスが遅れて頭上から舞い降り、フェンスの上にとまってテーブルを見下ろした。

誰もが早くもヘンリーの穏やかさが、ただそのような性格をした人物であるというようなものではなく、信じがたいほど強靭な自制心によるものであることを悟っていた。

ヘンリーはいささかも動じなかった。この豪奢なボートハウスの庭で、一悶着を起こした〈誓約の銃《ガンズ・オブ・オウス》〉が、メリルとその部下に奇襲をかけて皆殺しにしたことは〈クインテット〉に属する者全員が知っていた。事実に反する噂のせいで構成員が混乱することがないようバジルやオーキッドが告げて回ったからだ。

だがなぜ急に〈ファウンテン〉で評議会《カウンセル》が開催されなくなったかは、バジルも言わなかった。〈ガンズ〉がそのような暴挙に出たのであれば、組織の幹部が集まって処断する場を設けるのが普通だ。なのにハンターは〈ファウンテン〉に現れない。それが何を意味するか、ヘンリーはとっくり考えたことだろう。しかしヘンリーはおのれの考えを述べたりせず、ハンターが今日ここに集まった理由を告げるのを恭しく聞くだけだった。

ハンターは言った。

「お前におれの能力《ギフト》を行使することで、ある謎が解けるかもしれない。どうか協力してほしい」

ヘンリーは真剣な顔でうなずいた。

「もちろんです。このテーブルで行うのでしたら、私が座る椅子を持って来ましょう」

「それには及ばない。おれが立とう。この椅子に座ってくれ」

「いいえ。それはあなただけの椅子です。過去、他の誰にも座らせてはいません」

「ヘンリー、ここへ」

ハンターが立ち上がった。

「ほんの少しだけお待ちください」

ヘンリーは固持して室内に入り、すぐに椅子を持って戻ってきた。それをテーブルのそばの、みなが見える位置に置き、それに座ってハンターを見上げた。

「どうぞ、ハンター。あなたがすべきことをしてください」

その揺るがぬ忠実さに誰もが感嘆の眼差しをヘンリーに向けた。ただ何の考えも持たず、憶測する賢さもなければ、逆らう勇気もない人物が、ひたすら言いなりになっているのとはわけが違った。ヘンリーはそれら全てを備え、そして自分がすべきことをしているのだ。みな言葉にならぬ思いでハンターとヘンリーを見守っていた。

「楽にしていてくれ、ヘンリー。すぐに終わる」

ハンターの手に赤い針が現れた。ヘンリーの背後に回り、それを首の後ろにすっと刺した。まっすぐ目の前の宙を見つめるヘンリーに、苦痛を感じた様子はなかった。針がひとりでに潜り込んでいくにつれ、ヘンリーの目が大きく見開かれていった。

さらにここでハンターは二つ目の針を現した。それをヘンリーに刺すのではなく、おのれの首の後ろに刺した。

ホスピタルが驚いて声をあげた。

「ハンター。何をしているのです？」

「おれもおれを監視する。おれ自身を鏡としよう。どこまで効果があるかはわからないが、鏡は一つでも多いほうがよさそうだからな」

ハンターはそう言うと、ヘンリーの横へ来てその肩に手を置いた。

「今、おれはヘンリーの意志を抑圧してしまうほどの強さで均一化《イコライズ》しようとしている。バルーンを操ろうとしたサツのデューク・レイノルズに対してそうしたように。ヘンリーの語られざる思いがおれへ流れ込んできている。自分が疑われていることを悟り、組織に殉ずるのみという覚悟が。ホスピタル、おれとヘンリーが、肉体面ではどのような状態か教えてくれ」

「あなたは能力《ギフト》の行使により神経が活発化し、興奮状態にありますが、異常はありません。ヘンリーは先ほどよりも落ち着いた静穏の状態にあります。可能な限り、あなたの能力《ギフト》に逆らわないようにしていることが肉体面から明らかです」

「ありがとう、ホスピタル。では、ケイト・ザ・キャッスル。おれとヘンリーの精神の変化を教えてくれ」

ケイトがやや前屈みになり、目の前のヘンリーと完全に同じ姿勢と表情になった。そのロが、ケイト＝ヘンリーの声を告げた。

「私はこのうえなく穏やかですよ、ハンター。なぜならやっと私に会いに来てくださったわけですからね。どうやら私は敵の一員とみなされてしまったようです。なぜそうなったかは問題ではありません。私に何ができるか――問題はそれだけです、ハンター」

テーブルを囲む面々が息を詰めてケイトではなくヘンリー本人を見つめた。ヘンリーに対する敬意と共感《シンパシー》の念が彼らの間で強く高まっていった。

ハンターも、ヘンリー本人の肩をぎゅっと握って相手を称える気持ちを伝え、それからケイトにうなずきかけた。ケイトが立ち上がり、右手を椅子の背もたれに当て、ハンターとまったく同じ姿勢をとって言った。

「お前はなぜか虚空をつかもうとしている。疑うべきものごとを死角に押し込んでいる。見ていながら見えていないものが多すぎる。もし本当にヘンリーがシザースであり、お前の能力《ギフト》が有効であるなら、なぜ彼は自分が疑われたと判断した時点で姿を消さない？」

「彼はシザースではないと？」

「あるいは、お前の能力《ギフト》が通用しないかだ」

「なぜ通用しない？」

「問題はそこではない。なぜお前はそんなことを考える？　シザースの側に立って考えろ。匂いがブラフなら、それは彼らにとって可能な限り見抜かれないようにすべきものだから、匂いとともに必ず他の証拠を残す。お前がその能力《ギフト》を役立てようとすることなど敵はとっくに読んでいる。今まさにお前がしていることが敵に利する――」

ケイト＝ハンターの声がふいに遠ざかって聞こえなくなった。だがケイトの口は相変わらず動いていた。何かを喋っている。ハンターはその口の動きを見守った。すぐに声が聞こえるようになったが、それはケイト＝ハンターのものではなかった。

市長であるヴィクトル・メーソンの声が、またもや聞こえていた。

「そこまで疑い深い性格の君を選んだことを今さらとやかく言うまい。高い知性の持ち主でなければアンダーグラウンドに一大勢力を築くなんてことはできっこないのだからな。問題はそこにいる人格転写装置みたいな女性だ。彼女に〈ガンズ〉を仕向けたところで、何千羽ものカラスが紐につないだ空き缶みたいにガアガア騒いで警告し合い、彼女を逃がしてしまうときた。仕方あるまい。ここでやれ、ビル。ここで彼女を始末しろ」

ハンターはヴィクトル・メーソンの声に意識のほとんどを奪われながらも、遠くでホスピタルの声が聞こえることに気づいた。実際は異変に感づいたホスピタルが立ち上がってハンターの腕を取り、バイタルをじかに感じながらすぐ近くから声をかけていた。

「あなたの脳が無感覚に陥っています、ハンター。聞こえますか？　あなたの肉体はなぜか苦痛を訴えています。なのにあなた自身は何も感じようとしていません」

ヴィクトル・メーソンの声が大きくなってホスピタルの声を遮った。

「やれやれだなスリーピング・ビル。この女性も面倒だが、残念なことに今は殺せない。お前たちを合法化《リーガライズ》するための福祉施設《セトルメント》が完成すれば話は違うのだが。お前たちの肉体を維持する手段はとてつもなく限られている」

だがそこでケイト＝ハンターの声がかすかに聞こえた。

「お前は何とつながっている？　お前を完全にとらえるほどヘンリーの精神は強大なのか？」

うんざりした調子でヴィクトル・メーソンの声がそれを押しやった。

「さっさとやってしまうぞ。ヘンリーを使うんだ。この男は自決する気まんまんだからな。ひとたび疑われたら死んでお前の役に立つ。そういう考えがお前の能力《ギフト》を通して私にも伝わっている。順番はこうだ。自決を望むヘンリーに、お前が銃を渡せ。みながヘンリーは死ぬのだと思って注目する。だがヘンリーはケイト・ザ・キャッスルを撃ち殺す。そして自分はシザースだと告げ、自決する。みんな呆然となるだろう。初めてシザースを見たと信じ、魔女のリストは正しかったと考える。お前がヘンリーをしっかりと操れ。ヘンリーは抵抗するだろう。だがお前の能力《ギフト》で彼の精神を圧殺すれば可能だ。デューク・レイノルズにそうしたようにな。嫌とは言わせないぞ。さあやるんだ、ビル」

だがそこでまた声が聞こえた。

「今、巨大な無を目の当たりにしている。ヘンリーのものとは思えない」

いったい誰の声か。

ハンター自身の声だった。

「おれの中に無が満ちている」

それはおのれの首に刺した針による精神の反響だった。もう一つの自分がそこから話しかけていた。

そしてむしろヴィクトル・メーソンの声が遠ざかっていった。

「これはお前の能力《ギフト》か？　スリーピング・ビル？　どうも、お前のポテンシャルを少し下げる必要があるようだな──」

ヴィクトル・メーソンの声が消え、だしぬけにケイトの口が金切り声を放った。

「キキキ！　キキ！　キキキキャアーアーアー！」

猿そっくりの声。スクリュウ・ワンの雄叫びが、ハンターの中で芽生えた精神の反響を吹き飛ばした。ハンターの首筋にぽつりと赤い点が浮かび、そこから細く血が流れ出していった。ハンターの針だったものが、残らず体内から排出されてしまっていた。

ホスピタルが言った。

「あなたの肉体に変化が……。あなた自身に施した能力《ギフト》が消えました」

ハンターは、ヘンリーから手を離して後ずさった。

目の焦点がしばらく合わず視線をさまよわせた。ヘンリーがはっと眠りから覚めたように辺りを見回した。みなが反射的に腰を浮かし、二人の様子を見守った。

ハンターは、どこに自分がいるのか確かめるようにおのれの身を撫で、それから視線をヘンリーに向けた。

ヘンリーが尋ねた。

「私に対する疑いは晴れましたか？」

「いいや、ヘンリー。残念ながら、確かなことはわからないままだった」

「では失礼を承知で、あなたにお願いをします。あなたの銃をお貸しください。皆様に厄介をかけてしまっているものを一つ片づけたいと思います」

テーブルの面々が一斉に呻くような声を漏らした。ヘンリーが何をしようとしているか誰もが悟っていたからだ。それでいてヘンリーを止められない悲痛の念が広がっていった。

ハンターは懐から銃を抜いた。だがそれを渡そうとはしなかった。ヘンリーが手を差し出しても、ハンターはおのれの手にある銃を見つめたままだった。

重苦しいほどの沈黙があった。固唾を呑むことすら憚られる無言の時間が過ぎ、やがてハンターは銃を懐に戻した。ヘンリーが手を下げ、いぶかしげにハンターを見た。

みなが腰を下ろし、ふうっと息をついて、額を拭ったり、眉間を揉んだりした。

ハンターは、ケイト＝ハンターに向かって尋ねた。

「おれはおれの声を聞いた。巨大な無とはなんだ？」

「おれにはわからない。だがお前にはわかっているはずだ。しかしそれを死角に押し込んでいる。だからおれにもわからない」

「わからなくさせている何かがあるのか？」

「そう考えるしかない。お前を本来あり得ない考えに従って行動させている何かがある」

「つまり、おれは今すでにシザースからの攻撃を受けているということか？」

ヘンリーがぽかんとなり、自分が知らず知らずのうちに何かしているのだろうかと疑うように、おのれの胸に手を当てた。だがハンターはヘンリーに注目することをやめていた。

そのことがテーブルの面々に事態の変化を明瞭に告げていた。

ハンターは、さらにケイト＝ハンターに尋ねた。

「その攻撃はどのようにして防ぐべきだと思う？」

「新たな鏡が必要だ。おれたちだけでは、これが限界だろう」

「精神、肉体、敵、自己。それらのほかに鏡を探せと？」

「そうだ。お前を語る者を探せ。お前を深く知ろうとする者を。お前を疑う者を」

ハンターはおのれの椅子を引き、ゆっくりと腰を下ろした。居並ぶ人々の頭上にある何もない宙を見据えて答えを求めた。さして時間はかからず、その答えを口にした。

「一人いる。おれを探り続けている人物が。そもそも〈円卓〉がおれを疑ったのは、彼女が吹き込んだことが原因だ。おれはそれを安易な揺さぶりだと考えた。取るに足らないことだと。だがもし、そうではなかったとしたら？　そこに一片の真実があったなら？　彼女がどうしてそのような結論に辿り着いたか、知っておかねばならないだろう」

ハンターの謎めく自問自答にまともについていけた者は、バジルだけだった。

そのバジルが、ぼそりと尋ねた。

「前に、大学であんたが会った……？」

ハンターはうなずいた。その目が、今ここで発見したものを決して逃すまいとする獰猛な輝きを放っていた。

「ハートフォート・ローレンツ大学の学生、ルーン・フェニックス。彼女と、もう一度、話をする必要がある」

21

「ハアアアッピイイイ、バアアアアスデエエエエエ！」

飾り立てた病室に集まった人々が、大きな声で歌った。筆頭は、ぽっちゃりしたブロンドのレイチェルだ。彼女は「ハッピー」で始まる祝いの言葉を唱える機会を常に探しているような子だった。もちろんそれは一緒に祝える相手がいるからこそで、「ハッピー」は何より互いの友情を輝かしめる言葉でもあるのだ。

ジニーは自慢の腕前でベジタリアン用のケーキを焼いて持ってきてくれたし、ベッキーはノンアルコールのくせにけっこう値が張るシャンパンをわざわざノースサイドの専門ショップに行って買ってきてくれていた。

プレゼントはどれもバロットに幸運をもたらすはずだとおのおのが主張するものばかりだが、ジニーが持ってきたど派手な投影式ミラーボールには呆れて笑ってしまった。おかげで病室がどこかのクラブのようにギラギラキラキラした光で満ちあふれ、それがドアの隙間から通路へこぼれ出すのを見た看護師が、何か超常的なことが病室で起こったと勘違いして駆け込んでくる始末だった。

バロットはそのときイーストサイド総合リハビリ・センターの一室で寝泊まりしており、実際の誕生日よりも数日早い祝いを受けていた。

それは特別なお祝いだった。二十歳になることは何かと意味のあることだが、バロットにとっては、再びあるものを与えられることを意味した。

かつて彼女が失ったもの——その声を。

声帯再生手術のために検査入院をし、そこで問題がなければ間を置かずに手術を受けられるよう段取りを整えたのはイースターとベル・ウィングだ。担当はセンターに所属する医師だが、実際の執刀医はイースターとエイプリルだった。経験豊富なセンターの医師でもエンハンサーの手術は初めてだったのだ。バロットにとってイースターは文字通りの主治医であり、その彼が人任せにせず約束通り手術を行ってくれることにバロットはとても安心したし感謝の念を抱いた。

そもそもなぜオフィスで手術を行うことができないかといえば、エンハンスメントではなく身体的な障害を緩和ないし治療するためのものだからだ。オフィス内の設備はエンハンスメントのためのものだった。バロットがそこで手術を受けることは09法案と一般医師法に照らして適切ではないとみなされた。それでリハビリ・センターに入院することになったのだ。

手術後、一週間は何も口にできなくなると聞いたベッキーが、前倒しのバースデーパーティを計画してくれた。彼女がみんなの都合を調整し、抜け目なく病院側の了承を得て、バロットの手術の成功を祈るべく〝病室パーティ〟を主催したのである。

バロットは、この先ずっと入院をするわけではないのに何も病院ですることはないと言ったが、ベッキーからはきっぱりとこう返されていた。

「一人で病院のベッドに座って不安になりながら、あれこれ考えるなんて嫌でしょ？　あなたのことだから平気だって言うでしょうけどね、ルーン。でも私たちは、あなたをそんなふうにさせてしまうことがとっても嫌なの。たとえ病院じゅうの看護師から派手に騒ぐ患者がいるって注目されて、あなたが気恥ずかしくてばつの悪い思いをしたとしてもね。

そこんところは困った友達を持ったと思って諦めてちょうだい」

断固としたベッキーの態度に、バロットは法学生らしからぬことに、反論したい気持ちをすっかり失ってしまった。代わりに、祝われたその日はまったく気恥ずかしいともばつが悪いとも思わず、むしろこんなにも素敵な友達がいるのだという誇らしさでいっぱいだった。

そんなことができたのも、ベル・ウィングが病院とかけ合って完全個室を用意させてくれたからだ。もともとリハビリテーションのため、この病院に通っていたのはベル・ウィングのほうなのである。院長とは古い付き合いで、カジノ株の取得で便宜をはかってやった貸しがあるらしい。ベル・ウィングは常々、カジノ株については持論を固持していた。

「一般公開されていないカジノ株は、この都市ではどんな信託にカネを預けるよりも老後の生活を支えてくれるんだ」

実際、イーストサイドに住まう人々の大半がそう信じており、ベル・ウィングがそのようにしてカジノ業界で培った人脈には、イースターも大いに感心するところだ。

「ちょっと計り知れないものがあるよ。どこまでつながっているか僕にもわからない」

なんであれ、そのおかげで、イースターが過去に人体実験の罪を問われたことも、病院側は知らぬふりをしてくれていた。

ベル・ウィングと三人の友達の他にも、次々に人が訪れ、病室を賑やかなパーティ会場に変えてくれた。イースター、エイプリル、トレイン。ミラーとスティール。当然、アビーとストーンも駆けつけてくれた。ライムも、自分が意外に律儀だということを知ってほしいとかなんとか言ってやってきた。

そのあとすぐクレア刑事が両手に大きな花束を抱えて現れたかと思うと、バロットの友達には〝あのダンディな人〟でお馴染みとなったレイ・ヒューズまでもが、バロットとベル・ウィングのために花を一輪ずつ持って颯爽と姿を現した。

ファミリーと言っていい面々。トレインは、〈ウィスパー〉と一緒に作曲したインストゥルメント曲のデータをプレゼントしてくれた。バロットが電子捜査のときに音楽を使って精神を集中させることから、その好みを分析して作ってくれたのだという。

トレインは、レインコートをはためかせて全身で巧みにリズムを刻んでみせながら、きわめて真面目な調子で言った。

《やってみたらすごく楽しかったんだ。将来の仕事にしようかなって思うくらいに》

イースターとエイプリルがくれたのはもちろん彼らの〝完璧な手術プラン〟で、パーティに来た人々へ自慢げに説明して回っていた。

ミラーは若い女性向けコミックを何冊も病室に並べてバロットに言った。

「おれが厳選した逸品だ。最新の流行から往年の名作まである。入院中に退屈しないぞ。徹夜で読んじまわないよう要注意だ」

スティールはお決まりのフルーツのセットではなく、バロットの手術のことを踏まえ、こだわりのフルーツジュースを持ってきてくれたうえに営業マンのように商品の長所を述べ立てた。

「流動食の代わりにもなります。美容に良く、ダイエットにも最適。風邪だって予防できるんです」

ライムがくれたのはリボンで飾られたシンガー用マイクだった。カジノのステージで使われるような本格的な品だ。本来、バロットの障害を考えれば、これほど侮蔑的な品はないといっていい。だがライムはこれがこの場に最もふさわしい品だと信じ切っていた。

「家でカラオケパーティをしたくなったときに使ってくれてもいい。あるいは、カラオケ・バーでマイクを使い回すのが不衛生だと思ったときに使ってくれてもいい。なんなら社会に対しての不満が最高潮に込み上げてきたら、こいつを持って路上に立ってくれ」

《最後に歌ったのがいつだったか思い出せもしません》

するとライムは我が意を得たりというように、青い目を見開き、褐色の顔に甘やかな微笑を浮かべた。おおかたの人間は好《よ》い顔と評するだろうが、バロットは自分が決して相手をハンサムだと思わないよう心にストップをかけていることを自覚した。

そんなバロットをよそに、ライムはとっておきの笑みとともに言った。

「つまりこのおれのプレゼントが、思い出させてくれるってわけだ」

次にストーンから渡された小さなプレゼントの箱からは、美しい鳥の羽と旅路を守る聖人のモチーフをあしらった、チェーンつきのシルバーアクセサリーが現れた。

「幸運、勝利、復活を意味する品で、魔除けにもなる、フェニックスの羽だ」

バロットはそれをひと目見て、〈ミスター・スノウ〉のバックミラーにかけるのにふさわしい品だと確信し、ライムのときとは打って変わって丁重に礼を述べた。

アビーはひとしきりもじもじしたあと、プラスチック・カバーで覆ったナイフに、手紙を添えたものをバロットに渡そうとした。

「あたしが持ってるものの中で一番大事なものをあげたくて……」

確かにそれはアビーの最大の武器であり、その特質をなすものだった。

自分自身の一部を切り分けて差し出そうとするアビーに、バロットは思わず胸が熱くなった。だが相手を傷つけないよう十分注意したうえで、ナイフを持つアビーの手を両手で握り、そっと押し返した。

《これはあなたのもの。あなたの大事なものよ。私には受け取れない》

「でも……」

バロットは、アビーが書いた手紙だけを受け取りながら相手を引き寄せ、こめかみにキスしてやった。

《これが私の一番ほしいもの。ありがとう、アビー。すごく嬉しい》

アビーが感極まったように自分の体重ごと、ぎゅっと抱きついてきた。

「ルーン姉さん、大好き」

バロットは相手を抱き返し、ここぞとばかりにベル・ウィングに倣って言った。

《私もよ。これからは、しょっちゅうそう言って》

アビーはくすくす笑い、バロットの肩口から顔を離して誓うように言った。

「いーっぱい、いっぱい、そうするから」

こんなにも心温まる誕生日を迎えられるとは思ってもみなかったバロットは、夜になってみなが退室したあとも、胸躍るような気持ちが消えず、不安など一片も訪れはしなかった。

だがシャワーを済ませてパジャマに着替えると、半ば予期していたことではあったが、一人でベッドに座ってあれこれ考えることだけは避けられなかった。

とりわけウフコックのことと、そしてこの夏のことは。

22

思えば、実に不思議な夏を過ごしたものだった。

レイ・ヒューズの提案に従い、ファミリーや友達と一緒にリバーサイド・ホテルでバケーションを過ごしてのちのことだ。

バロットは、レイ・ヒューズから言質を取った通り、彼から教えを受けることになった。そのためにわざわざノースヒルのふもとにあるダイニング・バー〈ステラ〉にまで足を運んだのだ。レイ・ヒューズが甥に経営させているその店の一席で、バロットはテーブルを挟んで彼と向かい合い、こう質した。

《約束を守ってもらえますか?》

すると、レイ・ヒューズから逆に尋ね返された。

「君はどれだけの時間、この老骨相手に費やせるのかね?」

バロットは正直に、一週間のだいたいの生活パターンを話した。大学、オフィスの電子捜査、グランマの通院、アビーの通学。

レイ・ヒューズは黙って聞いていたが目はどこか遠くを見ていた。

《何か問題が?》

「君は言うなれば、シングルマザーのようにあの少女の面倒を見ながら、同居する母親の相手をするがごとくベル・ウィングのために家事をこなし、法律家になるために大学に通ってがむしゃらに勉強をしながら、〈イースターズ・オフィス〉で私にはよくわからない電子的な捜索だか探索だかを行っているわけだ。そのうえ、私のろくでもない経験に基づくペテンと、ろくでもない人生でゆいいつかろうじて自慢できる銃さばきを学びたいらしい」

バロットは相手が約束を反故《ほご》にしようとしている気がして、つい嚙みつきたくなった。

《何か問題が？》

するとレイ・ヒューズは痩せているように見えて意外に逞しい肩をゆっくりとすくめてみせたあと、こう言った。

「週に一度、君たちがここに来てディナーをするか、私が君たちの家に行き料理を振る舞うというのはどうかな？」

バロットは眉をひそめた。

《料理？》

レイ・ヒューズは心外だというように店を見回した。

「言わなかったかな？　私が銃以外に自慢できるものがあるとすれば、この店を持ったことだ。経営のほうは、頭が回って数字に強く、疑い深くて人に騙されにくい甥に任せている。だが店を構えた当初、厨房で働いていたのは誰だと思う？」

《あなたが……料理？》

「疑わしいという顔だな。よし。今週末、ベルに予定を聞いて、実際に君の前で腕を振るって見せ、君の鼻を明かすとしよう」

《私は……料理を教えてほしいわけではありません》
「君には、ここに通って私の過去の経験に耳を傾ける時間がない。射撃場に出かけてじっくり銃というものと向き合う時間すらない。家庭教師を呼んで、ちょっとばかりコツを教わるのが限界だ。そうではないかね？」
《うちで銃なんか出したらグランマに追い出されます》
「もちろん、あの上品な場所で無粋な品を見せびらかすなど言語道断だ。私が過去、どのように交通整理をしてのけたかといった小話を、夕食時の話題として提供する」
《グランマにも聞かせるために？》
「私が君に何を教えているか、彼女も知りたがるだろう。君の可愛い妹も楽しめるような話を選んでおく」
バロットはこれをどう受け止めるべきかわからず、まごついた。結局、試しに一度そうしてみようというレイ・ヒューズの主張に押し切られて了承することとなった。
「銃のほうは、君が〈イースターズ・オフィス〉にいるときに教えよう。あの建物のどこかに銃の試し撃ちをする部屋があるはずだ。法執行機関には、備品の安全性を確認するための設備を有する義務があるからな。そちらも週に一度でいいだろう」
実際、どれも現実的な提案だった。バロットは相手に逃げられまいとするあまり屹然と対応してしまったことへの申し訳なさをにじませて言った。

《そんなふうに考えていただけるとは思いませんでした》

「ここで日がな一日過ごすだけでは老け込んでしまいそうでね。それに、私はラジオマンを探すことについては何の助けにもなってやれていない。もちろん諦めはしないが。ただ、ラジオマンが大切にしている人たちを、彼が不在のときに多少なりとも守ってやれることは、私にとって大いなる喜びになるんだ。その機会を与えてくれて感謝する、ルーン」

ストリートを生き抜いた者らしい義理堅い態度に、バロットはむしろ自分のほうが独善的に振る舞っているように思えて気恥ずかしくなった。

《ありがとうございます、ミスター・ヒューズ。本当に……、感謝します》

「レイでいいよ、ルーン。私のレッスンがお気に召したときは、なんなら師匠《マイスター》と呼んでくれてもいいがね」

こうして早くもレイ・ヒューズはその言動や振る舞いを通して、バロットに教官《メンター》としての影響を及ぼそうとしていた。

レイ・ヒューズは言葉通り、バロットたちが住まうイーストサイドの家を訪れてくれた。きっちり週に一度のペースで。ときにはバロットたちを〈ステラ〉に招き、彼と、彼の甥が選び抜いたという料理人たちの腕前を披露してくれた。

彼の料理の腕は、確かに、一流料理店のシェフなみとまではいかないだろうが、しかし味にうるさいノースヒルの客を相手に長年店を続けられたのも納得だと思わせるものだ。

アビーなどは一発で、毎週レイ・ヒューズの料理を楽しみにするあまり、
「今日この宿題を終わらせたらレイのラザニアとシチューが食べられる」
などと自分に言い聞かせるようになってしまったし、ベル・ウィングは負けじと故郷の一品料理をレイ・ヒューズに食べさせるため、朝から、ときには仕込みのために前の晩から、下手をすると二日前の晩から、キッチンに立つようになった。

バロットも決して料理を習いたいわけではなかったが、自分が作ったときとレイ・ヒューズがそうしたときとではアビーの反応があまりに違うせいで、つい何品か作り方を教わっていた。

そこでもレイ・ヒューズはきわめて自然な話しぶりで、バロットが本来学びたいことをいくつか差し挟んで教えてくれた。

銃さばきの心得や、銃を持つ者同士が相対したときに何に最も気をとめるべきか、都市で抗争が起こったときにどのような行動をした者が生き残ってきたか、といったことを、なんとも器用に、料理の話題に挟み込んでくれるのだ。

オフィスでのレッスンは、もっと端的だった。

バロットが〈ウィスパー〉のいる部屋から出てくると、決まってレイ・ヒューズが待ってくれていた。それから一緒に地下の武器管理室に行くのだが、そこでのレッスンは十分程度か、長くて十五分もかからなかった。

バロットがオフィス所有の銃を借りて、ターゲットにマガジン一つ分の弾丸を放つ。それを見たレイ・ヒューズが、一つか二つアドバイスをする。それで終わりだった。そして翌週、アドバイスが身についたことを確認すると、また別のことを教える。

レイ・ヒューズは言った。

「重要なのは、正しいイメージを持つことだ。人間の脳はもともと手にした道具を体の一部として認識する力を備えている。銃口を正しい位置に据えるのは、実はそんなに難しいことじゃない。だが脳は、気分によっては握った銃がとても強力なものだと思い込んだりする。逆に全然役に立たないものとみなしたりする。あるいは、銃を握っているだけで自分が強く、攻撃的な性格をしていると勘違いしたりする。そういったことは全部、錯覚だ。余計な雑念が、そうした錯覚を生み出すんだ。正しいイメージを持つとは、雑念を完全に捨て去り、自分が握ったもののありのままの様子を、脳にしっかり焼きつけるということだ」

もしウフコックが聞けば、心から共感しそうな教えだった。あるいはもうすでに、そうしたレイ・ヒューズの考えをウフコックはどこかで聞いたことがあるのかもしれない。

バロットは回数を重ねるごとに無心に、忠実に、この教官が告げることを吸収するようになった。大学のように講義概要《シラバス》があるわけではなく、何をどう教われるのかそのときにならねばわからない。その緊張感もまた学習の効果を高めてくれる実感があった。

やがて初夏が過ぎ、サマー・スクールの時期になった。バロットは先年同様、しっかりスクールに応募して可能な限り予習に努めた。少しでも多く知識を身につければ、それだけウフコックを救助できるヒントに近づけるという思いだった。

気づけば、もう一年半もそうしていた。それを考え、ショックを受けたように呆然となることもあったが、学ぶということが焦慮の苦しみを少なからず緩和してくれた。

イースターもオフィスのメンバーも、決してウフコック捜索を諦めてはいなかった。事件担当官としての務めをこなしながら、いまなお都市じゅうを探していたし、ハンターの動向について手に入れられる限りの情報をつかもうとしていた。

周辺を揺さぶることでハンターの反応を誘うということは、もう考えなかった。実際にやってみたが結果に失望したからだ。ハンターは動かなかったしバロットに興味を示さなかった。〈円卓〉が、ケネス・C・Oを監禁したのと同様の反応を見せただけだった。

それでも、ハンターがバックグラウンドから乖離した状態でいられる理由について、考えることはやめなかった。いずれハンターを本当に揺さぶれるだけの答えに辿り着くことを期待して、こつこつとバロットなりのプロファイリングを続けていた。

シザースというエンハンサーが、どのようにしてその能力《ギフト》を活用するかも様々に考えた。ときには、ハンターがすでにウフコックを手中に収めているのではないか、という考えに襲われることもあった。ダークタウンでハンターの言うがまま、凶器にさせられるウフコックを想像し、胸が苦しくなるほどの悲痛と怒りを覚えた。

そうであってほしくないと思った。だがそうでないとしたら、いまだにガス室に閉じ込められていることになる。あるいは、両方とも違うとなれば――

いや、これに関してはノーだ。ウフコックはまだ廃棄されていない。バロットは不穏な考えにとらわれるたび、そう否定した。

ハンターはウフコックを抹殺する場合、合法的にそうすることを選んでいる。ということは最悪の事態になった場合、法務局《ブロイラーハウス》にそのような記録が出現することになる。そしてそんな記録は、オフィスが監視する限りどこにも存在しなかった。

このような思考ができるのも、大学に通った成果だった。だからサマー・スクールにも力を注いだ。一日も早く、オフィスのメンバーと肩を並べられるようになりたかった。

スクールでは意外なことに、アルバート・クローバー教授が講義の一つを担当していた。テーマは、集団訴訟《クラス・アクション》。過去の事件をテキストにしながら、クローバー教授が設定した架空の事件が設定されていた。

薬害訴訟。

L：DIS――薬物が誘発《ドラッグ・インデュースド・サファー》した苦痛に対する、民事訴訟《ロウスーツ》。

クローバー教授は言った。

「薬害《DIS》を証明する訴訟《L》を起こすには、まず何が必要か？　薬物によって苦痛がもたらされるということを医学的に根拠づける分子たる人間だ。現在は、四十七名が法定最少人数とされている。よく似た症状に苦しむ人間を、四十七人も見つけなければならない。だが逆に言えば、人口二千万人のこの都市において、たった四十七人が訴えさえすれば、たとえ国や州が定めた安全基準を満たした薬物であっても、医学的に危険なものと根拠づけるに十分だとみなされる」

クローバー教授はそこで学生たちを見回し、ここからが難題だと無言で前置きをしつつ、こう続けた。

「ではその次に必要になるものは？　四十七人分の医学的調査を行うための資金だ。被告の製薬企業が提示する膨大な反証と、それに打ち勝つための原告側のデータ作りに、それぞれいくらかかるか？　諸君は原告と被告に分かれ、常に必要な予算を計算しながら、このテーマを進めることになる。どちらも資金操りがショートした時点で、継続不能となることが、これまでの講義と最も違う点だ。ビジネスマネジメントの科目を履修している者は、この一年間で学んだことを存分に発揮したまえ」

出席番号によるランダムな割り振りの結果、バロットは、たまさか被告側の弁護につかされた。なんとも皮肉だった。かつて、オクトーバー社という有数の製薬企業をバックにつけた犯罪者に殺されかけ、そして命がけで戦ったのだ。まるで立場がぐるりと変転し、そのオクトーバー社のために戦わねばならなくなったかのようだった。

もちろんそれはオクトーバー社のような企業の手口をしっかり学ぶための絶好の機会でもある。バロットはさして感情を沸き立たせることなく、クラスメイトたちとディスカッションを繰り返した。

そうしながら、なぜクローバー教授はこのテーマを持ち出したのだろうと考えた。当然ながら、これはケネス・C・Oが願う訴訟を連想させた。

もしかすると、クローバー教授はケネスと一緒に事件を起こす算段を整えているのだろうか。現役の弁護士が、同時に教職につくと、しばしばそういうことが起こるという。現在進行形で自分が担う事件と類似したものを講義のテーマとして設定するのだ。

学生はリアルタイムで生々しい事件の詳細を学ぶことができるし、教える側も自分が担当する事件とまったく違うテーマに頭を使わずに済む。

だが、オフィスに行った際にイースターに訊いてみたところ、そのような動きはないという。ケネスは相変わらず市と州と国に手当たり次第に訴えを出しているが、ほとんど祈りの言葉を唱えているに等しいというのがイースターの感想だった。つまり無駄なのだ。

なんであれ、学ぶにしくはなく、バロットは自宅と大学とオフィスを行ったり来たりする生活に没頭しようとした。

また一方で、レイ・ヒューズという存在が現れたことで、どうもおかしな気分になることがあった。しばらくしてそれが、スラムにいた頃の自分を思い出させられるからだ、ということに気づいた。

レイ・ヒューズからギャングの抗争について聞けば聞くほど、かつて去ったはずのモール・タウンを思い出した。

若者が次々に命を落とすコンバット・ゾーン。ドラッグまみれの歓楽街。自分の家族。そこにいた自分自身。

そのせいで息苦しくなることはあったが、無感覚になれる場所が心のどこかにないか探したいとは思わなかった。これがいわゆる古傷が痛む、というやつだろうなどと、どこか高い所から自分を観察しているような気分になることもあった。

《私のそうした記憶や感情を、雑念として遠ざけたいのに、どうしても遠ざけられません》

バロットがそのことを話すと、レイ・ヒューズはこう言ってくれた。

「それは雑念ではないよ、ルーン。幸いにして得ることができた、君の強みだ。君はストリートを知り、恐怖を知っている。また、イーストサイドでの生活を知り、勝利を知っている。私もそうだ。ノースヒルのふもとで店を構えたとき、全てが俯瞰して見えた。そして、理想とする交通整理のすべを見出した。君はきっと、それ以上のものを見つけ出すだろう」

だがバロットはさして実感がわかず、そういうものだろうかと首を傾げるばかりだった。

これまでひたすらスラムの記憶を心の中で埋葬することしかしていなかったせいで、その価値に気づかずにいたのだとわかるようになったのは、もう少しあとになってからだ。気づくまでには、レイ・ヒューズのほかに、あと二人の人間の助言が必要だった。うち一人は、癪に障ることに――なぜいちいちそう感じるのか我ながら判然としないが――ライムだった。

オフィスに電子捜査や検診のため通うたび、しばしばライムが現れ、

「アビーは元気でやってるか？」

などと尋ねられるので、

《はい。とても元気です。すっかり学校にも慣れましたし、問題を起こすようなこともしていません》

ほとんど定型句のように返していた。

これへ、ライムがわかったような顔でうなずき、

「君はどっちも経験しているからな。ロープをしっかり垂らしてくれる。アビーも安心して、君が垂らすロープをのぼるだろう。ありがたいことだ」

というようなことを言うのが常だった。

《まあ、そうですね》

バロットは軽く受け流していたが、ときにライムの真面目な言葉が続くこともあった。

「天国の階段《マルドゥック》なんていうが、本当に上に向かってのぼれる人間は滅多にいないんだ。ハンターたちですら、まだまともにのぼれちゃいない。君はもっと、自分の強みを知ったほうがいい」

これまたバロットは、

《そうですか》

と軽く応じるにとどまった。自分は確かに必死だったし、今でもそうだが、それほど大仰なことだとは思わなかったからだ。

だがさらにもう一人から言われると、さすがに考えるようになった。

相手は、クローバー教授だった。

くだんの薬害訴訟のディスカッションで、バロットがあるアイディアを述べたことが、きっかけとなった。

《ドラッグの中毒者を見つけてはどうでしょうか?》

原告側の弁護士が揃えた四十七人以上からなる原告団のうち、ドラッグの使用ないし売買で逮捕された人間がいれば、原告としてふさわしいか疑問を呈することができる。

薬害なのかドラッグによる害なのか判別することはきわめて難しいからだ。出身区域や労働する区域から、特に可能性のある人物をあらかじめ抽出できるのだと。

事実、ケネスの恋人が車輌事故で大怪我を負った事件では、彼女が過去にドラッグを使用したという一点を徹底的に攻撃されたことで、訴えを壊滅させられたのだ。

だがクラスメイトはみな、そのアイディアに唖然となった。彼らは原告団に社会的弱者がふくまれていることを理解していたが、それを急所とみなす発想は持ち合わせていなかった。ドラッグ中毒者だらけのストリートを見たことすらない者もいた。

「原告の中には、ティーンエイジャーだっているのよ？」

クラスメイトの女子にこう反論されたとき、バロットは危うく疎外感を抱きかけた。彼女が住む世界には、未成年の麻薬中毒者など存在しないことになっていた。

あるいは、大学に入ってのちドラッグの味を知ったとみられる者たちもいたが、彼らの反応はさらにバロットを尻込みさせた。

「ドラッグは、適正な使い方を知らない人間が中毒になるものだろう？」

こんな反応に、どう二の句を継げというのだろう。ドラッグに適正も何もあるわけがない。静脈に針を刺した時点で後戻りはできなくなる。錠剤型だから、煙で吸うから、経皮吸収式だから、上質で安全だ、という根拠もない。それはリボルバー式の弾倉に何発か弾丸を入れ、適当に回して自分の頭に向けて引き金を引くのと同じだ。ある確率で必ずオーバードーズを起こして死の危険にさらされるし、それよりはるかに高い確率で、耐性という名の過酷な中毒症状を呈することになる。

処方薬と同様だと考えていること自体、それがどんなものであるか理解しておらず、軽く手を出したことを自慢するような金持ちの子息たちに、何を言うべきかわからなかった。
それは彼らにとっても同じで、バロットの発言は、世の事実がどうあれ衝撃的で不快なものだったのだ。まるで、バロットという人間そのものがダーティであり、はからずも彼らがクリーンな人生を送っていることの証明になったとでもいうようなクラスメイトの反応を目の当たりにするはめとなり、バロットはアイディアを引っ込めざるを得なかった。
だが、その回の講義が終わったあと、ちょっと悄然となって講義室から出るバロットを、クローバー教授がわざわざ追ってきて、こう言ってくれたのだった。

「ミズ・フェニックス。今日の君のアイディアは、きわめて効果的だと言っておこう。被告側の他の弁護人たちは、そろって採用を拒んだようだがね。実のところ、狡猾で、容赦ない反撃の手だったといっていい。そうしたことは普通、社会に出て初めて学ぶことになるのだが」

《この大学の講義ではふさわしい発言ではありませんでした》

「つまり、君だけが現実的なディスカッションをしていたということだ。他の学生たちは教科書通りにやるしかないのだから、君が気後れすることはない。君はその年ですでに二つの異なる世界を知っている。隣り合いながら、行き来することが滅多にない二つの世界を。その希有《けう》な経験が、君の知見の裏づけとなっているのだ。やはり私の最初の印象通り、君は一風変わった、原理主義的な法律家になるはずだし、そうなるよう期待しているよ」

独善的なほど厳格で知られるクローバー教授の口から発されるものとしては、バロットのみならずほかのクラスメイトたちの想像を超えるほどの称賛だった。
《ありがとうございます》
バロットはただそれしか返せずにいた。クローバー教授は言うだけ言うと、あっという間に興味を失ったようにどこかへ行ってしまった。

23

——それは幸いにして得ることができた、君の強みだ。

レイ・ヒューズが言った。

——君はもっと、自分の強みを知ったほうがいい
ライムが言った。

——その希有な経験が、君の知見の裏づけとなっているのだ。

クローバー教授が言った。

バロットは、少し早い二十歳のバースデーパーティのあと、病室のベッドに座り、それらの言葉を何度も脳裏で反芻《はんすう》した。

いったいどれが、この夏で一番の教示だったといえるだろうか、などと考えながら。

結局は誰もが同じことを言っているのだ、ということはわかっていた。いや、ひと夏をとおして、やっとわかることができていた。

これまで葬り、弔うことしか考えていなかった、もう一人の自分に目を向けねばならないのだということを。

やがて静かな時間が訪れるとともに、部屋にもう一人の誰かがいるのを感じた。

目を上げると、殻の中に閉じ籠もるしかなかった少女が、壁にぎゅっと背を押しつけ、不安に怯えるあまり無感覚になって何も感じまいとする顔を、今のバロットに向けていた。

こっちにおいで。

バロットは、その少女にささやきかけた。

大丈夫。こっちにおいで。

少女は、疑いの殻の中にいた。世界を信じることができなかった。そのせいで殻の中で死んでしまおうとしていた。殻の外側では苦痛と不信と怒りが満ちていて、本当に出会うべき人間がどのような存在なのかもわからなくなっていた。

バロットは微笑んだ。

殻の中の私を温めてくれた人がいた。私がよみがえると信じて。だから今ここに私はいるし、その人を裏切らないように生きたいと思ってる。

あなたもそうなれるはず。

壁際の少女は、バロットの中に生き続けるかつての自分だった。そんな自分がいるのだということを、バロットはこのときやっと理解することができていた。これまでも、これからも。とっくに弔ったと勘違いしていた過去とともに。少女だった頃の自分は、この先もずっと、自分の中に生き続けるのだ。

おいで。

やがて少女はおずおずと壁から離れた。

相手と視線を交わすことを恐れたまま、それでもバロットの傍らに来た。

バロットは心の中で、その少女を隣に座らせてそっと肩を抱き寄せた。アビーにもう何度もしているように。それはかつての自分にそうしてやっているということでもあったのだと今になってやっとわかった。

どちらも自分なのだ。スラムをさまよう少女。都市最高の法学部に通う学生。

その間にある何もかもが架け橋となって、二つの異なる世界をつないでいた。バックグラウンドの更新というよりも、大いなる拡張というべきだった。心がぐっと広がり、今ならなんでも受け止めることができるという気分に満たされた。

バロットは目を閉じ、また開いた。

傍らの少女は消えていた。

いるべき場所を見つけてそこに帰ったのだ。自分の心の中の、適切で安らかな場所に。

静かに涙が流れた。それは昔の自分を弔う涙ではなかった。

スラムにいる少女と友達になった気分だった。

流れたのは和解の涙だった。彼女はずっと自分の中で生き続けるのだから。これまでいくたびも同様の涙が流れたが、中でも一番、優しい熱を帯びていた。

バロットは涙を拭い、ベッドに潜り込んだ。棚やテーブルにどっさり並ぶプレゼントの数々を感覚した。そしてそのまま沢山の人々によってもたらされた安らぎとともに眠りに落ちた。

24

手術が行われた日、バロットは眠っているか、ぼんやりした気分で過ごした。

麻酔が投与されたからだった。もともと薬物が苦手な体質なのだ。過剰に反応してしまうか、副作用が如実に出てしまう。イースターとエイプリルはバロットのメディカル・データを豊富に持っていたので、適切な投与を心がけてくれた。それでもバロットは最初の麻酔を打たれた時点で、感覚麻痺どころか仮死状態になってしまった。

病院の医師はバロットがショック状態になるのではと狼狽《うろた》えたが、その後、イースターがこれまた適切に、拮抗薬の投与と、呼吸および心拍の保全措置を指示した。

ほどなくしてバロットのバイタルが安定し、ようやく手術が開始された。

バロットはその様子を感覚し続けた。眠りながら。無の中で周囲を詳細に把握した。能力《ギフト》のたまもの。

いや、この場合は勝手に発揮され続けただけで、バロットが望まずして機能し続けた携帯電話みたいなものだった。うっかり通話中のままポケットに入れた携帯電話のように、周囲の環境がもたらす情報をずっと拾い続けていたのだ。

能力《ギフト》を制御するためのピアスを外していたことも原因の一つだった。手術時にアクシデントが発生するおそれがあるためだ。そのためバロットが意識を失った後も、能力《ギフト》が全てを記憶していた。もしバロットに害意を抱く者が手術室にいたら、そこらの装置に電子的に干渉し、眠ったまま撃退していたことだろう。

そのときバロットのそばには五人いた。

担当の医師、イースター、エイプリル、そして二名の看護師だ。みな、患者であるバロットではなく、大きなキャスター付きの医療用機械を囲んでいた。

バロットに手術を施すのは、その機械と接続された何本もの医療用ロボットのアームだ。

口腔という狭い入り口に、人間がよってたかって道具を突っ込み、ライトで照らすことは、不可能ではないが非効率だった。それでは手術は数回に——期間としては数ヶ月に——わたってしまう。そうではなく、極小カメラや手術器具や顎の固定器具を備えた、多関節式の管であるアームが、バロットの喉へ入り込んですべきことを正しく行うのだった。

それらを巧みに操作するのは、機器のゴーグル型モニターを装着した人々だ。イースターが手術の八割を行い、残り二割を四人がフォローした。

バロットの声帯部分から、火傷の痕が綺麗にレーザーで取り除かれた。再生用組織が移植され、その定着措置が行われた。イースターの手際は、なぜオフィスのビジネスなど任されるのかと疑問に思うほど巧みで、楽器の演奏でも見ているようだった。

とはいえおのれの喉に機械の触手が入り込み、生体組織に外科処置を施すさまをつぶさに感覚するというのは気分のいいものではなかった。おかげでバロットは、覚醒してのち自分に授けられた能力《ギフト》に辟易するという初めての体験をしいられることになった。

三十二分間。イースターが主に担当した大事な部分は、それだけで完結していた。だが組織の定着措置や血管の再生措置、血流の回復といった処置に断然時間がかかった。そのため結局、二時間あまりの手術となった。

それでも、六年もの間、声を失って過ごしてきたことを考えれば、たったそれだけの時間で取り戻せたということ自体、信じがたいものがあった。

手術後さらに四時間を経て、バロットは目覚めた。

顎がまったく動かなかった。複数の管をくわえたまま、器具と包帯で固定されていた。声帯組織の定着のためだ。呼吸は、鼻でするか、かろうじて唇を捲って歯の隙間からするしかない状態だった。

鼻から下は麻酔によって、むしろ腫れ上がって熱を持つような妙な感覚があった。くわえさせられた管の一つは肺へ、もう一つは胃へ届いていた。呼吸補助と、栄養補給補助だ。

栄養補給補助は、嚥下機能が一時的に著しく低下しているため、食事をすることができず、栄養を胃に直接流し込むしかないためだ。手術前からずっと食事を制限され、手術後もまったく食べることができないのだから、体力維持とストレス緩和のためにも必要な措置だった。

『なんなの、この拷問?』

バロットは苦しいというより困惑のあまり、能力《ギフト》を用いて、ついイースターの携帯電話にそんなメッセージを送っていた。

しばらくして、イースターがにこにこしながらやってきてこう言った。

「まあ確かにちょっとばかり不自由だけど、手術は大成功だ。プラン通り完璧にうまくいった。六年も喋れないままだったんだ。あと一週間くらいそのまま我慢してくれれば、何もかも最高の状態になるよ」

一週間。それほどの間、鼻から下をぐるぐる巻きにされた挙げ句、管を突っ込まれた状態で過ごせというのか。

バロットは絶望的な気分にさせられたが、これはイースターの心理的な作戦だった。

実際に包帯が取られたのは手術から十六時間後で、いったん全ての管が引き抜かれたが、追加の麻酔ジェルのおかげで大して苦痛はなかった。

ただ実際、それから一週間、固形物を喉に通すことは禁じられた。食事のたびに喉に管が通され、ダイレクト・ミールと呼ばれるものがドロドロと胃へ流し込まれた。

最初のときは少女時代に客の男に何をされたか思い出し、おえっとなりかけたが、二度目ですっかり慣れてしまった。

過去の体験が、いつの間にか自尊心を傷つけるものではなくなっていたからだ。全て、ただそのときそういうことがあった、という風化した記憶として残されていた。

恐竜の化石のように。

いつかウフコックが真摯に言ってくれた通りだった。少女だった頃の自分にウフコックが口にしてくれた言葉。六年前のあのときのあらゆるものが過去となり、ただ現在の自分がいた。六年前は、とても信じられなかった。だが、当時ウフコックが示したことがらが、現実のものとして、まさに今この身をもって、証明されたのだった。

手術の翌日から、バースデーパーティに集まってくれたみんなが、ちょくちょく見舞いに来てくれた。バロットは相変わらずメイド・バイ・ウフコックのチョーカーを使って喋った。

だが、入院から一週間後のその日、喉をペンライトで照らすだけの検査を終えるなり、イースターがこう言った。

「何か喋ってみて、バロット」

バロットは口を半開きにしたまま、おずおずと周りにいる人々を見た。

イースターの補佐として働くエイプリルはむろんのこと、トレイン、ジニー、レイチェル、ベッキー、ベル・ウィング、アビー、ストーン、レイ・ヒューズが病室に来てくれていた。今日がその日だとイースターに告げられて。

バロットは息を吐いた。

それまではたとえ笑おうとしても掠れた虚ろな息しか吐けなかった喉に、ああ、これだと思える。確かな感覚があった。失われていたものが戻ってきた感覚が。

そっと息を吸い、そしてバロットは言った。

「私の名前は、ルーン」

みなが目をみはり、なんとも言えない笑顔を浮かべた。

バロットはむしろ顔が歪むのを覚え、涙が溢れた。

それでいて喉が声を発したがっており、先ほどよりも大きな声で告げた。

「私の名前は、ルーン・バロット・フェニックス」

歓声が室内に満ちた。ジニーが言葉にならない喜びの声を放ち、レイチェルやベッキーとハイタッチしたり、跳び上がりながら抱き合ったりした。

ベル・ウィングがベッドに腰かけてバロットの頭をその肩に抱いてくれた。逆の側にアビーが座って、バロットにひしと抱きついた。

「よかったね、ルーン姉さん。よかったね。ルーン姉さんの声を聞けて嬉しい」

バロットは何か言おうとしたが泣き声しか出てこなかった。

いや、泣き声が出てきた。

自分の喉から。六年ぶりに。ベル・ウィングも目を潤ませていたし、アビーはとっくに泣き出していた。ジニーとレイチェルとベッキーがもらい泣きし、スポーツ選手が試合に勝利したときのようにバロットたちを取り囲んで抱きついた。

トレインが体じゅうでリズムを刻みながら浮き浮きと手を挙げ、ストーンとレイ・ヒューズとハイタッチした。それから、微笑むイースターとエイプリルとも同様にした。

その日は、バースデーパーティに続く祝いの場となった。ミラー、スティール、ライム、クレア刑事も、仕事の合間に顔を出してくれた。

バロットも今度こそ喜びに溢れて、みなが言うことに地声で応じた。だがそのうち喉がひりひりしてきて、イースターからドクター・ストップをかけられてしまった。

「再生組織が定着したばかりなんだ。赤ん坊なみに鍛え直さないといけないってこと。無理をすると声を出しすぎた歌手みたいに別の治療が必要になるぞ」

そう脅され、メイド・バイ・ウフコックのチョーカーを装着させられた。それがバロットに、この喜びの場におけるゆいいつの悲しみを覚えさせた。

これだけの人に祝ってもらっているというのに、ウフコックはいなかった。人生の希望を与えてくれた人が。そのことが申し訳なかった。と同時に、自分の声を何としても彼に聞いてほしいという強い思いが起こった。それは目標という以上のものだった。それは、生まれ変わったバロットが最初に抱く、果たすべき使命となった。

こうして、バロットの二十歳の誕生日は、全てにおいて特別な意味合いを持った。それは過去のあらゆるものとの和解となり、人生の新しい始まりとなった。

だがそこでさらに、訪れるものがあった。

夜になってみなが退室し、再びバロットは一人でベッドに腰かけてあれこれ考えることになった。とはいえ大半は、行動が伴った。明日の退院の準備をしなければならないからだ。衣服をたたみ、飾っていたプレゼントを大きな紙袋に丁寧にしまっていった。

そうするうち、携帯電話にコールがあった。

最も新しい時間の開始を告げることになるコールが。

見舞いに来てくれた誰かが電話をかけてくれたのだろうと頭では考えたが、バロットの能力《ギフト》は——手術のあとすぐに制御装置であるピアスを装着していたにもかかわらず——そのとき早くも異変を察知していた。

　バロットは携帯電話を手に取り、コール・ナンバーから割り出された相手の登録名を見た。

　ブルー。

　オフィスのメンバーだった男――アレクシス・ブルーゴート。

　死者からのコール。まさか。そんなはずはない。首を切り落とされ、埋葬された男の番号。オフィスはすでにその登録を抹消しているし、番号は使用されていない。

　誰かがその番号を偽装していた。何のために？　バロットに無視させないためだ。それ以外に考えられる理由などなかった。

　バロットは電話に出た。ついいつもの癖で、電子的に携帯電話に干渉していた。

《はい、こちらルーン》

　すると、聞くだけで胸の奥が冷え冷えとするほど無機質な男の声が耳を打った。

《こんばんは、ミズ・ルーン。私を覚えているか？　君ともう一度話がしたくてかけさせてもらった。久方ぶりに声を取り戻した気分はどうかね？　弾むような喜びを声に乗せ、大声で歌い出したい気持ちでいっぱいなのではないか？》

　聞き覚えのある声。ある意味、再び聞くことを心から願っていた声だ。バロットは全身に鳥肌が立つのを覚えた。動悸が激しく胸を打った、体のどこもかしこも脈打つようだった。

　さあ、落ち着け。

　自分に強く言い聞かせた。交通整理をするには何が必要か？　レイ・ヒューズから教えられたことが自然と脳裏をよぎった。

　それは自分がクリアであることだ。このうえなく視界良好《クリスタル》であれ。さもなくば、一触即発の事態をコントロールすることなどできはしない。

　バロットは息を吸い、ゆっくりと吐いた。相手にも伝わるとわかったうえで。

　その一発で、虚を衝かれた衝撃から回復し、たちまち冷静かつ大胆不敵な交渉相手になったのだと告げるために。

　そして、本来であればウフコックに対してそうしたかったのだという厳格な態度で、通話相手に対し、取り戻したばかりのおのれの声を放った。

「こんばんは、ミスター・ハンター。私も、もう一度、あなたとお話しすることを願っていました」

（六巻に続く）

本書はＳＦマガジン二〇一九年六月号から二〇二〇年四月号に連載された作品を、大幅に加筆修正したものです。

マルドゥック・フラグメンツ

冲方　丁

『マルドゥック・スクランブル』『ヴェロシティ』、第三部『アノニマス』——コミック化、劇場アニメ化と、なお広がりをみせるマルドゥック・シリーズ。本書ではバロット、ウフコック、ボイルドの過去と現在、そして未来を結ぶ5篇に加えて、『アノニマス』を舞台にした書き下ろしを収録。さらに著者のロング・インタビュウ、『スクランブル』幻の初期原稿を抜粋収録するシリーズ初の短篇集。

ハヤカワ文庫

微睡《まどろ》みのセフィロト

冲方　丁

従来の人類である感覚者と超次元能力を持つ感応者との戦乱から17年、両者が共存する世界。世界政府準備委員会の要人である経済数学者が、300億個の微細な立方体へと超次元的に〝混断〟される事件が起きる。戦乱で妻子を失った世界連邦保安機構の捜査官パットは、敵対する立場にあるはずの感応者の少女ラファエルとともに捜査を開始するが……。著者の原点たる、傑作ＳＦハードボイルド。

ハヤカワ文庫

OUT OF CONTROL

冲方　丁

日本SF大賞受賞作『マルドゥック・スクランブル』から時代小説まで、ジャンルを問わずエンタテインメントの最前線で活躍し続ける著者の最新短篇集。本屋大賞受賞作『天地明察』の原型短篇「日本改暦事情」、親から子供への普遍的な愛情をSF設定の中で描いた「メトセラとプラスチックと太陽の臓器」、著者自身を思わせる作家の一夜を疾走感溢れる筆致で綴る異色の表題作など全7篇を収録

ハヤカワ文庫

ゼロ年代の想像力

かつて社会を支えた「大きな物語」が失効した今、私たちはどう生きていくべきなのか。ゼロ年代に生まれた想像力は新たな物語を提示しえたのか――。文学、アニメ、ゲームからテレビドラマまでを縦横無尽に論じ、「批評」を再起動させた衝撃のデビュー評論。文庫版追加原稿「ゼロ年代の想像力、その後」を収録。

宇野常寛

ハヤカワ文庫

虐殺器官〔新版〕

伊藤計劃

Cover Illustration redjuice

9・11以降、〝テロとの戦い〟は転機を迎えていた。先進諸国は徹底的な管理体制に移行しテロを一掃したが、後進諸国では内戦や大規模虐殺が急激に増加した。米軍大尉クラヴィス・シェパードは、混乱の陰に常に存在が囁かれる謎の男、ジョン・ポールを追ってチェコへと向かう……彼の目的とはいったい？大量殺戮を引き起こす〝虐殺の器官〟とは？ゼロ年代最高のフィクションついにアニメ化

ハーモニー〔新版〕

伊藤計劃

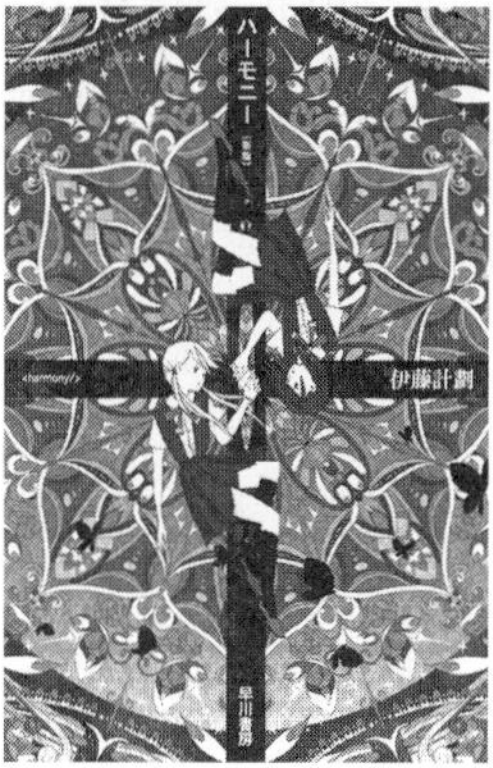

二一世紀後半、人類は大規模な福祉厚生社会を築きあげていた。医療分子の発達により病気がほぼ放逐され、見せかけの優しさや倫理が横溢する〝ユートピア〟。そんな社会に倦んだ三人の少女は餓死することを選択した――それから十三年。死ななかった少女・霧慧トァンは、世界を襲う大混乱の陰に、ただひとり死んだはずの少女の影を見る――『虐殺器官』の著者が描く、ユートピアの臨界点。

ハヤカワ文庫

著者略歴　1977年岐阜県生，作家　『マルドゥック・スクランブル』で日本ＳＦ大賞受賞，『天地明察』で吉川英治文学新人賞および本屋大賞，『光圀伝』で山田風太郎賞を受賞

HM=Hayakawa Mystery
SF=Science Fiction
JA=Japanese Author
NV=Novel
NF=Nonfiction
FT=Fantasy

マルドゥック・アノニマス５

〈JA1434〉

二〇二〇年五月二十日　印刷
二〇二〇年五月二十五日　発行

（定価はカバーに表示してあります）

著者　冲《うぶ》方《かた》　丁《とう》
発行者　早川　浩
印刷者　西村文孝
発行所　株式会社　早川書房

郵便番号　一〇一 - 〇〇四六
東京都千代田区神田多町二ノ二
電話　〇三 - 三二五二 - 三一一一（大代表）
振替　〇〇一六〇 - 三 - 四七七九九
http://www.hayakawa-online.co.jp

乱丁・落丁本は小社制作部宛お送り下さい。
送料小社負担にてお取りかえいたします。

印刷・精文堂印刷株式会社　製本・株式会社フォーネット社

ISBN978-4-15-031434-7 C0193

本書は活字が大きく読みやすい〈トールサイズ〉です。